U0943498

图说中国文学

IMAGE
INTERPRETATION

（彩图版）

青少年普及读物

丰富的知识宝藏
美妙的阅读之旅

杨 飞 著

TU SHUO
ZHONGGUO WENXUE

图说中国文学

· 通过文字、图片、版式设计多种视觉要素的有机结合

· 立体展现有趣的文化和历史

· 文化的力量和图片的色彩一起流淌

· 用“图说”理念带您走进魅力无穷的中国文化

華文出版社
SINO-CULTURE PRESS

图书在版编目（CIP）数据

图说中国文学 / 杨飞著 .—北京：华文出版社，2009.5（2020.4 重印）

ISBN 978-7-5075-2240-2

Ⅰ. 图… Ⅱ. 杨… Ⅲ. 文学史—中国—图集 Ⅳ. I209-64

中国版本图书馆 CIP 数据核字（2009）第 060719 号

图说中国文学

著　　者： 杨　飞
责任编辑： 杜海泓
封面设计： 君阅书装
文字编辑： 于海娣
美术编辑： 李丹丹
图片提供： www.ICpress.cn & www.quanjing.com
出版发行： 华文出版社
地　　址： 北京市西城区广外大街 305 号 8 区 2 号楼
邮政编码： 100055
电　　话： 总编室 010-58336239　　发行部 010-58336267　58336230
责任编辑 010-58336210
经　　销： 新华书店
印　　刷： 永清县晔盛亚胶印有限公司
开　　本： 720mm × 1010mm　1/16
印　　张： 12
字　　数： 148 千字
版　　次： 2009 年 5 月第 1 版
印　　次： 2020 年 4 月第 4 次印刷
标准书号： ISBN 978-7-5075-2240-2
定　　价： 32.90 元

前言

PREFACE

中国文化源远流长，博大精深。作为炎黄子孙，学习和继承中华民族的文化遗产是每个中国人义不容辞的责任。然而面对中国文化庞杂的知识体系，大多数的人都会感到力不从心，很难在短时间内掌握其底蕴及脉络。

如何才能在较短的时间内获得较多的信息，从而有效地掌握中国文化知识呢？为了帮助读者提高人文素养，增强对传统文化的认知，快速了解中国文化的精髓，编者取了具有中国文化代表性的主题，推出了这套“图说中国文化”系列丛书。整套丛书包括茶、道教、佛教、中医、养生、饮食、文学、音乐、戏剧、舞蹈等分册，以图释文、深入浅出地介绍中国文化的各个侧面，力求将中国文化的精神及内涵立体地呈现出来，为读者提供一个深入了解中国文化的平台。

中国文学源远流长，有着数千年光辉灿烂的历史，以形式多样、作品丰富、个性鲜明和魅力持久成为世界文学宝库中光彩夺目的瑰宝。从上古神话和歌谣到诗经和楚辞、从先秦诸子散文到汉代大赋、从魏晋南北朝小说到唐诗宋词元曲、从明清小说到缤纷多彩的现当代文学，中国文学“一代有一代之所胜”。它是中国传统文化中最重要、最具活力的一个部分，深刻地体现了中国文化的基本精神。任何时候谈到中国文化，都不能不说中国文学。

本书引入全新的“图说”理念，结合编写体例、图片和艺术设计等多种要素，全方位地介绍了中国文学史上的重要人物、传世佳作、主要流派，以及丰富多彩的文学现象、各种各样的文学思想和理论。同时，增设了“精彩阅读”等辅助栏目，功能全面，方便实用，为读者了解中国文学提供不同的角度和更为广阔的视野。深入浅出的文字配以近200幅包含多种文化元素的精美图片，包括历史遗迹、名家名画、实物照片等，与文字相辅相成，不仅能让读者对中国文学有全面系统的认识，更能从中体味到中国文化的博大精深。

全新的视角、精练简洁的文字、科学的体例和创新的版式设计等多种元素有机结合，引领读者从一个崭新的层面去领略中国文学的精髓，从而对中国文化有更深入、更透彻、更全面的认识。

目 录

CONTENTS

文学的起源

时　　间：远古时期
特　　点：多元化、无定论
代表人物：李贽、亚里士多德、普列汉诺夫
经典著作：《童心说》、《文心雕龙》

文学的产生可以追溯到文学出现前的远古时期。关于它的起源，自古以来，中外学者相继发表过不少见解，最主要的有以下几种：

模仿说的最早提出者是古希腊著名的哲学家德谟克利特，他认为文艺起源于对大自然的模仿。而同是希腊著名哲学家的亚里士多德更是将这一学说深化和延伸，他不仅认为文学起源于人类对自然和社会生活的模仿，而且还提出模仿的本能植根于人的天性之中。中国秦朝时期吕不韦门人编写的《吕氏春秋·古乐》中指出宗教艺术是“听凤凰之鸣”、“效八风之音”而出现的。晋代文学家阮籍同样也认为原始宗教是“体万物之生”的。这些见解承认文学起源于自然和生活，代表了早期人们对文学的看法。

德国著名哲学家康德认为诗歌为“想象力的自由游戏”。文学家席勒认为人类的生活受物质和精神两个方面的束缚，迫切渴望用过剩的精力去争取自由，这就是游戏；而艺术也就在游戏中发端。游戏说到此时正式形成。之后的文学理论家俄国的普列汉诺夫在自己的论著中也部分地认同了这一学说。

心灵表现说来自于古希腊，当时的一些哲学家认为艺术是人类心灵的一种表现。诗人雪莱认为诗歌是想象的表现；列夫·托尔斯泰认为艺术是人类表达情感的一种工具。中国明代思想家李贽的《童心说》道：“天下之至文，未有不出于童心焉者也。”以袁宏道为首的公安派受到李贽理论的强烈影响，袁宏道在《叙小修诗》中提出“性灵说”，称赞袁中道诗文：“……大都独抒性灵，不拘格套，非从自己胸臆流出，不肯下笔。有时情与境会，顷刻千言，如水东注，令人夺魄。其间有佳处，亦有疵处，佳处自不必言，即疵处亦多本色独造语。”这些论调都强调文学创作是人的主观精神的抒发和表现。

关键词　模仿说　游戏说　心灵表现说　神示说　巫术说　劳动说

神示说在西方中世纪相当流行，提出者是古希腊的柏拉图，他把诗歌的产生视为神的灵感在诗人身上的凭附。中世纪的学者托马斯·阿奎纳则认为艺术起源于人的心灵，而心灵是上帝的形象的创造物。这种学说甚至在哲学家培根的著作中也有所流露。中国古代笔记小说中许多著名诗人如郭璞、江淹、王勃、李白、李贺都有诗作授于神人的记载，也是这种学说的一类反映。藏族史诗《格萨尔》直到现在仍被认为是靠梦中神授而得来的。随着科学的发展和昌盛，弗洛伊德关于梦的解析的引入，神示说的含义和影响正在发生变化。

为巫术学说提供丰富资料的是19世纪以来以泰勒·弗雷泽、哈特兰特为代表的人类学家，他们对原始部落的巫术进行了大量的卓有成效的研究。法国的考古学家雷纳克则在这些材料的基础上提出艺术起源于原始人类交感巫术的论点，认为原始艺术就是巫术的一种，其目的是为了祈求狩猎的成功。中国古代的典籍中有大量诗歌乐舞与祭祀巫术有密切联系的记载。南朝宋刘勰《文心雕龙·祝盟》道：“天地定位，祀遍群神。六宗既禋，三望咸秩，甘雨和风，是生黍稷，兆民所仰，美报兴焉。牺盛惟馨，本于明德；祝史陈信，资乎文辞。昔伊耆始蜡，以祭八神。其辞云：‘土反其宅，水归其壑，昆虫毋作，草木归其泽。’”这种实行巫术的咒语是原始诗歌，表现的是伊耆民（神农氏）祭祀农业神的“蜡祭”。咒语中的土、水、昆虫、草木等自然物在祭祀者眼中被灵性化。巫师企图用咒语去影响灵性化的“神”，他们相信语言的力量，企图去控制词并控制该词所代表的事物，以满足对现实的需求。同样的咒语还存在于《山海经·大荒北经》中。传说在黄帝与蚩尤冀州之战中发挥过关键作用的旱神天女魃在帮助黄帝取得胜利后，滞留下界，不肯回天国。天下久旱不雨，黄帝欲将她流放到赤水之北。她逃往他乡。天下人一面驱赶，一面喝斥她：“神，北行！先除水道，决通沟渎。”这

鲁迅论文学的起源

人类在未有文字之前，就有了创作的，可惜没有人记下，也没有法子记下。我们的祖先的原始人，原是连话也不会说的，为了共同劳作，必须发表意见，才渐渐的练出复杂的声音来。假如那时大家抬木头，都觉得吃力了，却想不到发表。其中有一个叫道“杭育杭育”，那么这就是创作。……倘若用什么记号留存了下来，这就是文学；他当然就是作家，也就是文学家，是“杭育杭育”派。

《山海经》是古代中国一部内容丰富、风貌独特的著作，包含历史、地理、民族、神话、宗教、生物、水利、矿产、医学等诸方面。

伏羲女娲图 唐

伏羲与女娲是中国古代神话中人类的始祖，传说人类是由这对兄妹结合产生的。这件出土于新疆吐鲁番的墓幡由绢制成，悬挂在墓室的顶部。图中伏羲女娲人首蛇身，以手相抱，伏羲执矩，女娲擎规，以示天地方圆。画面满布圆点代表天宇星辰，上部绘着内有三足乌的太阳，下部绘着内有玉兔、桂树、蟾蜍的月亮，表现了人类始祖遨游于日月苍穹间的情景。早期人们认为，文学起源于人类对自然和社会生活的模仿。

《格萨尔》是藏族人民集体创作的一部伟大的英雄史诗，历史悠久，流传广泛。

首歌谣是在旱灾严重威胁人类的生存时，巫师于求雨的巫术仪式上所念的咒语。勒令天女魃回到居处地北方、不再久旱是其主体的思想，这里透露出原始人对神的示威和抗争，表现出对幸福生活的渴求。

19世纪晚期的一批民族学家、艺术史家鲜明地提出了艺术起源于劳动的观点。学者梅森认为原始的诗歌是劳动诗歌。俄国的普列汉诺夫更是论述了许多“劳动先于艺术”的实例，并认为两者之间有因果关系。中国古籍《吴越春秋》中收有一首记载狩猎劳动的《弹歌》。这首黄帝时代的歌谣已初步具有后来《诗经》中所盛行的四言诗的句式，具有高度的概括性和完整的意象。它所记述的是原始人伐木（竹）作武器、抛飞石器为工具的狩猎过程。这些记载已通过对许家窑新石器时代遗址中的圆石球以及其他相关遗址的发掘研究中得到了证明。远古人在当时恶劣的生存条件下从事采集、狩猪等协作劳动时，会在呼声和语言中发出一些有节奏的声音，如“杭育”、“邪许”、“啊呀”、“哦”等以适应劳动生活中出现的不同情况。《淮南子·道

酋长 岩绘 广西花山

宁明花山一带的祭祀仪式，是以一种盛大的祭祀舞蹈的形式出现。整个画面气氛活跃，色彩鲜明，给人热烈、勇武、旺盛的感觉，反映了古代人民的精神面貌和社会生活的丰富内容。有些学者认为，文学起源于巫术，原始艺术就是巫术的一种；实行巫术的咒语就是原始诗歌。

《弹歌》出自《吴越春秋》，葛天氏之乐和《候人歌》出自《吕氏春秋》。

应训》说：“今夫举大木者，前呼邪许，后亦应之，此举重劝力之歌也。”这种孕而未化的、作为人类思想交流和社会交际的工具，随着生活的不断丰富和充实、词汇的增加，就会产生韵律，从而蕴含有诗歌的元素。后世的“饥者歌其食，劳者歌其事”也是诗歌源于劳动生活的重要观点。

上述见解并未得到学术界的公认，都只是抓住了问题的一个侧面，冰山之一角。根据对大量考古资料、原始部族资料的研究表明，原始诗歌是与融劳动、游戏及祭祀活动于一体的音乐舞蹈紧密联系的。欧洲学者通过对拉斯科洞、高麦洞、阿塔米拉洞、鲁塞尔洞等原始洞穴的放射性碳十四的测定，得知巫术仪式出现在公元前1.8万年至1.1万年之间。原始诗歌的起源可能比这还要早些。《吕氏春秋·古乐篇》记载的葛天氏的乐歌，不但有歌八阕，还有舞姿。“昔葛天氏之乐，三人操牛尾，投足以歌八阙：一曰载民，二曰玄鸟，三曰遂草木，四曰奋五谷，五曰敬天常，六曰达帝功，七曰依地德，八曰总禽兽之极。”从内容看，这是一组分为八个部分表演的歌舞，既有关于农业、狩猎等劳动的内容，又是劳动之余的一种游戏，同时兼具祭祀的性能。这种表达一定思想和事实的初级诗歌在原始宗教的呵护下，与音乐、舞蹈相依相伴，获得了相当的发展。正是它的这种形式和内容的高度统一，使得它在中国文学中一直延续下去。

当然，文学的起源不是简单化的，而是多元化的，随着社会的发展和人类的进步，一定会形成更新的理论和研究趋向。

精彩阅读

日出而作，日入而息。凿井而饮，耕田而食，帝力于我何有哉。

——《诗经·击壤歌》

股肱喜哉，元首起哉，百工熙哉。
元首明哉，股肱良哉，庶事康哉。
元首丛脞哉，股肱惰哉，万事堕哉。

——先秦·《赓歌》

南风之薰兮，可以解吾民之愠兮；南风之时兮，可以阜吾民之财兮。

——先秦·《南风歌》

舟张辟雍，鸧鸧相从；八风回回，凤皇喈喈。

——先秦·《大唐歌》

卿云烂兮，纠缦缦兮。日月光华，旦复旦兮。明明上天，烂然星陈。日月光华，弘于一人。

日月有常，星辰有行。四时从经，万姓允诚。于予论乐，配天之灵。迁于贤圣，莫不咸听。鼚乎鼓之，轩乎舞之。菁华已竭，褰裳去之。

——先秦·《卿云歌》

宫廷文学

繁盛时期：南北朝、五代十国
特　　点：歌功颂德、唯美、浮华
代表人物：班婕妤、上官仪、李煜
经典著作：《花间集》、《西昆酬唱集》

文学正如其他艺术一样，是社会生活的反映，决不能离开当时的物质生产状况、精神生产状况与社会意识而独立发展。宫廷文学的兴起，是在周武王灭商、周公确定周礼之后。

作为这一时代代表的文学作品是现在还存在着的那305篇的《诗经》。其中宫廷诗占有相当的内容。《诗经》的"雅"、"颂"，作者都是出入宫廷的奴隶主阶级的人物。他们的写作目的往往是规谏，希望王者权臣从暴政中警醒，也有一些作者专注于描写宫廷生活的糜烂和淫逸，还有沉迷于歌功颂德，回顾历史。较著名的作品有《鹿鸣》、《伐木》、

九歌图卷　清　汪汉　绢本

此画卷取材自屈原名篇《九歌》。屈原（约前339～约前278年），名平，字灵均，楚国公族，学问广博，举贤授能，为怀王所信用。他主张联齐抗秦。子兰（怀王幼子）、上官大夫等向怀王进谗言，屈原遭到楚怀王的疏远，后怀王不听屈原劝阻，执意入秦，被拘禁死于秦国。后屈原再次受陷害，被放逐沅湘一带，其既痛国之危亡，又感理想之无法实现，最后投汨罗江而死。屈原在流放期间，写就《离骚》、《九章》、《九歌》等名著，流传至今的《九歌》尚存当时宫廷文学作品的形制。

关键词　香艳　浮华　唯美　《花间集》　西昆体

《车攻》、《鱼丽》、《出车》、《生民》、《公刘》、《皇矣》等。

江南地区的《九歌》是楚国的宫廷舞曲，是一套完整的歌剧。它在楚国的地位犹如《周颂》在周朝的地位。《九歌》里有各种乐器，有舞蹈，有唱辞，有布景，场面热闹，范围广泛，多在宫廷有重要典礼时表演。流传至今的《九歌》尚存当时宫廷文学作品的形制。

汉武帝时代，西汉王朝进入全盛时期。武帝即位，逐斥“申、商、韩非、苏秦、张仪之言”，实行罢黜百家，独尊儒术，“建藏书之策，置写书之官，下及诸子传说，皆充秘府”，又“招选天下文学材智之士，待以不次之位”，兴太学，立五经博士，置博士弟子员，因而儒学大盛。与儒家思想相结合的礼乐这一必不可少的文化措施得到了加强。于是“乐府”得到巨大发展。《汉书·礼乐志》曰：“武帝定郊祀之礼，祠太乙于甘泉，就乾位也。祭后土于汾阴，泽中方丘也，乃立乐府。采诗夜诵，有赵、代、秦、楚之讴，以李延年为协律校尉，多举司马相如等数十人造为诗赋，略论律吕，以合八音之调，作十九章之歌。”乐府除搜集、歌唱民歌外，也创作诗篇以备歌唱，作诗者有司马相如、枚皋、东方朔等数十人，可见一时之盛。这些宫廷诗存世的代表作有《十九章之歌》，汉武帝的《秋风辞》、《柏梁诗》，李延年的《歌诗》。汉武帝同时爱好辞赋，他的侍从之臣司马相如、东方朔、枚皋、倪宽、董仲舒等时时间作。司马相如的赋如《长门》、《上林》、《子虚》可以说是汉代宫廷文学的奇葩，反映了汉帝国的强大和昌盛、宫廷生活的骄奢和荒乐。

汉成帝时的班婕妤是中国著名的女诗人。她是楼烦人，《汉书》作者班

李延年“性知音，善歌舞”，颇受汉武帝器重，被任为“乐府”音乐的最高负责人。

精彩阅读

彤弓弨兮，受言臧之。我有嘉宾，中心贶之。钟鼓既设，一朝飨之。
彤弓弨兮，受言载之。我有嘉宾，中心喜之。钟鼓既设，一朝右之。
彤弓弨兮，受言櫜之。我有嘉宾，中心好之。钟鼓既设，一朝酬之。

——《诗经·彤弓》

大海荡荡水所归，高贤愉愉民所怀，大山崔，百卉殖。民何贵，贵有德。

——汉·《安世房中歌》

丽宇芳林对高阁，新妆艳质本倾城。映户凝娇乍不进，出帷含态笑相迎。妖姬脸似花含露，玉树流光照后庭。花开花落不长久，落红满地归寂中。

——南朝·陈·陈叔宝《玉树后庭花》

殿帐清炎气，辇道含秋阴。凄风移汉筑，流水入虞琴。云飞送断雁，月上净疏林。滴沥露枝响，空濛烟壑深。

——唐·上官仪《奉和山夜临秋》

五鼓端门漏滴稀，夜签声断翠华飞。繁星晓埭闻鸡度，细雨春场射雉归。步试金莲波溅袜，歌翻玉树涕沾衣。龙盘王气终三百，犹得澄澜对敞扉。

——宋·杨亿《南朝》

天开形势庄都城，凤翥龙蟠拱帝京。万古山河钟王气，九霄日月焕文明。祥光掩映浮金殿，瑞霭萦回绕翠旌。圣主经营基业远，千秋万岁颂开平。

——明·杨荣《随驾幸南海子》

固的祖姑。成帝初年，选入后宫，拜为婕妤。鸿嘉年间，求供养太后于长信宫。她有文集一卷传世，她的文学作品可以说是另一类视角（女性）的宫廷文学。这类后世称为“宫怨”的文学作品在南朝及隋唐得到相当大的发展。她的《团扇歌》收入进《文选》和《玉台新咏》，全诗为：

新制齐纨素，皎洁如霜雪。裁为合欢扇，团团似明月。出入君怀袖，动摇微风发。常恐秋节至，凉飙夺炎热。弃捐箧笥中，恩情中道绝。

南北朝时期，宫廷文学达到极盛，这其中尤以诗歌、骈文为最。宋、齐、梁、陈四代君主，在政治上多无建树，但在文学上，却有很好的成绩，造成了一时文学繁荣的空气。宋文帝刘义隆立儒、玄、文、史四馆，明帝分儒、道、文、史、阴阳五科，都将文学独立，已与其他重要学科并驾齐驱。刘宋宗室，如南平王刘铄、建平王刘弘、庐陵王刘义真、江夏王刘义恭等，都以奖励文学、招徕文士扬名。齐高祖萧道成、齐

宫怨诗专写古代王宫中宫女以及失宠后妃的怨情。

武帝萧赜及竟陵王萧子良、随郡王萧子隆、鄱阳王萧锵、江夏王萧锋，皆以文学见称，竟陵王门下的“八友”，更是一时俊彦。梁武帝萧衍、昭明太子萧统、简文帝萧纲、元帝萧绎都是南朝时代的天才诗人，名声几乎与曹氏父子、南唐二主相平行。至于陈后主的文学作品，更是尽人皆知。在这二百年宫廷文学的浓厚的气息里，君主臣僚的效法，竞奇争艳，使文学走上了唯美、浮华的长路。南朝文人大多作为宫廷、贵族四周的帮闲侍臣，诗文内容常以君主贵族的爱好为转移，内容往往是应诏奉和之词，空虚平白，文过饰非。

南朝宫体的开创者是徐摛和庾肩吾。随着梁简文帝萧纲的入住东宫，“宫体”这一名称得到诠释。他在《梁书·简文帝纪》中自言：“余七岁有诗癖，长而不倦。然伤于轻靡，时号‘宫体’。”这一名称虽始于简文帝时，然而自鲍照、汤惠休、沈约、梁武帝以及刘孝绰、王僧孺等人的艳体诗已肇其端，只是到梁陈之世才发展到极致。宫体诗发展了吴歌西曲的艺术形式，继续了永明体的格律化，艺术化的探索，以宫廷生活为描写对象，具体的题材不外乎咏物与摹写女性。这种风气一直延续到隋及初唐。著名的宫体诗诗人有沈约、庾肩吾、庾信、徐摛、江总、徐陵、张正见等。

隋代文学的作者，基本上由两部分人构成：一部分是由梁、陈入隋的南朝文人，如江总、虞世基等；另一部分是北齐、北周的旧臣，如卢思道、薛道衡等。到隋炀帝即位后，周围聚集大批南朝文士，宫廷的文学风气明显地近于南朝。虞世基和王胄是南朝较有名望的文士，深受隋炀帝器重，成为文学侍从。虞世基的应制诗《四时白纻歌》、《奉和望海诗》，王胄的《奉和赐酺诗》、《纪辽东》，着意文采的华美、对仗的工整以及语气的阿谀，纯粹为作诗而作诗。当时隋炀帝身边的文士，如庾自直、诸葛颍等，作诗雕琢做作，了无生气。

隋炀帝像

竟陵八友指沈约、谢朓、王融、范云、肖琛、任昉、萧衍、陆倕。

与其他宫廷诗人相比，隋炀帝本人的诗歌中，倒有一些佳作，如《夏日临江诗》：

夏潭荫修竹，高岸坐长枫。日落沧江静，云散远山空。鹭飞林外白，莲开水上红。逍遥有余兴，怅望情不终。

颔联气象高远，魄力宏大，颇有盛唐诗歌的气象。

又如《幸江都诗》：

求归不得去，真成遭个春。鸟声争劝酒，梅花笑杀人。

另外还有《春江花月夜》（二首其一）：

暮江平不动，春花满正开。流波将月去，潮水带星来。

前诗作于隋大业十一年（615年），次年三月炀帝被弑；后诗清丽明快，对唐代张若虚的名篇《春江花月夜》有一定影响。

初唐时代，当政的文臣多半是深受齐梁影响的前朝遗老，他们的作品仍充分表现着陈、隋时期宫体诗的余响。无论是诗的格律与内容，只是徐陵、庾信一派的延续，别无新意。唐太宗李世民也同样沉溺在宫体的诗风里。据《全唐诗话》载："帝（太宗）尝作宫体诗，使虞世南赓和，世南曰：圣作诚工，然体非雅正，上有所好，下必有甚焉。恐此诗一传，天下风靡，不敢奉诏。"虞虽主张诗要雅正，无意于宫体，但他的作品也颇多恻艳之篇。他与房玄龄、魏徵等编纂的《北堂书钞》、《艺文类聚》、《文馆词林》等等类书，成为宫廷诗人的作诗工具，以便于辞藻的华美、典故的古

文学纪事

公元前11世纪　《诗经·周颂》的《昊天有成命》、《武》、《赉》、《般》、《酌》、《桓》，为早期宫廷文学。

周赧王二十五（前290年）　屈原活动于此时。宋玉、唐勒、景差出生。

汉武帝元狩三年（前120年）　建乐府机构，以李延年为协律都尉。

齐永明九年（491年）　三月三日，齐武帝宴群臣于芳林园，与会者有江淹等45人。

唐武德四年（621年）　秦王李世民置修文馆于门下省，延十八学士。

唐高宗龙朔二年（662年）　上官仪加银青光禄大夫。人学其诗，号"上官体"。

后晋高祖天富五年（940年）　后蜀赵崇祚编《花间集》，南唐宫廷文学群体形成。

宋真宗大中祥符元年（1008年）　杨亿编《西昆酬唱集》，"西昆体"流行。

明洪武三十一年（1398年）　朱权本年写成《太和正音谱》。明初宫廷戏剧派诞生。

明正统七年（1440年）　"台阁体"盛行。

所谓"上官体"，是指初唐前期以上官仪为代表的宫廷诗人所创作的"绮错婉媚"的宫体诗。

雅。宫廷诗人李百药、杨师道、李义府、长孙无忌、陈叔达等，作品都跳不出香艳华靡的风气，虽声律辞藻方面日趋精妙，但风味上已日益贵族化和宫廷化。

在贞观诗坛的后期，介于贞观、龙朔之间，出现一位重要的宫廷诗人上官仪，形成一种诗风“上官体”。上官仪(608～644年)，陕州（今陕县）人。贞观初进士及第，召授弘文馆直学士；高宗朝官至三品西台侍郎，地位很高，名噪一时。所为诗绮错婉媚，人多效之，谓为上官体。他提出“六对”、“八对”之说，重视诗的形式技巧，追求诗的声辞华美。《早春桂林殿应制》：“风光翻露文，雪华上空碧。”《奉和秋日即目应制》：“落叶飘蝉影，平流写雁行。”《入朝洛堤步月》：“鹊飞山月曙，蝉噪野风秋。”音响清越，有天然飘扬的韵致，体现了健康开朗的气度，成为代表当时宫廷诗人创作的最高水平。上官仪的作品对律诗发展多少起了一些促进作用。

继上官仪之后出现的宫廷诗人是号称“文章四友”的李峤、苏味道、崔融、杜审言。“四友”中，杜审言成就较高。杜审言现存28首五言律，除一首失传外，其余都已完全符合近体诗的规范。最有名的五律是他早期写的《和晋陵陆丞早春游望》和《登襄阳城》。在七律上，杜审言也曾用过不少的功夫。

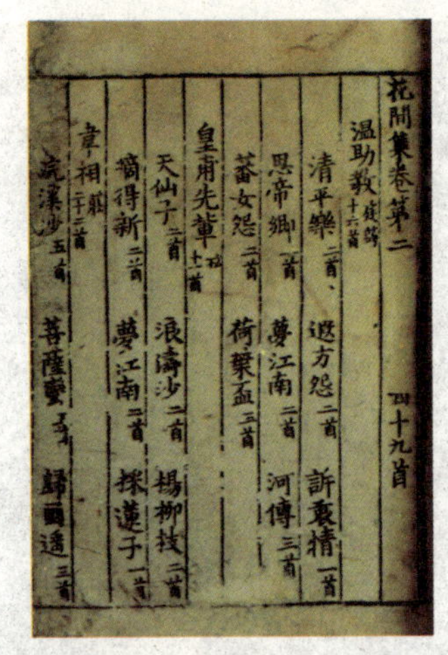
花間集卷第二　四十九首
温助教庭筠 十六首
清平樂二首　遐方怨二首　訴衷情一首
思帝鄉一首　夢江南二首　河傳三首
蕃女怨二首　荷葉盃三首
皇甫先輩松 十二首
天仙子二首　浪濤沙二首　楊柳枝二首
摘得新二首　夢江南二首　採蓮子二首
韋相莊 二十二首
浣溪沙五首　菩薩蠻五首　歸國遙三首

《花间集》(五代后蜀赵崇祚辑)书影

他的《守岁侍宴应制》、《大酺》、《春日京中有怀》已完全符合七律的格式。

和四友同时而稍晚，在武后的宫廷里出现了沈佺期、宋之问这两个在律诗形式上有重要贡献的诗人。他们因文才受到赏识而选入朝中做官，是武后时期有代表性的台阁诗人。身处宫禁而优游自如的宫廷生活，使他们的诗歌多为应酬、咏物、赠别之作，难免有辞藻文饰内容的弊病。同时，他们又有充裕的时间精研声律，约句准篇。元稹《唐故工部员外郎杜君墓系铭序》说：“沈宋之流，研练精切，稳顺声势，谓之为律诗。”他们的出现，标志着律诗的定型。宋之问的名作有《渡大庾岭》、《渡汉江》；沈佺期的名作为《古意呈补阙乔知之》、《遥同杜员外审言过岭》。

盛唐时期，文人入仕较之前代有

沈约与周禺等创四声八病之说，要求以平、上、去、入四声相互调节的方法应用于诗文。

南唐文会图 北宋 佚名

这幅图描绘了南唐后主李煜和三位文士在庭院聚会的情形。李煜的艺术才能是多方面的，他的书法崇尚瘦硬，骨力遒劲，人称“铁钩锁”、“金错刀”、“撮襟书”。李煜是南唐宫廷文学的代表人物。

更多途径。开科取士，分常选与制举。常选有秀才、明经等12科；制举的数目也有八九十种之多。入仕的多途径为寒门士人提供了更多的机会。这使得文学离开了宫廷的狭窄圈子，走向市井，走向大漠关山。自此后，宫廷文学渐趋平淡。

晚唐五代衰乱，在远离战争的西蜀和南唐，形成了两个宫廷文学的中心。西蜀立国较早，收容很多北方避乱文人。后蜀赵崇祚所编的《花间集》，是西蜀词的代表。《花间集》共收18家，其中温庭筠、皇甫松、和凝、韦庄、薛昭蕴、牛

台阁主要指明永乐至成化年间的内阁与翰林院，又称为“馆阁”。

峤、牛希济、毛文锡、欧阳炯、魏承班、鹿虔扆、阎选、尹鹗、孙光宪、毛熙震、李珣、张泌，除前三位外，其余诸位或是蜀人，或任于蜀。他们与前蜀王衍、后蜀孟昶，君臣纵情游乐，词曲艳发，集全力描写女人的美态，相思的情绪，与南朝的宫廷文学遥相辉映。花间词人的代表人物是温庭筠和韦庄，前者被列于《花间集》首位，入选作品66首，风貌细腻，绵密隐约；后者受白居易影响较深，入选词48首，风格疏朗自然。

西蜀、南唐同为当时的文艺重心。南唐流传下来的作品与作家虽说不多，其地位与价值并不在西蜀之下。南唐的宫廷文学以诗词较著，尤以词胜。李璟、李煜、冯延巳是江左词坛的三大巨星。他们的词既有宫体秾艳藻丽的特点，又明显地表示出个人的情愫。后主李煜字重光，25岁嗣位南唐国主，39岁为宋军所俘，三年后在汴京被宋太宗赐死。由于这些经历，他的词作前后风格差异很大，言情的深广超过其他南唐词人。

宋初，宫廷文学以“西昆体”诗最有影响。这个诗体是以《西昆酬唱集》而得名的。西昆体诗人人数众多，但成就较高的只有杨亿（974～1020年）、刘筠（970～1030年）、钱惟演（977～1034年）三人。他们大多以李商隐为师，对仗工整，用事缜密，文字华美，但缺乏创新精神，体裁狭窄。

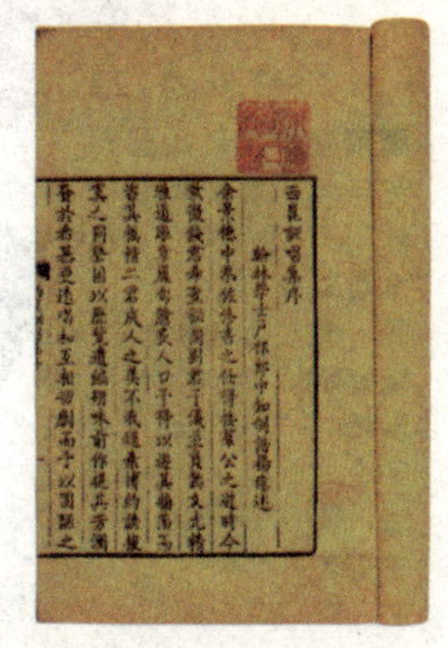
《西昆酬唱集》书影

元代，蒙古贵族入主中原，几废科举。宫廷文学基本没有声息。

明代永乐至成化年间，文坛上占主导地位的是朝廷的“台阁体”。它是指以当时内阁与翰林院的名臣杨士奇、杨荣、杨溥等为代表的一种文学创作风格。这些朝廷重臣的诗文内容大多较贫乏，多为应制、题赠、应酬而作，无艺术生命力可言。与此同时，以皇子皇孙朱权和朱有燉为核心人物的宫廷派戏剧家登上舞台，其作品多是将元杂剧后期的封建说教、神仙道化和风花雪月等倾向加以宣扬，具有粉饰太平的色彩。喜庆剧、道德剧和神仙剧成为宫廷派作家的主要创作类型。朱权的《卓文君私奔相如》、朱有燉的《仗义疏财》、《八仙庆寿》、《香囊怨》，贾促明的《萧淑兰》、《升仙梦》，杨讷的《西游记》，是宫廷派杂剧中的佳作。

清代康熙、雍正、乾隆三朝，宫廷文学一度兴盛，但流传下来的诗文大多平素无物，毫无文学性可言，仅能作为一种现象来考证。至此，绵延两千余年的宫廷文学寿终正寝。

宫廷文学的繁盛时期是南北朝和五代十国。

民间文学

繁盛时期：先秦、两汉、元代
特　　点：口头创作、朴素快直
经典著作：《诗经》、《乐府诗集》

牛郎织女图扇页　清　钱慧安　纸本

本图根据中国民间传说牛郎织女的故事绘制而成。画面中牛郎眼望飞鹊，神思遐远；织女则目视牛郎，面带喜色，似正述说离情别绪。

文学艺术起源于生产劳动。最初的文学形式诗歌起源于原始人在劳动中发出的有节奏的呼声，虽然只是声音，没有歌词，但这无疑成为文学创作的开始，同时，这是民间文学的滥觞。

从商末开始创作的中国第一部诗歌总集《诗经》收入自西周初年至春秋中叶的诗歌305篇。这也是中国最早的宫廷文学与民间文学的合集。其中的“国风”保存了不少当时百姓的口头创作，虽然在最后写定时有所润色，但依然具有浓厚的民间文学的色彩。“国风”中的民歌以鲜明的画面反映了百姓的生活处境，表达了他们对剥削、压迫的不平和对生活的美好信念，是中国最早的现实主义诗篇。像《七月》反映了人民无冬无夏地劳动、衣不蔽体、食不果腹、屋不挡风寒的凄惨生活；《式微》、《击鼓》、《东山》、《陟岵》、《扬之水》等诗篇还反映了当时沉重的徭役、兵役下民众所受的苦难；《伐檀》、

关键词　朴素　直白　乐府诗　民歌　说唱文学

《硕鼠》、《鸨羽》则对奴隶主提出控诉，充满反抗意味；以婚姻恋爱为主题的民歌在“国风”中占的数量很大，如《氓》、《谷风》、《柏舟》、《静女》、《木瓜》等，或表达了对婚姻的反抗，或表达了对背弃者的痛恨，或描述悲惨的遭遇，或描述了爱情的曲折。这些民间文学的作品，汉代学者何休在《春秋公羊传》宣公十五年《解诂》中说：“男年六十、女年五十无子者，官衣食之，使之民间求诗。乡移于邑，邑移于国，国以闻于天子。”可见，这些诗歌很大一部分是纯正的民间文学作品。“国风”在形式上多四言一句，隔句用韵，但并不拘泥，杂用二言、三言、五言、六言、七言或八言，语言准确优美，朴素鲜明，没有矫揉造作的痕迹，擅用比兴手法。这些特点一直为后世文学创作所继承，是周代民间文学对后代文学有重大影响的一个方面。

南方的民间文学几乎在同时得到了发展，这不仅包括《诗经》中收录的江汉汝水间的民歌《汉广》、《江有汜》等篇章，还有《楚人歌》、《越人歌》、《沧浪歌》等楚国、越国较早的民间文学。有的歌词每隔一句的末尾用助词“兮”或“思”等。这后来成为楚辞的主要形式。另一支南方民间

八月剥枣 清 吴求 绢本

此图选自《诗经图册》。图绘村野一隅，众人剥枣的情景。一老妪于旁边指点，面露喜色，另外几人或执竿打枣，或以衣摆接枣、或往篮、篓里装枣，这热火朝天的场景甚至感染了小孩子，他趴在地上亦加入了大人们的行列。

国风被普遍认为是《诗经》中文学成就最高的部分。

文学纪事

周宣王四十六年（前782年） 《诗经》的作品开始产生。

周赧王十一年（前304年） 屈原作《离骚》。

汉武帝建元五年（前136年） 置五经博士，设乐府机构。

梁武帝大同十二年（546年） 民歌《敕勒歌》作于是年。

元世祖至元三年（1266年） 白朴游金京汴梁。

元世祖至元十四年（1277年） 关汉卿南游杭州等地。

明万历二年（1574年） 冯梦龙生（1574～1646年）。

清乾隆三十八年（1773年） 弹词在苏州达到极盛，后又有子弟书，为其分支。

清光绪二十六年（1900年） 甘肃敦煌发现藏经洞，保存大量唐代民间文学作品。

文学是楚国的巫歌，行于祭祀的时候，充满原始宗教气氛。这两支民间文学与楚国的地方音乐相结合，接受北方文化的影响，在长期发展中积聚了丰富的文学素材。就在这样的文化基础上，孕育出屈原这位伟大的诗人、楚辞这样光辉的诗篇。

继《诗经》、楚辞后，民间文学在汉代再起高峰，乐府诗成为代表作。两汉的乐府诗主要由朝廷的乐府系统或具有乐府职能的音乐机关搜集，许多民间歌谣得以流传下来。据《汉书》记载，乐府始于武帝之时（实际上从出土文物来看秦代已有乐府机构），至成帝末年，人员多达800余人，规模庞大，哀帝登基后，下诏罢乐府官，划归太乐令统辖。到东汉时期，音乐机关主要有太予乐署和黄门鼓吹署。东汉的乐府诗歌主要是由黄门鼓吹署搜集、演唱，因此得以保存。乐府诗的作者涵盖帝王到平民各个阶层，但最有成就的是来自民间百姓的民歌，多作于东汉时期。乐府诗的作者将笔触深入到社会各个阶层，社会的贫富悬殊、苦乐不均都在诗中有充分的反映。《东门行》、《妇病行》、《孤儿行》表现的是平民的疾苦——来自社会底层的声音；《鸡鸣》、《相逢行》、《长安有狭斜行》展现的是与苦难世界完全不同的景象，虽是描写锦衣玉食的富贵之家的生活，但视角无疑是民间的，充满了向往与羡慕。来自民间的爱情婚姻题材作品在两汉乐府里占较大比重，表达爱与恨时，大胆泼辣，决不掩饰。鼓吹曲辞收录的《上邪》系铙歌十八篇之一，是这类题材中最著名的作品。另一篇铙歌《有所思》反映的是少女的爱恨变化。少女思念还在大海之南的情人，准备“双珠玳瑁簪，用玉绍缭之”，想送

所谓“乐府诗”，主要是指自两汉至南北朝由当时的乐府机关所采集或编制的用来入乐的诗歌，也包括后世作家的仿作。

给对方，闻听对方有异心，毅然毁掉礼物，“拉杂摧烧之”，并“当风扬其灰”，表示“从今以往，勿复相思”。如此细腻的白描手法，在此前的文学作品中是相当少见的。

《孔雀东南飞》是汉乐府中最杰出的篇章。诗的男女主角焦仲卿和刘兰芝是对恩爱夫妻，焦母不喜欢兰芝，她不得不回到娘家。刘兄逼兰芝改嫁，太守家强迫成婚。刘兰芝与焦仲卿更加恩爱，最后两人双双自杀。在这首诗里，刘兰芝的刚强、焦仲卿的淳厚、焦母的蛮横、刘兄的势利，无不刻画得入木三分。

乐府钟 秦

这是迄今中国考古史上发现的唯一一件能够证明秦代已有“乐府”机构的文物。钟上刻有“乐府”二字。

汉乐府的影响在随后的魏晋时期就有所体现，文学史上称为“汉魏风骨”。三国时期的曹操、曹植、曹丕大都沉醉于这种民间文学题材，多用乐府古题写时事。比如汉乐府的《薤里行》和《蒿里行》本来是挽歌，曹操用来描写现实社会；《陌上桑》本来写罗敷故事，曹操写求仙；《秋胡行》本来写秋胡戏妻，曹操用来抒发人生感慨。胡应麟说曹操的诗是“汉人乐府本色尚存”。曹植更是继承了汉乐府的笔力与主题，形成“骨气奇高，辞采华茂”的风格，达到风骨与文采的完美结合，完成了民间乐歌向文人诗的转变。与“三曹”同时的“建安七子”孔融、陈琳、王粲、徐干、阮瑀、应玚、刘桢也大都受汉乐府影响极深。

南北朝时期，由于长时间处于对峙局面，因而南北朝民歌呈现出不同的情调与风格。南朝民歌缠绵悱恻，反映爱情生活；北朝民歌粗犷豪放，反映北方社会与风习。南朝的抒情长诗《西洲曲》和北朝的叙事长诗《木兰诗》分别代表了南北朝民歌，同时也是南北朝民间文学的最高水平。

南朝民歌大部分保存在宋朝郭茂

《陌上桑》是一首喜剧性的叙事诗。

倩编的《乐府诗集·清商曲辞》里，有吴歌和西曲两类。吴歌产生在建业附近，东晋及刘宋的居多，共326首；西曲产生在荆（今湖北省江陵市）、郢（今湖北省江陵市）、樊（今湖北省襄樊市）、邓（今河南省邓州市）间，宋、齐、梁、陈的居多，共142首。现存的吴歌中，以《子夜歌》（42首）、《子夜四时歌》（75首）、《华山畿》（25首）和《读曲歌》（89首）最为重要。西曲有异于吴歌的闺阁气息，多写离别之情，开朗明快。抒情长诗《西洲曲》写一个青年女子的相思之情，四句一换韵，运用连珠的修辞方法，声情并茂。清沈德潜在《古诗源》中说此诗"续续相生，连跗接萼，摇曳无穷，情味愈出"。这首诗是南朝民歌中艺术性最高的一篇。

《孔雀东南飞》图

《孔雀东南飞》是汉乐府中最杰出的篇章。

北朝民歌大部分保存在《乐府诗集·横吹曲辞》中，此外在《杂曲歌辞》和《杂歌谣辞》中有一小部分，共70首左右。《敕勒歌》、《折杨柳歌辞》、《企喻歌辞》、《陇头歌辞》都是著名的篇目。《梁鼓角横吹曲》中的长篇叙事诗《木兰诗》讲述木兰代父从军的故事，是北朝民歌中最杰出的代表。此诗描写有繁有简，结构严谨，通过人物行动和气氛烘托人物心理性格，成功地塑造了木兰这个不朽的艺术形象。

唐朝时期，民间文学以诗、俗讲与变文、词为代表。民间诗最著名的就是唐初王梵志的诗，他的诗在民间流传极广，影响很大。王梵志的诗虽然较之唐诗名家，略显平易，文采不足，但在数万首唐诗中似可备一格。另外，由于唐代诗歌极盛，众多无名氏及未留名者的诗歌作品也构成为民间文学的奇葩，这其中，西鄙人的《哥舒歌》、太上隐者的《答人》、无名氏的《杂诗》、陈玉兰的《寄夫》为翘楚。

吴歌是吴语方言地区广大民众的口头文学创作，发源于江苏省东南部。

俗讲由佛家讲经衍生出来，吸收民间声腔，专以取悦俗众为务。俗讲的底本称为讲经文。变文简称“变”，是转变的底本。俗讲与变文均在1900年发现于敦煌藏经洞。俗讲保存下来的有十来种，最为完好者是《长兴四年中兴殿应圣节讲经文》，散韵结合，说唱兼行。变文存世有八种，这八种明确标明是供艺人说唱用的，融文学、音乐、表演于一体，想象丰富，情节曲折，引人入胜。词在隋末唐初兴起于民间，这从1900年敦煌出土的词曲中可以得到印证。这些多为无名氏所作，保存着民间文学的朴素快直的风格，富有生活气息。如《菩萨蛮》：“枕前发尽千般愿，要休且待青山烂。水面上秤锤浮，直待黄河彻底枯。白日参辰现，北斗回南面。休即未能休，且待三更见日头。”这首词比喻新奇，很像汉代乐府诗《上邪》的风格。

《木兰诗》图

《木兰诗》是北朝民歌中最杰出的代表。

唐代的民间“说话”技艺发展到宋朝日趋成熟。宋代汴京、杭州等城市的“瓦肆”中常常有“说话”演出，属于说话范围的有四家：小说、讲史、讲经、合生或说浑话。话本就是这些“说话”的底本。现存的宋元话本主要是“小说”，包括《京本通俗小说》的全部，《清平山堂话本》的大部和“三言”的小部分，约40篇左右。这些“小说”话本以

后人把汉代的《孔雀东南飞》、北朝的《木兰诗》及唐代韦庄的《秦妇吟》并称为“乐府三绝”。

精彩阅读

野有蔓草，零露漙兮。有美一人，清扬婉兮。邂逅相遇，适我愿兮。
野有蔓草，零露瀼瀼。有美一人，婉如清扬。邂逅相遇，与子偕臧。

——《诗经·野有蔓草》

十五从军征，八十始得归。道逢乡里人，家中有阿谁？遥望是君家，松柏冢累累。兔从狗窦入，雉从梁上飞。中庭生旅谷，井上生旅葵。舂谷持作饭，采葵持作羹。羹饭一时熟，不知贻阿谁？出门东向望，泪落沾我衣。

——汉·《十五从军征》

闻欢下扬州，相送楚山头。探手抱腰看，江水断不流。

——南朝·《莫愁乐》

门前一株枣，岁岁不知老。阿婆不嫁女，那得孙儿抱。
敕敕何力力，女子临窗织。不闻机杼声，只闻女叹息。

——北朝·《折杨柳枝歌》

劝君莫惜金缕衣，劝君惜取少年时。有花堪折直须折，莫待无花空折枝。

——唐·无名氏·《杂诗》

爱情、公案两类作品最多，成就最高。此外，在宋朝市井瓦舍中表演诸宫调、鼓子词、词话的艺人初步注意到说白和歌曲的分工，直接导致以曲白结合表演故事的元杂剧的产生。这些从存世残本《西厢记诸宫调》和《刘知远诸宫调》中可以得到考查。

元杂剧可以说是民间文学的奇葩。虽然众多杂剧都由文人创作，但无论故事语言、演出地点、流行区域等都具有极强的民间性。而南戏则是南曲戏文的简称，最初流行于浙东沿海一带。它吸收各种民间词调以及新起的民间小曲来演唱，深受广大百姓的喜爱。宋元两代的民间歌谣也流传下来了一些，虽数目不多，但颇能反映民间文学的率真、自然。如宋代话本《冯玉梅团圆》中的一首民歌："月儿弯弯照九州，几家欢乐几家愁。几家夫妇同罗帐，几家飘散在他州。"它运用对比手法，反映金兵南下，国家动乱时百姓的凄凉生活，一直为人传诵。元朝末年的《树旗谣》："山高皇帝远，民少相公多。一日三遍打，不反待如何。"这是写在浙东义军旗上的歌谣，直白的四句却说尽了民间疾苦。

明朝自宣德、正德、成化、弘治年后，民歌广泛流布，不问男女，不问老幼贵贱，人人学习，人人喜爱，影响到

西曲产生于长江中游和汉水两岸的城市，以江陵为中心。

文坛，使许多文人倾倒。明朝卓人月说："我明诗让唐，词让宋，曲又让元，庶几[吴歌]、[挂枝儿]、[罗江怨]、[打枣竿]、[银绞丝]之类，为我明一绝。"现存最早的民歌集子主要有成化年间刊行的《新编四季五更驻云飞》、《新编题西厢记咏十二月赛驻云飞》等四种，之后还有冯梦龙辑的《挂枝儿》、《山歌》等数种，总计在千首以上，内容多为情歌。

明清两代的说唱文学以弹词和鼓词为主，流派纷呈，内容丰富生动，达到了很高的艺术成就。弹词由宋代的陶真和元代的词话发展而来，由说、噱、弹、唱几部组成。现传弹词作品大约有三百余种，大多数为清中叶以前流传下来的，少数创作于清末。著名的作品有《天雨花》、《再生缘》、《笔生花》、《珍珠塔》。

鼓词主要流行于北方，也是由陶真和词话发展而来。现存最早的鼓词是明代天启刊本《大唐秦王词话》，另有一部分鼓词由名著改编而成，如《三国演义》、《水浒传》、《聊斋志异》、《窦娥冤》等。

近代（鸦片战争至辛亥革命）民间文学以歌谣和传说故事为主，多与禁烟、太平天国起义、义和团运动有关。

乡野说唱 清 选自《风俗小品图册》

民间文学的繁盛时期是先秦、两汉和元代。

民族文学

繁盛时期：先秦、元代、清代
特　　点：民族语言痕迹、汉化
代表人物：元好问、纳兰性德
经典著作：楚辞、《敕勒歌》

最古时的中华就是所谓的中原地区，包括现在的河南、山东、陕西、山西这一带。中原地区的人，认为南方的楚国是夷狄，说“戎狄是膺，荆舒是惩”。所以相对当时中原这个狭小的文化地区来说，楚国的文学就是少数民族文学了。楚人“信巫鬼，重淫祀“(《汉书·地理志下》)，这种崇尚明显具有当地土著民族的风气。从屈原的《招魂》、《离骚》、《天问》、《卜居》这些篇目中可以看出楚国文学受巫文化(土著文化)影响的幽深。所以说，楚辞是早期民族文学的代表作。

汉朝时，用汉文写作的诗歌受到若干少数民族的音律、语言、手法等多方面的影响。汉朝的挽歌、铙歌里头有许多字，只起到辅助腔调的作用，这些有音无义的字就是少数民族的语言。因为汉代的疆域较之于秦及春秋战国骤然膨大，不可能不受到少数民族文化的影响，这些从汉代出土的文物中可以得到证明。比如铙歌里的“匪乎欷”，“噫无鲁支呀”，就是古代少数民族语言随着乐谱传过来的。《汉书·西南夷传》中西南少数民族的诗被翻了过来，对得不很准确。《后汉书》道：“明帝时，益州刺史朱辅宣示汉德，咸

文学纪事

周景王元年(前544年)　吴公子季札在鲁观周乐。南方楚民族文学兴盛。
汉武帝天汉元年(前100年)　汉武帝逐渐驱除匈奴，北方民族文学作品流入中原。
梁武帝大同十二年(546年)　《敕勒歌》作于是年。鲜卑民歌兴于北方。
武则天长安元年(701年)　李白生于中亚碎叶，为昭武九姓胡人。
宋理宗淳祐十二年(1252年)　元好问北上，见忽必烈。
元世祖至元九年(1272年)　萨都刺生(1272～1355年)。
清顺治十一年(1654年)　纳兰性德生(1654～1685年)。

关键词　民族语言　汉化　《敕勒歌》　元好问　萨都刺　纳兰性德

怀远夷。自汶山以西，前世所不至，正朔所未加，白狼、槃木、唐菆等百余国。皆举种称臣奉贡，白狼王唐菆作诗三章，歌颂汉德，辅使译而献之。”可见，当时的民族文学还是比较繁荣的，这些翻译过来的文学作品称为《远夷乐德歌》、《远夷慕德歌》、《远夷怀德歌》，全是四言，类似郊庙歌曲。

南北朝时期，北方民族政权更替很快。现在所存的北朝民歌大都是北方少数民族歌唱，大部分保存在乐府诗集的横吹曲辞中，计有七十首左右。《乐府诗集》卷二十一云：“北狄诸国，皆马上作乐，故自汉以来，北狄乐总归鼓吹署。”这些歌辞多半是北魏以后的作品，如《折杨柳歌辞》说：“我是虏胡儿，不解汉儿歌”，便是证明。著名的《敕勒歌》原作者为斛律金，是鲜卑族人，“其歌本鲜卑语，易为齐言，故其句长短不齐”。这是一首凡是研究文学作品谁也避不开的诗。

再说唐朝，李白是中国的诗仙。他和李世民一样昭武九姓之一，西北地方人，有鲜卑血统。历史上没有详细记载他是哪一个族的，但研究已经证明，他肯定是一位少数民族。只是他浸淫汉文化太深了，所以常常被忽视。与白居易一起的元稹是拓跋氏的后裔，他常常被同僚指责为胡人，但他的文学

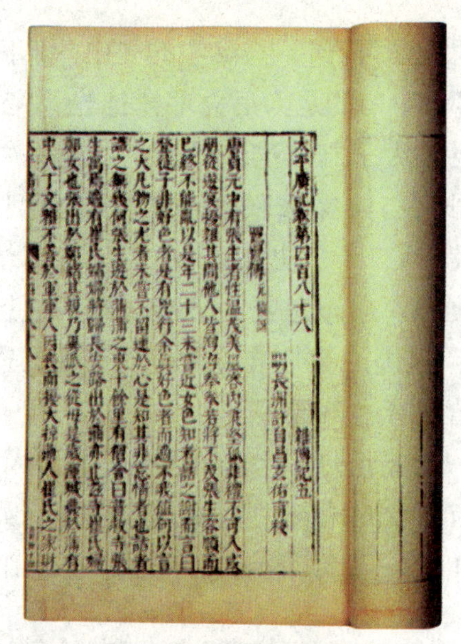

太平廣記卷第四百八十八

雜傳記五

鶯鶯傳

《太平广记》中的《莺莺传》文

《莺莺传》是唐代著名传奇作品，影响很大，后来的明代董解元《西厢记诸宫调》和元代王实甫的《西厢记》都是以其为蓝本的。《莺莺传》的作者元稹是拓跋氏的后裔。

作品如《莺莺传》还是很有名气的。

辽是契丹民族建立的北方政权，起于唐末(907年)，迄于1125年，正好与五代、北宋相终始。苏辙的“弯弓射猎本天性”(《虏帐》)是对契丹族社会民俗、民族性格的生动写照。辽诗存世七十余首，有汉人作的，也有契丹人作的。最能体现民族文学特色的当推契丹诗人之作。辽代首位较有名气的诗人是东丹王耶律倍，他现存诗一首：“小山压大山，大山全无力。羞见故乡人，从此投外国。”“山”是契丹小字，

唐代文学家元稹与白居易齐名，并称“元白”，同为新乐府运动的倡导者。

意思为“可汗”，与汉字的“山”形同义不同。写的是太后立耶律德光为帝，自己是太子却被摈弃的事。这是一首契丹文与汉文珠联璧合的诗的典型。赵翼在《二十二史札记》中说此诗：“情词凄婉，言短意长，已深合风人之旨也。”辽国的契丹族诗人成就可观的还有萧观音、萧瑟等。

金末元初，元好问是杰出的诗人，最有成就的词人，重要的诗论家。元好问(1190～1257年)，字裕之，号遗山，太原秀客(今山西祈州)人，祖先为北魏鲜卑拓跋氏。他存诗一千四百余首，生动地反映了金元易代时的社会历史画卷，风格雄浑悲壮，代表作有《论诗绝句三十首》、《癸巳四月二十九日出京》、《岐阳三首》、《游黄山》等；他存词三百余首，数量为金词之冠，风格与诗风类似，气象苍莽，境界壮阔，代表作有《木兰慢·游三台》、《水调歌头·赋三门津》、《摸鱼儿》。

元朝，蒙古族入主中原，民族文学又出现了一个高潮。契丹人耶律楚材、突厥人乃贤、色目人余阙、回族人丁鹤年、回族人萨都剌、维吾尔族人贯云石等人，深受汉文化的熏陶，用汉文写作的诗，艺术上都相当成熟。其中成就最高的是萨都剌。他以写宫词、乐府著名，受晚唐温庭筠和李商隐的影响颇大。如《上京即事》：“牛羊散漫落日下，野草生香乳酪甜。卷地朔风沙似雪，家家行帐下毡帘。”描写塞北的风光，格调清新，笔触充满深情。

纳兰性德像

被誉为“清初第一词人”。其词自然流畅，缠绵清新，多是哀婉凄艳的佳构。精于书法，擅长书画鉴赏。有《侧帽词》、《饮水词》行世，一时洛阳纸贵，人人争相诵咏。

元好问是700多年前金朝最有成就的作家和历史学家。

到了清朝，纳兰性德(1654～1685年)吸收李清照、秦观的婉约特色，运用不事雕琢的白描手法，铸造出具有个人独特风格的词作，给词在清代的振兴注入了活力。他属满洲正黄旗，姓叶赫部落，是呼伦四部的人。同时他又是太傅明珠之子，字容若，名性德。他的悼念亡妻的词作如《金缕曲》、《蝶恋花》等是其代表作，可与苏轼《江城子·记梦》相比。况周颐称他为“国初第一词人”。

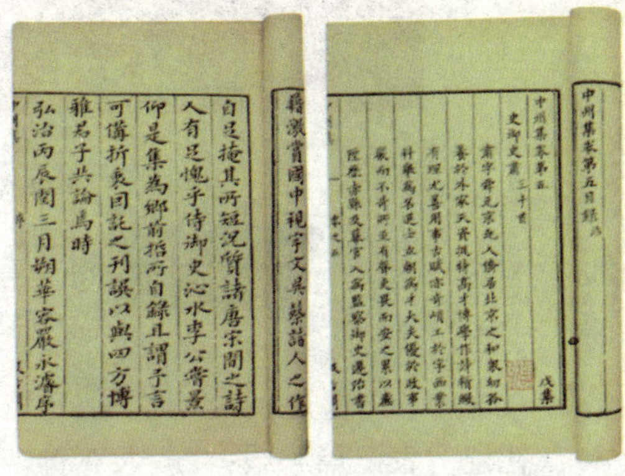

《元遗山先生全集》书影

元好问，字遗山。他是金末元初最杰出的词人和诗论家。

曹雪芹(约1715～1763年)，祖籍辽阳，明末入满洲籍，属正白旗。他的祖父给康熙写奏折，康熙批语有满文，可以肯定曹雪芹的祖父是懂满文的。曹雪芹接受了满族文化，用汉文写出来的《红楼梦》无疑更称得上真正的“民族文学”的精品。

精彩阅读

问松林，松林经几冬。山川何如昔，风云与古同。

——北魏·元勰《应制赋铜鞮山松诗》

健儿须快马，快马须健儿。跸跋黄尘下，然后别雄雌。

——北朝《折杨柳歌辞》

威风万里压南邦，东去能翻鸭绿江。灵怪大千俱破胆，那教老虎不投降。

——辽·萧观音《伏虎林应制》

惨澹龙蛇日斗争，干戈直欲尽生灵。高原水出山河改，战地风来草木腥。精卫有冤填瀚海，包胥无泪哭秦庭。并州豪杰知谁在，莫拟分军下井陉。

——金·元好问《壬辰十二月车驾东狩后即事》

祭天马酒洒平野，沙际风来草亦香。白马如云向西北，紫驼银瓮赐诸王。

——元·萨都剌《上京即事》

朔风吹散三更雪，倩魂犹恋桃花月。梦好莫催醒，由他好处行。无端听画角，枕畔红冰薄。塞马一声嘶，残星拂大旗。

——清·纳兰性德《菩萨蛮》

宗教文学

繁盛时期：魏晋南北朝、唐代
特　　点：寓意深刻、世俗化
代表人物：寒山、贯休
经典著作：《周易》、《十喻诗》

《礼记·表记篇》载："殷人尊神，率民以事神，先鬼而后礼。……周人尊礼尚施，事鬼敬神而远之。"这里包含的宗教观念说明，宗教文学应该在商代的卜辞里就存在着。商末周初的《周易》是一本卜筮书，它在中国文学史上作为由卜辞向《诗经》过渡的重要文献，具有较强的宗教文学的性质。

《诗经》现存305篇，起于周初，止于春秋中期。文学史家刘大杰说："周初去古未远，神鬼的至尊概念，还能坚固地统治人们的心灵。当时的文学，正是那些为宗教服务的舞歌。那代表的便是'周颂'。""雅"中的祭祀诗，同样属于宗教诗这一类。"周颂"是"诗经"中最古的一部分，代表着武、成、康、昭的西周盛世，在艺术形式上，还没有脱离歌辞、音乐、跳舞的混合形式，在艺术功用上，履

人物故事册（之二）明 仇英绢本

本画取材于汉代刘向所著《神仙传》，相传春秋时秦穆公之女弄玉擅长吹箫，与同样擅吹箫的仙人萧史鼓结连理。秦穆公于都城外筑高台，弄玉夫妻吹箫，箫声婉转，引来凤凰，后二人乘龙凤升天而去。故后人称此地为凤城。本图即描绘秦穆公之女吹箫，凤凰起舞的场景。

关键词　道教文学　佛教文学　世俗化　僧诗　禅意

行着宗教的使命。南方的楚辞同样具有这样的宗教性质，像《九歌》中的巫灵，《离骚》中的天堂，《招魂》中的地狱，《天问》中的玄想都是明显的标记。

汉代的宗教诗统收在《郊庙歌辞》里，多采用《诗经》的句式，以四言为主，间有三言，常常是一些歌功颂德、祭祀祖先的深奥雅训之词，在祭祀的时候歌诵表演。这类诗可以称得上文学作品，但价值不大，风气一直延续到清朝，形成了定制。

汉代末年，桓灵之世，一方面道教借社会动乱兴起，造成有名的黄巾之乱；另一方面，支谶、安清、竺佛朗、康孟祥诸人的译经渐渐将佛教的本文析现出来。这些为道教文学和佛教文学的发展提供了稳固的基础。

魏晋南北朝时期，佛学大盛，道教也迅速发展起来。支谶、康僧会、竺法护、道安、鸠摩罗什、法显、真谛等众多的翻译家将大量佛经译成汉文。其中竺法护译佛经159部，鸠摩罗什译佛经35部，成绩尤为卓著。这些译著在某种意义上说都是相当好的文学作品。他们本人也创作了很多文学作品。如鸠摩罗什的诗《十喻诗》："十喻以喻空，空必待比喻。借言以会意，意尽无会处。既得出长罗，住此无所住。若能映斯照，

葛稚川移居图 元 王蒙

葛稚川，即东晋著名道士葛洪，著《抱朴子》。丹阳（在今江苏）人，出身道教世家，少时曾学炼丹术，后闻交趾盛产丹砂，于是带领全家南下广州，隐居罗浮山。

游仙诗即歌咏仙人漫游之情的诗。其体裁多为五言，句数不等。

精彩阅读

皓然之气，犹在心目，山林之士，往而不反。

——晋·竺法崇《咏诗》

三洲断江口，水从窈窕河旁流。啼将别共来，长相思。
三洲断江口，水从窈窕河旁流。欢将乐共来，长相思。

——南朝·梁·释法云《三洲歌》

沙门不持戒，道士不服药。自古多少贤，尽在青山脚。

——唐·寒山子

世人不知心是道，只言道在他方妙。还如瞽者望长安，长安在西向东笑。

——唐·皎然《赠吴凭处士》

蜀魄关关花雨深，送师冲雨到江浔。不能更折江头柳，自有青青松柏心。

——唐·贯休《春送僧》

身著袈裟手杖藤，水边行止不妨僧。禽栖日落犹孤立，隔浪秋山千万层。

——唐·齐己《水边行》

明月斜，秋风冷，今夜故人来不来，教人立尽梧桐影。

——唐·吕洞宾《梧桐影》

万象无来去。”喻义深刻，但又不似当时流行的玄言诗那么古奥艰涩，对后代的佛教文学特别是诗影响很大。齐梁时期，南朝的僧人受当时风气的影响，所作的诗文也是辞藻华美，音节流利。齐武帝早年到樊(今湖北省襄樊市)、邓(今河南省邓州市)间游玩，称帝后，追忆往事，作《估客乐》，让释宝月奏之于管弦。宝月后来又相和了四首，如前两首：“郎作十里行，侬作九里送。拔侬头上钗，与郎资路用”，“有信数寄书，无信心相忆。莫作瓶落井，一去无消息”，以女子口吻写就，颇有南朝民歌的风味。这也代表了宗教文学的世俗化倾向。另外，释宋阙、释惠标、释惠净都是南朝至隋末有名的诗人，像宋阙的“可患身为患，生将忧共生”、“长辞白日下，独入黄泉中”，惠标的“舟如空里泛，人似镜中行”、“岸阔莲香远，流清云影深”，慧净的“落照侵虚牖，长虹拖跨桥”、“扰扰三界溺邪津，浑浑万品忘真匠”，都是清丽可读的佳句。

这一时期，道教也在民间和士大夫阶层中日益稳固起来，然而道教文学却进展比较缓慢。西晋王浮所作的《老子化胡经玄歌》、无名氏的《太上皇老君哀歌》、《老子十六变词》、《步虚辞》、《化胡歌》等，传颂极广，特别是在北

玄言诗是东晋的诗歌流派。代表作家有孙绰、许询、庚亮、桓温等。

方地区，几乎成为民间与士大夫阶层必读的作品。这些诗歌无非是讲求药得道升天，多少反映了当时的社会状况，文学水平不高。南朝的道士受时代风气影响，留传下来的作品不多，但文学性较高。著名的《游石门诗序》是一篇极好的文章，与《兰亭序》、《赤壁赋》有神似的地方，从游赏风景到慨叹人生，行文自然，说理透彻，作者是庐山的道人。梁朝的惠慕道士事迹已不可考，存《犯虏将逃作诗》一首："客子倦艰辛，夜出小平津。马色迷关吏，鸡鸣起戍人。露鲜花敛影，月照宝刀新。问我将何去，北海就孙宾。"能将逃亡这样的事情，写得这么轻松，富有诗意，甚至是带有诙谐的成分，实在是很少见。

唐代是宗教文学最为繁盛的时期。从立国之本说，儒学是基础。但在思想领域，则是儒释道并存。唐王室皇族以老子为祖先，庄子、列子都被封为真人。开元年间还设道举科。唐太宗亲自支持玄奘译经，唐玄宗亲注《孝经》、《道德经》、《金刚经》，颁行天下。三家思想的交融，是唐代思想的基本特点，同时也是唐代宗教文学兴盛的原因。清人彭定求主编的《全唐诗》，收入僧人诗作者113人，诗2783首，占《全唐诗》总数的百分之六左右。这些僧人中较著名的有寒山、拾得、丰干、怀素、无可、皎然、贯休、齐己等。这些僧人的诗有佛教义理诗、劝善诗、偈颂，但更多的

罗汉图(部分) 五代 贯休

贯休（832～912年），即禅月大师，俗姓姜，字德隐，婺州（今浙江金华）人，五代时期著名诗人、画家、书家。

道教八仙为汉钟离、吕洞宾、张果老、韩湘子、铁拐李、曹国舅、蓝采和、何仙姑。

是一般的篇咏。僧诗中较重要的有王梵志诗、寒山诗、贯休诗、齐己诗。王梵志诗今存390首，写世俗生活的部分，多底层的不幸与贫困，且表现佛教思想，劝人为善，在民间广泛流传。寒山诗、贯休诗、齐己诗则包括世俗生活、求仙学道和佛教等内容，特别是一些充满禅意的诗有着广泛而深远的影响。另外一种佛教文学就是俗讲和变文，这是当时出现的新文体，以讲唱为主，内容为佛经，带着通俗文学的性质。

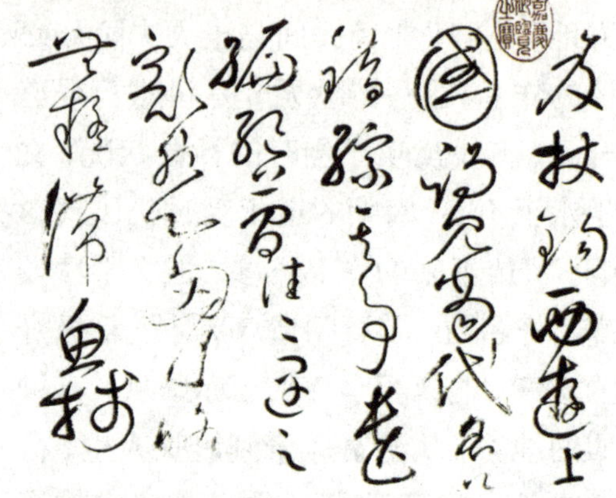

自叙帖 唐 怀素

此帖草书共126行，698字。首6行早损，为宋苏舜钦补画。书于大历十二年，内容为自述写草书的经历，和当时士大夫对他的书法的评论及赞颂。所书狂草，用笔宛转自如，刚劲有力。正如《宣和书谱》云："字字飞动，圆转之妙，宛若有神。"字的形体结构极富变化，是怀素狂草的代表作品。怀素是唐朝著名的诗僧。

道教文学在唐代也相当壮大，《全唐诗》中收录的道仙67家，诗数百首。其中最著名的作者要数道教中的"人仙"之一吕喦(洞宾)。其他像孙思邈、叶法善、张果、韩湘、钟离权也很有名气。吕喦的诗大多写得道升仙的法门，少量涉及到现实生活，文学价值不高，但对后世影响很大。

宋元明清四代，随着中央集权统治的加强，程朱理学逐渐得到提倡，整个社会的思想都得了束缚。宗教文学迅速平庸下来，鲜有具有重要价值的作品出现。

文学纪事

公元前14世纪 盘庚迁殷。殷商卜辞宗教意味浓厚。《周易》卦爻辞作于商末。

周宣王十六年(前782年) 《诗经》之"周颂"产生。颂为西周宗教文学代表。

周赧王十六年(前299年) 屈原《天问》作于汉北。

汉武帝元狩三年(前120年) 乐府机构兴起，其中"郊庙歌辞"为宗教性作品。

汉灵帝喜平元年(172年) 佛教约在此年左右传入内地。

宋文帝元嘉十年(433年) 谢灵运被杀，年四十八(385～433年)。

梁武帝普通八年(527年) 梁武帝萧衍舍身同泰寺。

唐太宗贞观四年(630年) 唐太宗被推为天可汗。王梵志诗流行于民间。

唐武宗会昌五年(845年) 武宗下令灭佛，毁佛寺四千六百余区。

唐昭宗天复三年(903年) 贯休入蜀，王建赐号"禅月大师"。

文学与宗教

渊源关系：文学与儒、道、释互相影响
代表人物：谢灵运、沈约、王维
经典著作：《周易》、《西游记》、《封神演义》

文学的起源，长久以来，就有宗教巫术的说法。商代的宗教观念还完全处在巫术和迷信的时代。而宗法伦理观念反映在宗教中，是到周朝才产生的。《国语·楚语》中说："古者民神不杂。……在男曰觋，在女曰巫。"男觋、女巫是宗教职务，承担沟通神人意志的责任，他们的地位很高，有支配人事的权力。在1169条卜辞内，关于这些觋巫祭祀的有538条之多，巫史二字也见于卜辞。由此可见，巫史卜筮在当时占有多么重要的地位。在祭祀祈祷以及献媚鬼神的各种仪式中，音乐、唱歌、跳舞等各种艺术，都在祭坛下面发展了起来。文学作品如卜辞、《周易》等，具有浓厚的宗教气息。这方面，《诗经》和《楚辞》显示了文学初级阶段的特点：逐渐从宗教脱离，向生活靠近。

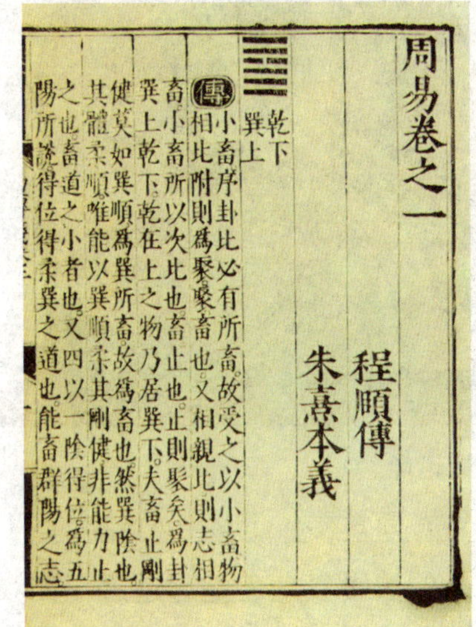

周易卷之一

程頤傳
朱熹本義

乾下
巽上

小畜序卦比必有所畜故受之以小畜物
傳 相比附則爲聚聚畜也又相親比則志相
畜小畜所以次比也畜止也止則聚矣爲卦
巽上乾下乾在上之物乃居巽下夫畜止剛
健莫如巽順爲巽所畜故爲畜也然巽陰也
其體柔順唯能以巽順柔其剛健非能力止
之也畜道之小者也又四以一陰得位爲五
陽所說得位得柔巽之道也能畜群陽之志

《周易》内页

相传伏羲氏仰观天文，俯察地理，画成八卦，文王被囚，演成六十四卦，并作卦辞，所成之书被称《周易》。该书是中国卜筮之学的经典和文化思想的重要典籍。

西汉文学和先秦时期的楚地文学有很深的渊源关系，而楚地文学无疑是宗教味很重的，所以，这启发了汉代文学从一开始就禀具的浪漫主义色彩。西汉时期的文人一方面对现实予以充分的描写，另一方面又幻想在神仙道化的宗教世界里，很多作品出现人神同乐、人神共游的场面，人间生活与神仙世界的对比与沟通。东汉时期，道教的兴起和佛教的传入，并没有使文学走向虚幻，即使仍然有神灵出现，但东

关键词 宗教巫术 佛教 道教

谢灵运像

谢灵运，东晋诗人，中国山水诗的开创者。

汉文学的浪漫气息还是远远逊于西汉，而是按自己的规律向前发展，现实性得到进一步加强。像班彪的《北征赋》、班固的《汉书》、班昭的《东征赋》、赵壹的《刺世疾邪赋》、汉乐府诗等作品，很少见到有虚幻的成分。这和西汉的《史记》、《七发》、《子虚赋》、《上林赋》相比，特点迥异。

魏晋南北朝时期，佛教的传入和佛经的大量翻译，在当时引起了震动，涉及到的文化领域（文学、绘画、书法、建筑、音乐、风俗、思想、政治、经济）和社会阶层（从贵族王室到平民百姓）极为广泛。南北朝的帝王大都崇信佛教。古寺古刹、石窟摩崖也大量兴建。梁朝有寺2846座，僧尼八万二千七百余人；北魏末，寺院约三万余座，僧尼约三百余万人；北齐一朝，僧尼有二百多万人，寺院四万余座，可见，当时佛教影响之大。由此不难看出，佛教已经为魏晋南北朝的文学营造了一种新的文化土壤和文化氛围。

文学家与佛教的关系也相当密切。传说曹植曾经为月氏人支谦详定所译《太子瑞应本起经》。又游赏东阿的阿鱼山，忽然听到山岩间有诵经声，深亮清通，立即效仿。《异苑》卷五载："今之梵唱，皆植依拟所造"，世称鱼山梵吹。高僧慧远在庐山与谢灵运、刘遗民、宗炳、陶渊明（传说）等许多文人有很深的交往。谢灵运是一位笃信佛教并懂梵文的文学家，著有《辨宗论》、《佛影铭》、《庐山慧远法师诔》、《维摩诘经中十譬赞》等。齐竟陵王萧子良于齐武帝永明五年（487年）在京城建康召集名僧、文士讨论佛儒，吟诗作文，造经吹新声。这件事对沈约等诗人开创永明体无疑有巨大的作用。沈约本人也很笃信佛教、精通佛典。《文心雕龙》的作者刘勰曾经"依沙门僧祐，与之居处，积十余年"（《梁书·刘勰传》）。江总曾从法则受菩萨戒，后来栖止龙

华寺。

关于佛教对文学的影响，较为直接的有以下五个方面：

一、词汇的扩大。随着佛经的大量翻译，佛教概念的词也开始进入汉语，使汉语词汇得到了丰富，像“因缘”、“境界”、“佛陀”、“菩萨”、“沙门”、“菩提”、“恒河沙数”、“放下屠刀，立地成佛”等词语，有的是外来语的音译词，有的是赋有佛教含义的原生词。

二、文学观念的多样。魏晋南北朝是文学观念试图脱离正统儒家学说、与玄学关系密切的时期，佛教里真空有无、心性、象、境界的概念以及关于形神的讨论，丰富了文学观念，提供了文学思路，启发了文学思维。

三、想象世界的拓展。佛教带来三界、五道的观念，因果、轮回的观念，三世（前世、今世、来世）的观念，使中国人的想象世界得到很大的拓展。后世的文学作品特别是小说几乎没有一部不受影响。

四、故事的增加。佛教的佛经里保存着大量的本生故事。这些故事有的被原样保留下来，有的加入中国的道德观念和人物情绪变成本土故事。《续齐谐记》、《幽明录》里有大量佛教题材类的小说。唐代的俗讲和变文，导致了中国戏剧、弹词、白话小说的产生，更证明了佛教的深远影响。

五、四声的发现和反切的产生。四声的发现，始自南朝宋代的周颙。陈寅恪《四声三问》认为它的发现与佛经转读有关。多数学者认为反切的产生时间是在汉末。在翻译佛经的过程中，梵语的拼音法启发人们来分析

精彩阅读

陈郡谢灵运笃好佛理，殊俗之音多所达解，乃咨睿以经中诸字并众音异旨，于是著《十四音训叙》，条列梵汉，昭然可了，使文字有据焉。

——梁·慧皎《高僧传》

海上求仙客，三山望几时。焚香宿华顶，浥露采灵芝。屡蹑莓苔滑，将寻汗漫期。倘因松子去，长与世人辞。

——唐·孟浩然《寄天台道士》

木末芙蓉花，山中发红萼。涧户寂无人，纷纷开且落。

——唐·王维《辛夷坞》

横看成岭侧成峰，远近高低各不同。不识庐山真面目，只缘身在此山中。

——宋·苏轼《题西林壁》

汉语的声音结构，理出了声母和韵母，产生了反切。这些对后世的诗歌影响极大。

唐朝儒释道三家并行，在政权的运转上，儒家思想占统治地位；在人生的信仰、生活的态度与情趣、社会的思潮方面，常常杂入释道。这些方面，极大地影响了唐文学的发展。

佛教对文学的影响，除了诗僧外，主要是通过影响士人的人生理想和生活情趣而凸显到作品中来的。唐代的很多作家，如孟浩然、王维、岑参、常建、杜甫、李白、元稹、白居易、刘禹锡、李贺、皮日休、罗隐、杜荀鹤等人的作品中，都有佛教影响的痕迹。禅宗提倡的禅机更是有一种深层次的净化作用。唐诗中的空寂、明彻、淡泊的底蕴，就是从这里来的。从王维的诗中，最能清楚地看到这种特质。

道教同样对唐文学产生了广泛的影响。唐人多有神仙思想的影响，这是道教对其人生信仰的影响，追求返归自然的真淳。唐代作家王勃、陈子昂、王昌龄、李白、白居易等，都有神仙信仰。以写实著称的白居易也在《长恨歌》的结尾变幻出一个神仙世界。

在唐代，绝大多数文学家是同受三家思想影响的：儒家的影响体现在进取的高昂气质，佛教的影响丰富了心境的表现，道教则幻化了想象的张力。

宋代以后，佛教的禅宗思想和道教的神化思想更加普及和广泛，对文学的影响基本上延续了唐朝时的状态。只是佛教的故事、高僧的故事、仙道的故事深入渗化到各类文学题材，比唐朝有所扩展，这主要体现在小说方面，如“三言二拍”、《封神演义》、《西游记》等。值得一提的是，五代宋末形成的道教八仙故事对明清文学影响很大。

文学纪事

公元前16世纪 汤败夏帝桀，商朝建立。
公元前11世纪 周武王灭商，西周建立。
周赧王十一年（前304年） 屈原作《离骚》。
汉灵帝熹平元年（172年） 道教在此时形成，佛教也此时传入中原。
晋安帝隆安二年（398年） 桓玄、慧远展开佛教与玄学大辩论。
梁武帝普通八年（527年） 梁武帝舍身同泰寺。
唐高祖武德元年（618年） 宇文化及杀隋炀帝于江都。李渊即位于长安，国号唐。

纪传体史书一般由本纪、表、志、世家、列传等五种体例构成。

文学与政治

渊源关系：政治兴衰，文学跟进
代表人物：曹操、罗贯中、洪昇
经典著作：《战国策》、《三国演义》、《桃花扇》

中国文学一开始就与政治有着不可脱离的关系。商代中期，盘庚迁都于殷，对臣下发表训令，收录在最早的散文集《尚书》中。盘庚迁殷，经过武丁的经营，国家昌盛，巫觋之风盛。祭祀占卜的卜辞留在甲骨上，称为卜辞，是中国散文的源头。周武王攻灭商纣，建立西周。周公定礼制，史官从原始宗教里脱离，成为新兴文化的代表。《诗经》实际是朝廷收集的礼乐歌。

春秋战国时期，随着周天子的衰微，礼乐制度崩坏，各个学派的代表人物，出于对国家的责任感和人生的际遇，著书立说，形成“百家争鸣”的局面，出现了“百家齐放”的文学局面和风格。

焚书坑儒图

秦始皇的焚书坑儒政策对中国文学和文化的发展和继承破坏性极大，由此带来中国文学史上秦文学的严重缺失。

汉朝继秦朝统一六国后统一天下，汉武帝时，“罢黜百家，独尊儒术”，北定匈奴，东平朝鲜，西入大宛，南服交趾，国力空前强盛。这对汉赋的博大气势和汉代散文的纵横捭阖有着直接的影响。

汉末天下大乱，黄巾起义，军阀混战，“白骨露于野，千里无鸡鸣。”曹操统一北方后，汇集文士，慷慨赋诗，和两个儿子曹丕、曹植造就了建安时期文学的新局面。此后，西晋统一，结束了三国纷争的局面。不久后又发生“八王之乱”，晋室东迁到南方后，北方十六国连年混战，南方东晋又有桓温、王敦等作乱，北方北魏、北齐、北周、西魏、东

关键词 百家争鸣 乱世文学 怀古咏史 政治教化

《金瓶梅》插图
王婆子贫嘴说风情

明代世俗文学是在其政治混乱、城市繁荣、思想解放的基础上发展起来的。《金瓶梅》是世俗文学的代表。

魏等朝代的更迭斗争，南方宋齐梁陈几个朝代的更迭带来的斗争，梁末的侯景之乱，再加上东晋、南朝的北伐、北朝的南攻，三百多年里没有安宁。这些在文学作品中都有反映。所以说魏晋南北朝文学是典型的乱世文学。

唐朝建立后，太宗李世民贞观四年（630年）打败突厥，东突厥的各属王归顺唐朝，尊唐太宗为天可汗。贞观八年（634年）大败吐谷浑，贞观十四年（640年）平定高昌，高宗显庆二年（657年）打败西突厥。唐朝维持着强大的势力达一百余年，直至唐玄宗开元、天宝年间达到最高峰。唐朝帝王对外来文化采取兼容的政策，视华夏夷狄为一家，广开仕途。这使得唐代士人对人生普遍持进取的、积极的态度，反映到文学上来，便是文学中的昂扬情调。安史之乱后，大多数诗人失去了盛唐士人的昂扬风貌，尽管还有少量作品存留盛唐余韵，也写民生疾苦，但大量作品表现出孤独寂寞的冷落心境，追求清雅高逸，气骨渐衰。晚唐时期，内有宦官专权，外有藩镇割据，战乱频起，唐王朝陷入衰败倾覆的境地。一般士人在仕途上没有了进身机会，国事无望，常常悲凉空漠，体现得最早最多的就是怀古咏史的作品。

晚唐五代衰乱，西蜀和南唐相对比较安定，前蜀王衍，后蜀孟昶，南唐中主李璟、南唐后主李煜都没有励精图治的打算，苟且偏安，收容不少避乱的文人，纵情游乐，词曲艳发，所以词坛从五代开始兴盛起来。

公元960年，后周世宗柴荣病死后，恭帝年幼，殿前都点检赵匡胤利用兵权，发动陈桥兵变，建立宋朝。在此后，宋朝先后平定西蜀、南唐和北汉，结束战乱分裂局面，基本实现统一。鉴于中唐以来藩镇割据，宋王朝采用崇文抑武的基本国策，重用文臣，宰相、枢密使等多由文人担任。文臣由科举考试进入仕途，成为宋代官吏的主要成分。这些措施使士大夫的参政热情非常高。欧阳修在《镇阳读书》中说："开口揽时事，议论争煌煌。"这些使宋代的诗文明显具有政治教化的功能，说教意味显然比唐代浓厚得多，反映社会、干预政治始终是其最重要的主题。

13世纪中叶，成吉思汗统率蒙古铁骑，横扫亚欧大陆。1234年，窝阔台灭

文字狱是因着文作字而获罪的政策。明洪武年间、清康雍乾年间文字狱极为盛行。

金；1276年，忽必烈灭宋，以大都为政治中心，建立起“北逾阴山，西极流沙，东尽辽左，南越海表”的以蒙古族贵族为统治主体的大一统政权。在政治上，元朝统治者奉行民族压迫政策，将国民分为蒙古、色目、汉人、南人四个等级。蒙古人最尊，南人最贱，民族矛盾始终很尖锐。另一方面，各民族间的杂居、交流，既提高了少数民族的文明程度，也给汉族文化注入了新的成分。这些在元杂剧、元代少数民族诗人作品中都可以找到答案。

1368年，朱元璋建立明朝。在政治上，他先后通过左丞相胡惟庸和大将军蓝玉两案，大兴党狱，杀戮功臣，废除宰相制度和三省制度。至成祖永乐和宣宗宣德年间，又建立内阁制度，削弱王权，还建立锦衣卫和东、西厂，监视群臣和百姓。明代中叶以后，皇权高度集中，皇帝腐化，宦官专权，加剧了党争。政治上的混乱伴随着商业经济的发展，城市繁荣，政治思想逐渐自由活跃起来。明代世俗文学就是在这样的情况下兴盛起来，并在成就上超过了传统的诗、文、词等。

明末崇祯十七年（1644年），李自成率农民起义军攻陷北京，明朝灭亡。清兵挥师入关，宣布定都北京，拉开了统治中国267年的清王朝的序幕。定鼎北京后，经过40年的征服战争，清朝统一全国。康熙、雍正、乾隆三朝，国势强盛，社会繁荣，文学也呈现出一种集中国古代文学之大成的辉煌景观。待到19世纪中叶的道光年间，发生鸦片战争，中国沦为半殖民地半封建社会，进化论、天赋人权、自由民主等比较重要的资产阶级思想学说引入中国。中国文学改革从此翻开了新的一页。这时的文学创作显现出新旧文学的竞争和并存的局面，一直持续到清亡以后。

文学纪事

周元王元年（前475年） 战国始于此年。老子、孔子、孙武、晏婴生活在这之前；墨子、孟子、屈原、庄子生活在这之后。

汉武帝建元元年（前140年） 武帝征枚乘，枚乘卒于途。董仲舒举贤良对策，东方朔至长安。

汉灵帝中平六年（189年） 曹操东归，起兵讨董卓。

唐高祖武德元年（618年） 宇文化及杀隋炀帝于江都。李渊在长安即帝位。李世民为尚书令，封秦王。

宋太祖建隆元年（960年） 赵匡胤发动“陈桥兵变”，建立宋朝，是为宋太祖。

元至元十六年（1279年） 南宋灭亡，文天祥被押往大都。

明洪武元年（1368年） 正月，明太祖称帝，国号为明；八月，元朝亡。

清顺治元年（1644年） 三月，李自成入北京，明亡。

清宣统三年（1911年） 武昌起义爆发，清亡。

历史散文以记述历史事件的演化过程为主，最早的历史散文是《尚书》。

文学与史学

渊源关系：成熟的史传散文、历史演义成小说
代表人物：司马迁、班固、欧阳修
经典著作：《左传》、《史记》、《新五代史》

文学的起源之一就是巫术宗教。上古时期巫史不分，史从巫中分化出来专门从事人事的记录，是文学上的一大进步，也是社会的一大进步。先秦时期的文学状态，一方面是文史哲不分，另一方面就是诗乐舞的结合，这种原始性的状态成为先秦文学的大景观。就散文领域来说，在讲先秦散文时我们无法排除《尚书》、《左传》、《国语》、《战国策》等历史著作。

商朝，巫史文化昌盛，促进了散文的发展。中国最早的散文可以追溯到记录包括祭祀、农业、战争、疾病、田猎等社会历史的甲骨卜辞。《尚书》所录的《盘庚》是可信的殷人作品，记录历史上盘庚迁都于殷时发表的训辞，文字古奥。《商书》中的另外四篇，经过后人润色，已非本来面貌。随着周

晋文公复国图卷　南宋　李唐

此图描绘春秋时晋国公子重耳出亡后历经宋、郑、楚、秦诸国，最后终于回到晋国，做了晋侯的故事。晋文公复国的故事在史传散文《春秋》、《左传》中都有记叙。

关键词　历史散文　演义小说　《三国志》　司马迁　文以载道

初分封制的推行，中国历史进入新阶段，旧的巫术宗教文化被取代，礼乐文化成为主流，历史意识也空前发展起来，“史官文化”因此而成熟。春秋时期各国的史书，以鲁国的《春秋》为代表，它经过孔子修订，讲述社会伦理秩序，通过对历史事件的选择，以寓褒贬，寄托自己的社会理想。《左传》是先秦史传散文的顶峰之作，它记述历史，开《战国策》、《史记》等史传散文的先河。《国语》以记载历史人物的语言为主，言辞典雅精练，通过人物语言描绘情节和人物形象，也为后世所推崇。

蔺相如完璧归赵图 清 吴历

图绘蔺相如见秦王并无诚意以城换璧，于是抱璧欲往柱上撞，秦王急忙展开地图请蔺相如观看。此故事在司马迁的《史记》中有极其生动传神的描写。

西汉王朝到武帝时期臻于鼎盛，历史散文出现了里程碑式的杰作，这就是由司马迁撰写的《史记》。它代表了中国古代历史散文的最高成就，鲁迅先生在《汉文学史纲要》中称它是“史家之绝唱，无韵之离骚”。司马迁的父亲司马谈(?～前110年)，曾任太史令，对诸子百家学说深有研究。司马迁在史官家庭长大，向孔安国学《尚书》，向董仲舒学习公羊派《春秋》，后来也担任了太史令。司马谈向儿子讲述过自己立志修史的动机：“自获麟以来，四百有余岁，而诸侯相兼，史记放绝。

文学纪事

公元前14世纪 《尚书》最早的作品(确切作品)产生于此时。甲骨卜辞既为历史材料，又具散文雏形。

周平王四十九年(前722年) 《春秋》、《左传》从本年开始记事。

周定王十六年(前453年) 《国语》约成书于战国初年。

汉武帝征和二年(前191年) 司马迁《史记》基本完成。

汉章帝建初七年(82年) 班固上《汉书》，迁玄武司马。

宋元嘉二十八年(451年) 裴松之卒，他于公元372年出生。奉诏注过《三国志》。

唐太宗贞观三年(629年) 建史馆，令令狐德棻等修周史，李百药修齐史，姚思廉修梁史、陈史，魏徵修隋史。

宋仁宗嘉祐五年(1060年) 欧阳修为枢密副使，与宋祁同修《新唐书》。

明洪武元年(1368年) 《三国志通俗演义》与《水浒传》基本定型。此后，历史演义盛行。

班固像

今汉兴，海内一统，明主贤臣死义之士，余为太史而弗论载，废天下之史文，余甚惧焉，汝甚念哉!”(《太史公自序》)司马迁修订一部历史，一方面继承古代史学传统，另一方面弘扬有汉一代的辉煌，同时更抒发了自己的人生情感和喟叹。《史记》记载了上自传说中的黄帝，下至汉武帝太初(前104～前101年)年间，共三千年的历史发展，是中国古代历史的伟大总结。

东汉时期，史传散文中，班固的《汉书》和赵晔的《吴越春秋》史学价值与文学价值俱高。《汉书》是中国第一部纪传体断代史，在叙事写人方面成就很大，中国文学界和史学界，常将他与司马迁并称“班马”，《史记》与《汉

纪传体，是以人物为中心的著史体裁，由西汉司马迁创体，以后历代皆有写作。

书》对举。《吴越春秋》今存十卷，讲述历史上吴越争霸的故事，兼有编年体和纪传体史书的特点，是历史演义小说的雏形。

两朝贤后故事册(之四) 清 焦秉贞 纸本

本画根据《后汉书》中邓太后戒饬宗族的事迹绘制而成。邓太后，名绥，邓禹孙女。和帝卒后临朝。在位20年。邓太后曾经将邓氏子孙30余人聚集起来，授以经书，并亲自监督考核，同时，太后下诏令国戚们切忌只拿奉禄而不思上进。本画即描绘太后此举。《后汉书》是中国“前四史”之一。

魏晋南北朝是一个政权更迭迅速，思想极其复杂的时期，这也是文学开始与史学、哲学逐渐分清的阶段。和《史记》、《汉书》、《后汉书》并称“前四史”的《三国志》，史学价值就盖过了文学价值，反映了文学发展的轨迹，同时，这部作品仍具备相当的文学水平，则显现了中国文学与史学互相渗透出入的联系。南朝宋范晔的《后汉书》具有相同的特点。北朝的著名散文如郦道元《水经注》、杨炫之《洛阳伽蓝记》虽然是旷世的精彩阅读，但是史学上的价值同样不可忽视。清陈运溶指出：“郦注精博，集六朝地志之大成。”(《荆州记》序)《洛阳伽蓝记》记叙佛教传入中国后在北方的发展历史，史料价值非常高。刘义庆的《世说新语》记录魏晋名士的逸闻轶事和玄虚清谈，是研究魏晋上层社会的极好史料。

唐初设立史馆，出于以史为鉴的目的，修《梁书》、《陈书》、《北齐书》、《周书》、《隋史》。后来又以太宗李世民修撰的名义修《晋书》和以私修官审的形式修《南史》和《北史》。史学家对文学问题的论述和批评，直接影响到文学的走向，如《隋书·文学传论》、《北齐书·文苑传赞》、《周书·王褒庾信传论》及各史中的作家传以及传论中的文学见解，与初唐诗风朝着合南北文学的长处、旨深调远、声律风骨齐备的方向发展不无关系。

宋代文人士大夫在政治上和学术上都有强烈的使命感，十分重视诗文的教化功能。所以欧阳修在编修《新五代史》的时候，会用自己犀利的文字在序传中通过五代各个朝代的兴亡，论述国家盛衰的道理，告诫为人主的引以为戒。这些史学思想和文学手法在《伶官传》和《宦者传》里有很好的体现。此外，通过对历史人物、历史著作、历史事件的研究，宋代的文学家发表许多文章，展开议论，把文学的社会政治功能通过历史揭露出来，像苏洵的《管仲论》，苏轼的《范增论》、《留侯论》、《贾谊论》，苏辙的《六国论》，王安石的《读孟尝君传》就是这类作品。

随着程朱理学的确定，宋代文人对待史学的态度一直延续到清末。像明朝方孝孺的《豫让论》、唐顺之的《信陵君救赵论》、王世贞的《蔺相如完璧归赵》无疑是受了宋人作品的影响。另一方面，元明清三代，历史逐渐走向世俗，被民众演绎，出现了讲史、说唱、弹词、演义小说等题材，将历史搬上了世俗文化的舞台，有从《三国志》发展来的《三国志通俗演义》小说；有从历史上的宋江起义衍化成的《水浒忠义传》；有写周武王灭商的《封神演义》。其他像《杨家将演义》、《隋唐演义》、《说唐后传》、《五虎平西平南》、《南北史演义》等，更是极受欢迎的文学作品。这些反映出文学与史学的关系：一、庙堂性，存在于上层文人中，通过历史作理论阐述，“文以载道”；二、民间性，存在于大众生活阶层中，通过历史演绎出故事，学历史，娱乐身心。

精彩阅读

说《三国志》者，在宋已甚盛，盖当时多英雄，武勇智术，瑰伟动人，而事状无楚汉之简，又无春秋列国之繁，故尤宜于讲说。东坡(《志林》六)谓：“王彭尝云，途巷中小儿薄劣，其家所厌苦，辄与钱，令聚坐听说古话，至说三国事，闻刘玄德败，频蹙眉，有出涕者，闻曹操败，即喜唱快，以是君子小人之泽，百世不斩”。

——现代·鲁迅《中国小说史略》

在文学的发展史上，有一个明显的事实，那便是早期诗句的衰颓与散文的勃兴。记载历史事实和表现哲学思想的散文，代替了诗歌的地位。由那些历史的哲学的文字，建立了中国散文的典型。这种现象的产生，并不是偶然的，它有它的物质环境的原因，和文学本身发展的必然性。这种必然性，正是文学给予人类社会的一种实用的功能的表现。

——现代·刘大杰《中国文学发展史》

哲理散文以析理论辩为主，不专记人记事。

文学与哲学

渊源关系：哲理散文、汉唐经学、宋明理学
代表人物：老子、孔子、陶渊明
经典著作：《老子》、《论语》、《孟子》

中国先秦时期的文学形态，一方面是文史哲不分，另一方面是诗乐舞的结合，这种混沌的情形是当时的一大景观。所谓文史哲不分，是就散文领域来说，因为那时还没有纯文学的散文，无法排除《周易》、《老子》、《论语》、《孟子》、《庄子》等哲学著作。

《周易》的作者，据《周易·系辞》说，是包牺氏（伏羲），传说他作"八卦"。《史记·周本纪》又提到"西伯……囚羑里，盖益《易》之八卦为六十四卦"。这些说法目前还未得到证实。从文字水平看，大约产生在公元前11世纪的商末周初。《周易》中的阴阳、刚柔的哲学思想对后世的文学批评理论影响甚大，它的有些爻辞也颇具文学性，比如"虎视眈眈，其欲逐逐"（《颐·六四》），又比"突如其来如，焚如，死如，弃如"（《离·九四》）。

老子像 元 赵孟頫 纸本

老子是春秋时期伟大的思想家，道家的创始人。他所撰述的《老子》是道家的开山著作，开创了中国古代哲学思想的先河。

《老子》和《论语》是中国最早的哲理散文。《老子》的文章犹如辞意精炼的哲理诗，运用大量的韵语，排比对偶句式，行文多变，常用比喻来表现深刻的哲理，阐明哲学思想，如描写"道"，说："谷神不死，是谓玄牝。玄牝之门，是谓天地根。绵绵若存，用之不勤。"文气流畅自然，句式连环相接。

关键词 哲理 经学 玄学 理学 禅宗

孔子圣迹图页 清 焦秉贞 绢本

图中湖石峻挺，绿意浓深，孔子正与国君相对而谈。此画当源自孔子周游列国，游说诸王，宣扬儒家"仁政"、"以德治国"的典故。

《论语》记录了孔子言行的片断，表明了孔子的"仁"的哲学思想，许多言语对后世文学创作、文学理论、文学批评影响深远；它的文学性绝妙地体现在用形象的语言简约地表达深刻的哲理，如"子曰：'岁寒，然后知松柏之后凋也'"（《子罕》），"子曰：'饭疏食，饮水，曲肱而亦在其中矣。不义而富且贵，于我如浮云'"（《述而》）等。

《孟子》主要记录孟子的谈话，反映了孔子之后最重要的儒学大师孟子对儒家学说的继承和发展，是著名的哲学著作。"性善论"、"养浩然之气"等论段对后世文学理论批评影响很大。长于论辩、巧妙动用逻辑推理、语言平实流畅是《孟子》的文学特点。《庄子》的哲学思想源于老子，发展并延伸了老子的思想。"道"是其哲学的最高范畴和根基，他认为人生就是体认"道"的人生，"天地与我并生，而万物与我为一"（《齐物论》），从而能进入"坐忘"的境界。这种哲学思想的表现形式，具有明显的文学特质，对文学影响较深，超过了其他著作。

汉代的官学和私学都以讲授儒家经典——五经为主，宗经成为有汉一代的社会风气。汉代经学与文学有着紧密的联系，经学作用于文学，文学也影响经学，许多作家如司马迁、司马相如、班固、张衡等，都受过经学教育，他们成为沟通经学和文学的重要媒介。《汉书·儒林传》说当时"公卿大夫士吏，彬彬多文学之士矣"。东汉的《论衡》和《潜夫论》分别是王衡和王充的作品，两者都是哲学味很浓的政论文。前者最能代表作者疾虚妄宗旨的是"九虚"、"三增"、《论死》、《订鬼》诸篇，后者

"四书五经"中的五经是指:《周易》、《尚书》、《诗经》、《礼记》、《左传》。

文字朴实无华，以温雅弘博见长。

魏晋时期形成一种新的人世观和世界观，其理论形态就是玄学。玄学的形成在老庄哲学思想的基础上又吸收佛学的成分，存有崇有贵无、名教与自然、形神之辨、名理之辨、言意之辨几个重要的论题。“自然”与“真”都不见于《论语》、《孟子》，是老庄哲学范畴里的特有词汇，在魏晋南北朝的文学创作与理论批评中虽然还没有占据主导地位，但体现它们的陶渊明的出现，以及阮籍、嵇康、钟嵘、刘勰等人关于“真”和“自然”的论述，却对此后的中国文学产生了极其深远的影响。

唐朝近三百年间，思想兼收并容，以儒为主兼取百家。唐玄宗亲注《考经》，又亲注《道德经》和《金刚经》，就是兼取三家思想的明证。儒、禅、道思想的交融，可以说是唐代思想的基本特点。佛教哲学思想的成熟，对士人的人生理想、生活情趣都有很深的影响。有的诗人直接讲佛理，如孟浩然的“会理知无我，观空厌有形”，李颀的“始觉浮生无住著，顿全心地欲皈归”，白居易的“有起皆有灭，无暌不暂同”；有的表现禅趣，如王维的“行到水穷处，坐看云起时”。唐代文学家几乎都是同时受儒、释、道家之影响，很少有例外的。

精彩阅读

子贡曰：“夫子之文章，可得而闻也；夫子之言性与天道，不可得而闻也。”

——《论语》

曰：“我知言，我善养吾浩然之气。”“敢问何谓浩然之气？”曰：“难言也。其为气也，至大至刚以直，养而无害，则塞于天地之间。其为气也，配义与道；无是，馁也。是集义所生者，非义袭而取之也。行有不慊于心，则馁矣。我故曰，告子未尝知义，以其外之也。”

——《孟子·公孙丑上》

道可道，非常道；名可名，非常名。地法天，天法道，道法自然。大器晚成，大音希声，大象无形。

——《老子》

童子者，人之初也；童心者，心之初也。

夫道理闻见，皆自多读书识义理而来也。古之圣人，曷尝不读书哉！然纵不读书，童心固自在也，纵多读书，亦以护此童心而使之勿失焉耳，非若学者反以多读书识义理而反障之也。

——明·李贽《童心说》

李贽像

他曾公开以"异端"自居，提出"穿衣吃饭即是人伦物理"，认定儒家经典并非"万世之至论"。李贽的思想为文学的变革提供了理论武器。

理学在宋代开始兴盛，主要是士大夫阶层主体意识的理论表现，如程颐、朱熹等理学家自认为掌握了古圣的道行，欧阳修、王安石、苏轼等文人也热衷于讲道论学。这种风气一直延续到南宋朱熹与二陆、朱熹与叶适、陈亮的论争，并体现在宋朝甚至是以后元明清三代的文学作品中。理学在南宋的最后50年，地位得到确认。

元明清三代，理学成为官方的意识形态。元朝立国，程朱理学统治地位仍然得以继承，朝廷设立官学，以儒家的四书五经为教科书，封孔子为"大成至圣文宣王"，但是这些都无法掩饰儒学声势的下降。佛教、道教、伊斯兰教、基督教在中原地区同样得到发展，削弱了儒家哲学思想的群众基础。随着程朱理学影响的下降，蔑视礼教违反伦理的举动越来越多。元代文学作品出现众多反对封建礼教的人物，无疑反映了这一现象。

明代弘治、正德年间，王守仁继胡居仁、陈献章、湛若水等人后，发展了宋代陆九渊的"心学"，认为"心者，天地万物之主也"，"心外无理，心外无事，心外无物"，提出"我心之良知，无有不自知者"。这种哲学思想打破了僵化的程朱理学，流布天下，在此后形成多个派别。其中的泰州学派，也称王学左派，从王艮、罗汝芳，到李贽，越来越"离经叛道"，与禅宗在社会上广泛传播，为文学的变革提供了理论武器。一时间，徐渭、李贽、汤显祖、袁宏道、屠隆等文学家在王学和禅宗的影响下，创作主体意识明显加强，文学个性更加鲜明，致使明代文学呈现出一种新的气象。

清初，几位思想家大都反对宋明理学，对李贽非儒薄经的思想更是加以否定，但无形中还是接受了李贽的影响。清代中叶，汉学家戴震的"由词以通道"的方法使他由对古文字训诂，进入对理学问题的研讨和对宋代理学的批判。他成为一位思想家、哲学家，批判宋儒"以理杀人"。清朝后期，伴随列强的入侵，西学来势凶猛，西方的传教士以及中国的京师同文堂、江南制造局翻译了大批哲学宗教、政治法律、历史地理方面的书，别开一种境界。清朝前中后三期哲学思想的变换在文学作品反映的非常明显，这也构成为清代文学比较繁复的特点。

程朱理学在南宋后期开始为统治阶级所接受和推崇，经元到明清正式成为国家的统治思想。

文学与地域

渊源关系：文学名家与作品的地域性
代表人物：竹林七贤、江西诗派
经典著作：《诗经》、《楚辞》

中国文学发展中的地域性表明中国文学有不止一个发源地。地域性在文学的最初阶段就有强烈的暗示和印记。《吕氏春秋·音初》说："禹行功，见涂山氏之女。禹未之遇，而巡省南土。涂山氏之女乃令其妾候禹于涂山之阳。女乃作歌，歌曰：'候人兮猗！'实始作为南音。"这首只有四个单音、两个实字的诗歌在中国诗歌史上具有划时代的意义。"南音"无疑清楚表明着太古时代就存在的文学地域性。《南风歌》也是一首古老的歌谣，仅从字面含义就能理解它的南方文学的特质，与《涂山氏歌》形成的共同点就是语气词"兮"的使用。"兮"的广泛运用在具有明显楚地特色的楚辞中得到更好的体现。这里暗含着地域性文学的传承。

《诗经》的地域性更加真切透明。风即音乐曲调，国风就是各地区的乐调。十五国风篇包括周南、召南、邶风、鄘风、卫风、王风、郑风、齐风、魏风、唐风、秦风、陈风、桧风、曹风、豳风。周南、召南、豳都是地名，王是西周王畿洛阳，其他的是诸侯国名。十五国风代表了不同地域的土乐。雅是朝廷正乐，西周王畿地区的乐调。公元前544年，吴国的季札在鲁国欣赏《诗经》里的这些国风时，一一品评，对不同地域的作品的精神气质作了精彩的描述。

"楚辞"的名称，始见于西汉武帝之时。宋黄伯思《翼骚序》云："屈宋

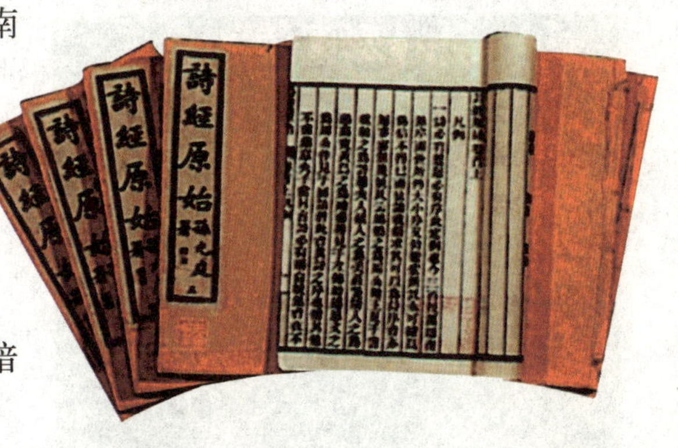

《诗经原始》书影

清方玉润著，方玉润字石友，四川人，后居云南，屡试不第，不得已投笔从戎。本书是方玉润晚年的作品，他一反前人旧说，提出要把《诗经》作为文学作品来研究，对于一些论点，宁肯阙疑，亦不附会穿凿。《诗经》的地域性更加真切透明。

关键词 南方文学 建安文学 竹林七贤 江西诗派 岭南文学

诸骚，皆书楚语，作楚声，记楚地名楚物，故可谓之‘楚辞’。”“楚辞”是指以楚国南方特色的乐调、语言、名物而创作的诗歌，在形式上与北方诗歌有较明显的区别。整个汉朝，都流行解读这种地域性很强的文学作品的风尚。这和汉高祖刘邦是楚人，喜爱楚声有很大关系。刘邦的《大风歌》、《鸿鹄歌》都是用楚地的曲调唱的。西汉刘向曾编集屈原、宋玉的作品和汉人模拟之作，署名《楚辞》。其中收录的汉代作家有贾谊、淮南小山、东方朔、王褒、刘向。东汉王逸作《楚辞章句》，附加自己的《九思》。除此外，扬雄、蔡邕、赵壹等都对楚地南方文学很感兴趣。在发展中，赋渐渐产生，并与楚辞类作品合流，总称为辞赋。东汉班固的《两都赋》、张衡的《二京赋》、左思的《三都赋》都是描写特定地域山川方面的佳作。

屈原像

屈原吸收楚地民歌的形式，创造出句法灵活、结构富于变化的“楚辞”诗体。“楚辞”是地域性很强的文学作品。

精彩阅读

沧浪之水清兮，可以濯我缨。沧浪之水浊兮，可以濯我足。

——《楚辞·渔父辞》

北字多而调促，促处见筋；南字少而调缓，缓处见眼。北则辞情多而声情少，南则辞情少而声情多。

——明·王世贞《曲藻》

今之北曲，盖辽金北鄙杀伐之音，壮伟狠戾，武夫马上之歌，流入中原，遂为民间之日用。宋词既不可被弦管，世人亦遂尚此，上下风靡。

——明·徐渭《南词叙录》

魏晋南北朝时期，建安文学集中于邺都，正始文学集中于河南，齐梁陈文学集中于建康，呈现出此盛彼衰、此衰彼盛的状况。曹丕留守邺城时，常与文士们相聚宴诗，诗酒竞豪。他在《又与吴质书》中说起当时的盛况：“昔日游处，行则连舆，止则接席，何曾须臾相失，每至觞酌流行，丝竹并奏，酒酣

竹林七贤是三国魏末七位名士的合称。他们是嵇康、阮籍、山涛、向秀、刘伶、阮咸、王戎。

耳热，仰而赋诗，当此之时，忽然不自乐也。”“邺下时期”的文学以曹丕、曹植兄弟为中心，王粲、刘桢、徐干等相随。正始时期，司马懿父子在洛阳废曹芳，弑曹髦，诛杀异己。“竹林七贤”以诗酒相聚在竹林（地名，今在河南），饮酒赋诗，表达了鄙弃世俗、回归自然的志向。齐永明五年（487年），萧子良移居金陵鸡笼山西邸，先后参加西邸文学活动的有“竟陵八友”（萧衍、沈约、谢朓、王融、萧琛、范云、任昉、陆倕），还有周颙、柳恽、范缜、王僧孺等数十人之多。此后，在金陵任职于萧纲属下或参与萧纲文学集团文学活动的文士，还有徐摛、庾肩吾、萧子云、徐陵、钟嵘、江总等十人。从这里不难看出，当时金陵文学事业的兴盛。南朝另一处文学区域则是樊、邓、郢、荆地区，大体上相当于现在的湖北省中北部、河南省西南部地区，西曲歌产生在这里。

唐诗的地域性也显得很不平衡，河南、山西两地涌现的诗人很多，陕西的较多，其他地区的较为零散。比如上官仪、宋之问、杜审言、崔颢、李颀、岑参、韩愈、李贺、刘禹锡、元稹、白居易、白行简、王建、李商隐、姚合等人，是河南地区的人；王绩、王勃、王之涣、裴迪、柳宗元、温庭筠、司空图、聂夷中等人，是山西地区的。中晚唐时期，东南地区的作家逐渐增多，像顾况、孟郊、杜荀鹤、罗隐、沈既济等。

彩绘竹林七贤图　民国　佚名　瓷板画

竹林七贤即嵇康、阮籍、山涛、向秀、阮咸、王戎、刘伶，七人看透官场险恶，隐居山林，不问世事，常闲聚竹林，或吟诗咏怀，或醉饮抚琴，以发泄胸中愤懑。图中七贤或饮，或对弈，或停琴谈话，闲情雅致盈于画端。

闺怨诗主要抒写古代民间弃妇和思妇（包括征妇、商妇、游子妇等）的忧伤，或者少女怀春、思念情人的感情。

唐朝的文学，在长安、洛阳、扬州、成都、敦煌这些地区，很集中也很繁荣。

宋朝文学最有趣的地域特点是江西的文学家特别多，甚至形成“江西诗派”。欧阳修（江西吉安人）、王安石（江西临川人）、晏殊（江西临川人）、晏几道、黄庭坚（江西修水人）、曾几（江西赣县人）、杨万里（江西吉水人）、胡铨（江西吉安人）、刘过（江西泰和人）、刘辰翁（江西吉安人）、姜夔（江西鄱阳人）、朱熹（江西婺源人）、文天祥（江西吉水人），他们或是诗人，或是词人，都是文学史上鼎鼎大名的人物。江西一地，此前和此后，文学家都比较少。

元代的戏剧分为杂剧和南戏。杂剧带有强烈的北方特色，以大都（今北京市）为中心，包括长江以北的大部分地区，广泛流行。许多杰出的剧作家像关汉卿、王实甫、马致远、纪君祥、杨显之等，或是大都人，或在这里演出。徐渭在《南词叙录》中曾说：“听北曲使人神气鹰扬，毛发洒淅，足以作人勇往之志。”南戏产生于浙江永嘉（温州）一带，又称“永嘉杂剧”，以杭州为中心，包括温州、扬州、建康、平江、松江等东南地区。元朝统一全国后，两种剧作开始交汇互补，促进发展。

江苏、浙江两地在明清两朝文风最盛，作家最多。宋濂、刘基、高启、于谦、沈璟、徐渭、吴承恩、冯梦龙、凌濛初、张岱、王思任、顾炎武、黄宗羲、钱谦益、吴伟业、朱彝尊、陈维崧、李玉、李渔、洪昇、袁枚、汪中、龚自

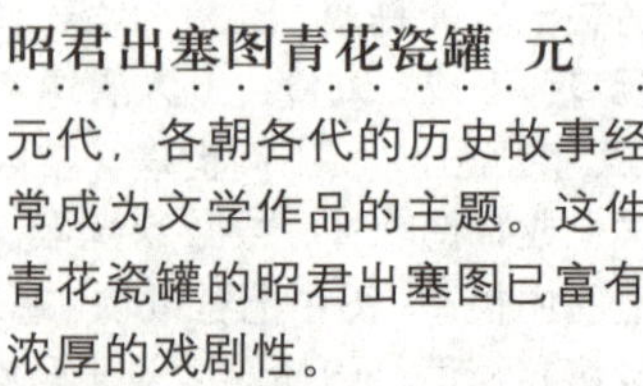

昭君出塞图青花瓷罐 元

元代，各朝各代的历史故事经常成为文学作品的主题。这件青花瓷罐的昭君出塞图已富有浓厚的戏剧性。

一般认为，南戏是中国戏曲最早的成熟形式之一。

珍，几乎把明清两代文学的半壁江山给占走了。清朝末年，岭南文学特别引人注目，黄遵宪、康有为、梁启超、王鹏运、吴研人、苏曼殊等作家，提倡学习西方社会科学，宣扬“诗界革命”、“小说界革命”，对传布新思想新文化产生了广泛的影响和一定积极的作用。

黄遵宪旧照

清朝末年，岭南文学特别引人注目，黄遵究是其代表。黄遵宪，中国近代维新派活动家、外交家、诗人，字公度，广东嘉应（今梅州）人。

文学纪事

禹时 涂山氏的女歌，为南音之始。

周宣王四十六年（前782年） 《诗经》的最早的作品创作在此时。

周赧王二年（前313年） 屈原离开郢都赴汉北，作《离骚》。

汉献帝建安九年（204年） 曹操攻取邺城，不久，曹丕镇守此地，文人集团在此形成。

魏正始六年（245年） 嵇康居山阳，与阮籍、山涛、刘伶、向秀、阮咸、王戎为“竹林七贤”。

齐武帝永明五年（487年） 萧子良移居南京鸡笼山西邸，所延文士，有“竟陵八友”及范缜、江淹等人。

唐贞观十八年（644年） 王绩（589～644年）卒。王绩为山西龙门人，山西在唐代诗人极多，著名者还有王勃、王之涣、柳宗元、白居易等人。

唐高宗龙朔二年（662年） 上官仪加封银青光禄大夫，人学其诗，号“上官体”。上官仪为河南人。河南与山西在唐代出的诗人最多，其他还有李贺、崔颢、刘禹锡、李商隐等人。

宋徽宗崇宁四年（1105年） 黄庭坚卒于宜州（1045～1105年）。黄为江西人，在宋代，江西文豪辈出，如欧阳修、王安石、杨万里、文天祥、朱熹等。

元世祖至元九年（1272年） 元改中都为大都（今北京），大都形成北方戏剧圈。

明洪武十四年（1381年） 宋濂卒（1310～1381年），年七十二。宋为江苏人。明代江苏、浙江两地文人最多。

清同治七年（1868年） 黄遵宪作《杂感诗》，提出“我手写吾口”。黄为岭南广东人，岭南人在清末的近代出现很多文学家。

南戏又称“戏文”，是宋、元时南曲演唱的戏曲，因最初产生于浙江温州地区，故也叫温州杂剧。

文学与建筑

渊源关系：名赋中的建筑、文学作品中的四大楼阁

代表人物：班固、左思、王勃、范仲淹

经典著作：《两都赋》、《三都赋》、《滕王阁序》

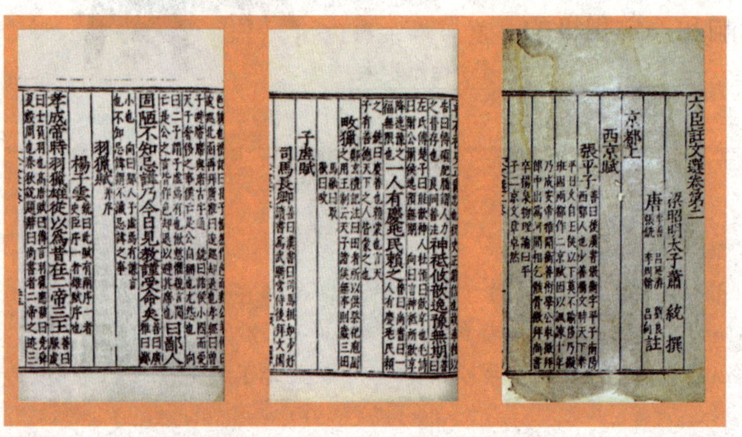

扬雄的《羽猎赋》、司马相如的《子虚赋》、张衡的《二京赋》内页

殷商的甲骨文中已经出现“京”、“邑”、“室”、“台”等单词，从它们的刻画形式看，明显具有象形意味，可以说是当时建筑的反映。但是由文字到文学，仍有相当的距离，很难说这时文学与建筑有太多的关联。

《诗经》和《楚辞》中首次出现了以文学语言描绘建筑的语句如“镐京辟雍，自西自东”，“似续妣祖，筑室百堵，西南其户”，“增城九重，其高几里?四方之门，其谁从焉?”这些语句虽然不少，然而只是对当时建筑做了星星点点、轮廓性的陈述，难以有具体化的状写。这种情形在《左传》、《战国策》、《孟子》、《墨子》中都有所体现。

真正对建筑作细致描写的是汉朝的赋。华丽巍峨的建筑给文学家提供了灵感和素材，另一方面，文学作品又为建筑增辉添彩，争光载誉。文学与建筑之间的关系以这种主要形式在中国其后的两千多年间固定下来，并得到蓬勃发展。清代沈德潜曾说：“西汉以降，鸿裁渐出。凡都邑、宫殿、游猎之大，草木肖翘之细，靡不敷陈博丽，牢笼漱涤，蔚乎钜观。”这段记述既说明了散体赋的基本特征，又指出了它的描写对象。司马相如的《子虚赋》、《上林赋》，扬雄的《长杨赋》、《甘泉赋》、《蜀都赋》都有大段的宫殿苑囿建筑的铺写，到东汉班固的《两都赋》、

关键词 汉赋 都邑 王勃 王之涣 崔颢 范仲淹

张衡的《二京赋》，对都邑建筑的描绘达到极致。《两都赋》是班固的代表作，南朝宋的范晔《后汉书·班固传》载："时京师修起宫室，浚缮城隍，……乃上《两都赋》，盛称洛阳制度之美，以折西宾淫侈之论。"从中可以看出，《两都赋》是班固为东汉建都洛阳制造舆论而作的，因此最具特色、最有文采的就是对都城建筑布局、各色人物的描写。张衡的《二京赋》对《两都赋》既有借鉴，又有发展。他将京邑、街道、民众、杂戏等笼入笔端；对都市如此细致、生动的描绘，此前的都城赋中不曾有过。

汉末至魏，天下动乱离析，京都大赋一度消歇。三家归晋后，出现了左思的《三都赋》(《吴都赋》、《魏都赋》和《蜀都赋》)。左思(252～306年)，字太冲，临淄(今属山东省)人。晋武帝泰始八年(272年)，左思因妹左芬以才人被选入宫中，移家京师，潜心作《三都赋》。赋中表现山川之美、物产之富、人文之美、都邑之宏，尤以《蜀都赋》一篇最为藻丽，既有夸张的文辞，又有征实的地方，很有特色。

三国时期，曹植曾作《铜雀台赋》，对铜雀台做了精彩描绘。

南朝宫体诗流行，骈文大盛，描绘建筑的地方多在只言片语间，难以形成规模。

唐朝初年的《滕王阁序》是"初唐四杰"之一的王勃在唐高宗上元二年(675年)秋天写成的。当时他去交趾(现在越南北部)探望父亲，途经南昌，参加都督阎公九月九日在滕王阁举行的宴

文学纪事

约公元前5000～前3000年　西安半坡遗址发现古建筑遗址，出土陶器有刻划符号。

公元前14世纪　盘庚迁都于殷。殷墟出土的甲骨文中已有建筑形制。

汉武帝建元六年(前135年)　司马相如作《上林赋》。

汉明帝永平九年(66年)　班固作《两都赋》。

汉和帝元兴元年(105年)　张衡作《二京赋》。

汉献帝建安十五年(210年)　曹植作《铜雀台赋》，深得曹操喜爱。

唐高宗上元三年(676年)　王勃途径南昌，作《滕王阁序》，当年落水惊悸而死，年二十七。

唐武则天长安四年(704年)　崔颢约生于此年。

唐开元二十五年(737年)　王之涣、王昌龄、高适旗亭酒会。

宋仁宗庆历六年(1046)　范仲淹在邓州作《岳阳楼记》，欧阳修在滁州作《醉翁亭记》。

铜雀台初建于建安十五年（210年）。曹操的《登台赋》、曹植的《洛神赋》、蔡文姬的《悲愤诗》等都是在邺城铜雀台所作。

会，即席写成此文。滕王阁在今天江西省南昌市，面临赣江，是唐高祖的儿子滕王李元婴作洪州都督时修建的。王勃的文章描绘滕王阁的景色，叙写宴会盛况，抒发自己怀才不遇的身世之感，辞藻华美，声调和谐，有众多佳句，是中国文学史上的名篇。滕王阁因为一位才子，一篇佳作名扬千古，而这位才子，这篇佳作也因为滕王阁为人们所熟知。做完《滕王阁序》后，王勃渡南海时落水惊吓而死。

半个世纪后，存诗仅六首的王之涣(688～742年)写下了著名的《登鹳雀楼》。全诗为："白日依山尽，黄河入海流。欲穷千里目，更上一层楼。"这首诗壮阔雄浑，反映了盛唐人士高远开朗的胸襟。位于山西省南部临近黄河的鹳雀楼因为这首妇孺皆知的诗闻名古今。另一首畅当的《登鹳雀楼》也相当出名，全诗为："迥临飞鸟上，高出世尘间。天势围平野，河流入断山。"显然，畅当的这首诗相比王之涣的差距不小，但透露出诗歌散文化的时代气息。

湖北武昌的黄鹤楼也因为一首诗名垂史册。这就是崔颢的《黄鹤楼》诗。这首诗被誉为唐人七律的压卷之作。作者以古歌行体入律，前四句大气磅礴，后四句清拔隐秀，形成寄情高远的超妙意境。后来李白南游武昌黄鹤楼，感叹道："眼前有景道不得，崔颢题诗在上头。"没有在黄鹤楼留下写景作品就离去了。在这里送别友人时，李白写下了一篇同样脍炙人口的诗《送孟浩然之广陵》："故人西辞黄鹤楼，烟花三月下扬州。孤帆

滕王阁

滕王阁是多层单檐歇山顶式阁楼建筑。现存的阁是1992年重建的，它是一钢筋混凝土仿宋阁楼式建筑。

范仲淹曾主持"庆历新政"，提出明黜陟、抑侥幸、精贡举等十事。

远影碧空尽，唯见长江天际流。”到晚年，李白对崔颢诗的敬佩依然是由衷的，从他的七律《登金陵凤凰台》和《鹦鹉洲》来看，明显能寻到摹仿崔颢的痕迹。

黄鹤楼

现存的黄鹤楼是20世纪50年代重建的钢筋混凝土仿唐式建筑，黄鹤楼为5层5重檐建筑，每一层都是翘檐飞升结构。

始建于三国时期的岳阳楼在唐代也很有名。大诗人李白、杜甫分别有《与夏十二登岳阳楼》和《登岳阳楼》诗作传世。其中杜甫的这首五律尤为人称道，全诗为：“昔闻洞庭水，今上岳阳楼。吴楚东南坼，乾坤日夜浮。亲朋无一字，老病有孤舟。戎马关山北，凭轩涕泗流。”此诗的颔联非常妙。向来被历代文人激赏，同时更为岳阳楼增辉不少，然而让岳阳楼闻名遐迩的是三百年后的庆历四年(1044年)，范仲淹在邓州所做的《岳阳楼记》。这篇文章是倡导新政失败后谪居邓州的范仲淹应滕子京的要求而写的。文章的重点不在记岳阳楼本身，而是通过描写岳阳楼周围气象万千的景色，抒发胸怀，表明情操。文中运用骈散结合的手法，由事写景，从景生情，因情而发表议论感慨，是中国文学史上一篇情文并茂的佳作。

黄鹤楼、岳阳楼、鹳雀楼、滕王阁，由于文学作品的传播，它们成为人人皆知的名胜，并称为中国四大楼阁。虽然这些楼阁大都由于战火的缘故，或坏或圯，但正是文学作品给它们带来的知名度，使得历代都进行重建重修。现今的黄鹤楼、滕王阁都是近现代所建，岳阳楼和鹳雀楼则是清

鹳雀楼又名鹳鹊楼，与长江流域的黄鹤楼、岳阳楼、滕王阁齐名，被称为中国四大历史文化名楼。

朝时的建制。即使原来的楼阁没有留下来，那些诗文也足够后人缅怀的了。

晚唐时期，杜牧的《阿房宫赋》是一篇描述秦始皇时著名宫殿建筑——阿房宫的文章。此赋写于唐敬宗宝历年间，作者通过描写阿房宫建筑的宏大，揭露秦统治者生活的骄奢淫逸，总结秦王朝最后灭亡的历史教训，借古喻今，讽谏时弊。文中骈散兼行，叙述和议论相结合，辞柔华美，声律和谐。

北宋欧阳修的《丰乐亭记》、《醉翁亭记》，苏轼的《喜雨亭记》、《凌虚台记》、《放鹤亭记》，苏辙的《快哉亭记》，都是中国散文史上的名篇。这些文章流布世间后，民众将本称不上建筑的简陋的亭台，精心设计修建，经过明清两代的维护，如今都成为各地的名胜。

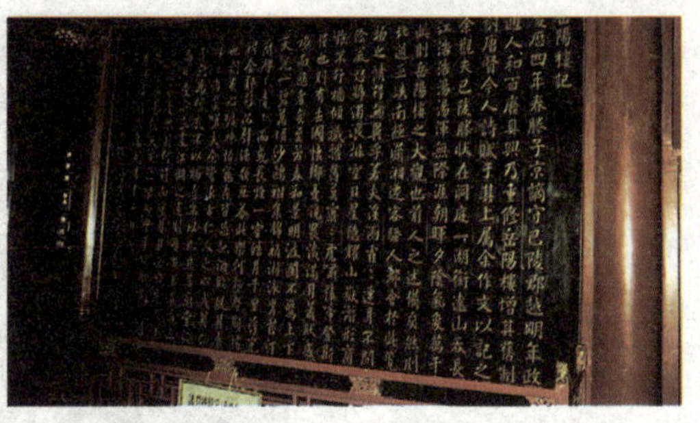

木刻屏

这是岳阳楼内清乾隆时书法家张照书写的《岳阳楼记》木刻屏，它是珍贵的历史文物。

精彩阅读

建金城其万雉，呀周池而成渊。披三条之广路，立十二之通门。内则街衢洞达，闾阎且千，九市开场，货别隧分。人不得顾，车不得旋。阗城溢郭，傍流百廛。红尘四合，烟云相连。

——汉·班固《两都赋》

时维九月，序属三秋；潦水尽而寒潭清，烟光凝而暮山紫，俨骖騑上路，访风景于崇阿；临帝子之长洲，得仙人之旧馆。层峦耸翠，上出重霄；飞阁流丹，下临无地。鹤汀凫渚，穷岛屿之萦回；桂殿兰宫，列冈峦之体势。披绣闼，俯雕甍，山原旷其盈视，川泽盱其骇瞩。

——唐·王勃《滕王阁序》

昔人已乘黄鹤去，此地空余黄鹤楼。黄鹤一去不复返，白云千载空悠悠。晴川历历汉阳树，芳草萋萋鹦鹉洲。日暮乡关何处是，烟波江上使人愁。

——唐·崔颢《黄鹤楼》

予观夫巴陵胜状，在洞庭一湖。衔远山，吞长江，浩浩荡荡，横无际涯。朝晖夕阴，气象万千。此则岳阳楼之大观也，前人之述备矣。然则北通巫峡，南极潇湘，迁客骚人，多会于此，览物之情，得无异乎？

——宋·范仲淹《岳阳楼》

王勃与他的两个哥哥被称为“王氏三珠树”。

文学与酒

渊源关系：纵酒酣歌诗寄情
代表人物：曹操、刘伶、李白
经典著作：《短歌行》、《酒德颂》、《将进酒》

酒的发明有四种说法：上天造酒说；猿猴造酒说；杜康造酒说；仪狄造酒说。前两种说法荒谬难信，透露出来的信息是酒是天然形成的。酒是由一种叫酵母菌的微生物分解糖类产生的。酵母菌在自然界一些含糖分较高的水果中很容易滋长。这些水果成熟坠落后，受到空气作用生成酒，是一种自然现象。杜康即少康，古籍如《吕氏春秋》、《战国策》、《说文解字》对他都有过记载。酒是由于杜康将未吃完的饭放到桑树洞中发酵后冒出芬芳气味而发明的。所以后世称酒为杜康。魏武帝曹操有诗曰："何以解忧，惟有杜康。"仪狄是夏禹时代的人。传说"酒之所兴，肇自上皇，成于仪狄"。又有的说"仪狄作酒醪，杜康作秫酒"。《战国策》中说："昔者，帝女令仪狄作酒而美，进之禹，禹饮而甘之，遂疏仪狄，绝旨酒，曰：后世必有以酒亡其国者。"酿酒是件工艺很复杂的事，因此仪狄首先发明造酒，似乎不大可能，很可能是仪狄开始造出比先前时代更甘美浓烈的旨酒。

酒具盒 战国中期

文学最早与酒发生联系是在夏朝。最古的散文集《尚书·夏书·五子之歌》对酒有所记载："其二曰，训有之，内作色荒，外作禽荒，甘酒嗜音，峻守雕墙，有一于此，未或不亡。"意思是说，内近女色，外好游猎，沉醉甘酒，三者重其一，国家就要灭亡。《尚书·夏书·胤征》还记载了仲康时羲和因酒失职，命胤侯讨伐他的史实。此外，商朝君王饮酒误国的事也记载在《尚书》里的《商书》内。

西周初年，周公颁布著名的《酒诰》，控制酒的蔓延，实际的效果并不

关键词 杜康 曹操 刘伶 解忧 李白 苏轼 将进酒

明显。《诗经》中有多首关于酒的诗，如《豳风·七月》、《小雅·鹿鸣》、《小雅·棠棣》、《小雅·宾之初筵》、《小雅·鱼藻》、《小雅·瓠叶》等。像“君子有酒，酌言尝之”、“彼醉不臧，不醉反耻”、“我有旨酒，以燕乐嘉宾之心”、“八月剥枣，十月获稻；为此春酒，以介眉寿”这样的句子，颇能反映出当时人对酒的态度。

公元前202年，刘邦建立汉朝。由于采取与民休息的政策，农业、手工业、经济都得到迅速发展，酿酒业因而自然兴旺起来。汉代文学作品中对酒的记载很多。《史记·孝文帝本纪》记述：“朕初即位，其赦天下，赐氏爵一级……酒酺五日。”《汉书·景帝本纪》载：“景帝中三年，夏旱，禁酤酒。”可见，汉代文学作品中表现出来的酒的地位相当重要，与国家大计关系密切。到了东汉，文学与酒的关系发生了变化，不再只是文学性的记载关于酒的行政法令、酒的传说、酒的危害等，而是“用”

渊明扶醉图

中国古代文学中，诗、词、文与酒的交融是体验生存之道的主要方式。

酒来进行文学创作，刺激、促发灵感。这种关系延续至今。东汉时的乐府中有大量的送别诗、而送别又总是与酒联系在一起。如“我有一樽酒，欲以赠远人”、“今日斗酒会，明旦沟水头”、“远望悲风至，对酒不能酬”等，这些诗表现出的酒的“文学性”得到了加强，从此，以酒会友，以酒送别，以文会友，以诗送别，成为中国文化中独特的文学现象。

汉建安十二年（207年），曹操颁布禁酒令，意在节省粮食，保证军队供给。孔融作《难曹公表制酒禁书》。文章以“酒之为德久矣”为纲，列举大量史实说明酒的好处，证明禁酒的不得人心。文章引经据典，痛快淋漓，“豪气直上”、“气扬采飞”，很能代表建安时期散文的特点。孔融因为这篇酒的文章死在曹操手下。曹操的爱酒也是相当出名的，《短歌行》是文学史上难见的四言诗佳作，首句就是“对酒当歌，人生几何”。建安时代，三曹以及“七子”大都嗜酒，他们的文学作品中经常会提到酒。酒对他们的文学创作无疑有很重要的促进作用。

貴賤造之者有酒輒設若先醉便語
客我醉欲眠君且去

曹魏时期的竹林七贤经常聚集在竹林纵酒酣歌。嗜酒几乎是他们的共同特点。《世说新语》中记载，刘伶爱酒如命，千古闻名。他常作的一件事就是乘着鹿车，拿着一壶酒，到处乱跑，让人跟着他，吩咐说：“我喝酒喝死了，你就随便挖个坑把我埋了吧。”司马昭想让阮籍的女儿嫁给自己的儿子，派人去提亲，阮籍不愿意，故意大醉60天，使媒人无法开口，只好作罢。阮籍的诗，以82首《咏怀诗》为代表。诗里充满苦闷、孤独的情绪。在现实中没有出路，他只有在酒乡和诗文里寻找精神世界。刘伶的文章有《酒德颂》传世。这是关于酒的另一篇奇作，诙谐幽默，颇具才气。

《世说新语》全书按内容分类记事，共分德行、言语、政事、文学、方正、雅量等36门。

东晋的陶渊明（365～429年）安贫乐道，崇尚自然。他的态度是随便饮酒，高兴时就谈论和做文章，人们称他为“田园诗人”。陶渊明的诗集中有《连雨独饮诗》一首、《饮酒诗》二十首、《止酒诗》一首、《述酒诗》一首，这些仅题目就与酒有关的诗占了陶渊明诗比较大的部分，其他在正文中写到酒的诗更是有很多。陶渊明的诗与他饮酒的风格是一致的，清淡，不多藻饰而深有余味。

南北朝时期，除了宫廷文人饮酒寻欢外，大多数文人由于社会动荡，怀才不遇，酒自然成为他们的解忧药。谢灵运、鲍照、庾信的文学作品都与酒关系密切。

唐朝文学家里，李白因酒而得名，因诗而得名。比他年小11岁的杜甫是这样描写他的：“李白斗酒诗百篇，长安市中酒家眠。天子呼来不上船，自称臣是酒中仙。”李白早年在任城为客时，就与孔巢文、韩准、裴政、张叔明、陶沔隐居在徂徕山中，天天沉醉酒中，论诗作文，号“竹溪六逸”。天宝初，从四川入长安，李白又与贺知章、李适之、汝阳王李琎、崔宗之、苏晋、张旭、焦遂号称“饮酒八仙人”，也就是杜甫所说的“饮中八仙”。连他最后的去世，都和酒有关。李白晚年好黄老，度牛渚矶，喝醉了酒，下江捉月，沉水而死。在他的一生中，和他关系最密切的，除了月，就是酒了。他的《将进酒》、《前有一樽酒行》、《山人劝酒》、《对酒行》、《对雪醉后赠王历阳》、《金陵酒肆留别》、《洞庭醉后送绛州吕使君果流澧州》、《酬岑勋见寻就元丹丘对酒相待，以诗见招》、《把酒向月》、《铜官山醉后绝句》、《九日龙山饮》、《月下独酌》、《待酒不致》、《独酌》、《对酒》等作品，毫无疑问是中国文学作品中与酒关系最为密切的。文学与酒的关系在李白这里得到了最高境界的诠释，难怪后人说，如果没有酒，李白就写不出那么多好诗了。李白在自己的诗中说，“古来圣贤皆寂寞，唯有饮者留其名”；又说，“抽刀断水水更流，举杯消愁愁更愁”。在他存世的一千余首诗中，与酒有关的达数百首。

刘伶像

刘伶视酒如命，喝酒时常令仆人拿一锹，说：“若我醉死，可直接挖坑埋我。”

鲍照的诗文，在生前就颇负盛名，诗、赋、骈文都不乏名篇，而成就最高的则是诗歌。

太白醉酒图　清　改琦

唐代大诗人杜甫于唐玄宗天宝五年（746年）初至长安，分咏当时八位著名酒徒的个人性情和艺术成就。其中有这样的诗句“李白斗酒诗百篇，长安市上酒家眠。天子呼来不上船，自称臣是酒中仙”，淋漓尽致地描绘了李白作为“诗仙”的狂妄和放逸不拘。此图是清代著名画家改琦为这一诗句所作的人物画，再现了李白的洒脱和轻狂。

《将进酒》原是汉乐府短箫铙歌的曲调，题目意译即“劝酒歌”。

唐代其他诗人，如王维、孟浩然、杜甫、白居易、杜牧、李贺、李商隐、温庭筠都是著名的酒徒，他们的文学作品中关于酒的描写也很多。王维的《阳关曲》、白居易的《问刘十九》、李贺的《将进酒》是较有代表的诗作。

宋、元、明、清四代，文学与酒的关系基本固定下来。凡是文人没有不喝酒的，文学作品没有不提及酒的，当然更多的还是饮酒赋诗文。晏殊《浣溪沙》中"一曲新词酒一杯"、欧阳修《朝中措·平山堂》中"文章太守，挥毫万字，一饮千钟"、柳永《雨霖铃》中"今宵酒醒何处，杨柳岸，晓风残月"，苏轼《水调歌头》中"明月几时有，把酒问青天"，关汉卿《不伏老》中"我玩的是梁园月，饮的是东京酒，赏的是洛阳花，攀的是章台柳"，袁宏道《初至绍兴》中的"家家开老酒，只少唱吴歌"，都展现出文学与酒相依相生的关系。

精彩阅读

幡幡瓠叶，采之亨之。君子有酒，酌言尝之。
有兔斯首，炮之燔之。君子有酒，酌言献之。
有兔斯首，燔之炙之。君子有酒，酌言酢之。
有兔斯首，燔之炮之。君子有酒，酌言酬之。

——《诗经·瓠叶》

对酒当歌，人生几何。譬如朝露，去日苦多。慨当以慷，忧思难忘。何以解忧，唯有杜康。

——三国·曹操《短歌行》

青天有月来几时，我今停杯一问之：人攀明月不可得，月行却与人相随？皎如飞镜临丹阙，绿烟灭尽清辉发？但见宵从海上来，宁知晓向云间没？白兔捣药秋复春，嫦娥孤栖与谁邻？今人不见古时月，今月曾经照古人。古人今人若流水，共看明月皆如此。唯愿当歌对酒时，月光长照金樽里。

——唐·李白《把酒问月》

花间一壶酒，独酌无相亲。举杯邀明月，对影成三人。月既不解饮，影徒随我身。暂伴月将影，行乐须及春。我歌月徘徊，我舞影零乱。醒时同交欢，醉后各分散。永结无情游，相期邈云汉。

天若不爱酒，酒星不在天。地若不爱酒，地应无酒泉。天地既爱酒，爱酒不愧天。已闻清比圣，复道浊如贤。贤圣既已饮，何必求神仙。三杯通大道，一斗合自然。但得酒中趣，勿为醒者传。

——唐·李白《月下独酌》二首

从宋代开始，文学与酒的关系基本固定下来。

文学与音乐

渊源关系：民歌诗词入乐、戏剧文学兴盛
代表人物：嵇康、周邦彦
经典著作：《琴歌》、《西厢记诸宫调》

诗歌是最古老的文学形式之一。中国最初的诗歌是和音乐、舞蹈密切结合在一起的，这在中国的古籍里有明确的记载。《吕氏春秋·古乐》可能是现在所知道的最古老的乐曲，体现了原始社会诗、乐、舞一体的形态。

乐人俑 西汉

出土于湖南省长沙市马王堆1号汉墓。用木雕制，粉面朱唇，眉目清晰，形象逼真，两千年前的乐声至今如在耳边。

诗歌和音乐、舞蹈相互结合的这种形式，即使在文学已经成熟并广泛用于文献记录后，还存在了相当长的一段时间。《诗经》中的作品全部都是乐歌，收集者有很多是周王朝和各诸侯国的乐官，只是由于古乐失传，后人已经无法了解风、雅、颂各自在音乐上的特色了。风就是音乐曲调，国风就是各地区的乐调；雅就是正，指朝廷的庙堂正乐，西周王畿的乐调，雅分为大雅31篇和小雅74篇；颂是宗庙祭祀之乐，音乐比较舒缓。

南方楚国的楚辞大多数也都是乐歌或由乐歌发展而来。像屈原的《九歌》就是由主祭者所唱的乐章，也可以由男巫、女巫分角色唱段，音乐性很强。

两汉的乐府诗仅从字面上就可理解出它的音乐性。宋郭茂倩编《乐府诗集》将乐府诗分为几类：郊庙歌辞、燕射歌辞、鼓吹曲辞、横吹曲辞、相和歌辞、清商曲辞、舞曲歌辞、琴曲

关键词 诗歌 音乐 舞蹈 乐府诗 民歌 诸官调 散曲

歌辞、杂曲歌辞、近代曲辞、杂歌谣辞、新乐府辞。两汉乐府诗主要保存在郊庙歌辞、鼓吹曲辞、相和歌辞和杂歌谣辞中，而以相和歌辞数量最多。这些诗最初是配乐演唱的，曲调来源除了中土各地的乐曲外，还有来自少数民族的歌曲。《史记·乐表》和《汉书·礼乐志》记载了当时音乐的发展状况，同时总结了汉以前音乐对文学的影响。

魏晋南北朝时期，文学家除了模仿乐府诗外，很多人对乐器都相当喜爱，这无疑对文学作品的音乐性有很大的推动作用。最著名的要属嵇康（226～263年），字叔夜，谯国（今安徽省宿州市）人，官中散大夫，世称嵇中散，与阮籍齐名，为“竹林七贤”之一。他好抚琴，《广陵散》是他的名曲。他还有《琴歌》一首：“凌扶摇兮憩瀛洲，要列子兮为好仇。餐沆瀣兮带朝霞，眇翩翩兮薄天游。齐万物兮超自得，委性命兮任去留。”从中，我们可以看出他对音乐的深情。嵇康最著名的诗《赠秀才从军》里的名句“目送归鸿，手挥五弦”，充分体现了作者高远的情怀，是作者理想人格的写照。嵇康的好友阮籍以82首《咏怀诗》为代表，其中的“夜中不能寐，起坐弹鸣琴”反映了主人公寂然的心情，这种气度对后世影响很大。

南北朝的民歌本来只是徒歌（指无乐器伴奏的歌），曲乐府机构采集以后才入乐的，在音乐的声节和歌唱方式上因为地域的差别而有所

小红低唱我吹箫　清　任颐

在松荫掩映下，轻船上，小红低唱，姜夔吹箫。

《广陵散》是古代一首大型琴曲，它至少在汉代已经出现。

不同。《晋书·乐志》对此有明确记载："吴歌杂曲，并出江南。东晋以来，稍有增广，其始皆徒歌，既而被之管弦。"汉魏时期的雅乐，因为西晋之乱逐渐散之。到宋武帝平关中，才将散落北方的雅乐带回江南。齐高帝曾"幸华林宴集，使各效伎艺：褚彦回弹琵琶，王僧虔、柳世隆弹琴，沈文季歌《子夜来》，张敬儿舞"（《南史·王俭传》）。北朝民歌大多保存在《梁鼓角横吹曲》中。"横吹曲"原是在马上演奏的一种军乐，因演奏的乐器有鼓有号角，所以叫"鼓角横吹曲"。《木兰诗》是北朝民歌中最为杰出的作品，诗中复沓、排比、对偶的句式，叠字、比喻的运用，或叙事、或写景，既有朴素的口语，又有工整的律句，音乐性非常强。

唐代，音乐与文学的发展也有非常密切的关系。《全唐诗》中有关音乐的作品有241篇，《唐诗经事》所记1150位诗家里，诗作与音乐有关的共有200家。燕乐的发展更是产生了一种诗歌的新形式——词。燕乐用诗于歌唱，从绝句开始，后来才因调填词。

词在晚唐五代被视为小道，到北宋中期才逐渐与诗相提并论，成为有宋一代文学的代表。无论是小令还是长调，最常用的词调都在宋代定型。在词的过片、句读、字声等方面，宋词都建立起严格的规律。词与音乐有特别密切的关系，词的声

精彩阅读

呦呦鹿鸣，食野之苹。我有嘉宾，鼓瑟吹笙。吹笙鼓簧，承筐是将。人之好我，示我周行。

呦呦鹿鸣，食野之蒿。我有嘉宾，德音孔昭。视民不恌，君子是则是效。我有旨酒，嘉宾式燕以敖。

呦呦鹿鸣，食野之芩。我有嘉宾，鼓瑟鼓琴。鼓瑟鼓琴，和乐且湛。我有旨酒，以燕乐嘉宾之心。

——《诗经·鹿鸣》

息徒兰圃，秣马华山。流磻平皋，垂纶长川。目送归鸿，手挥五弦。俯仰自得，游心太玄。嘉彼钓叟，得鱼忘筌。郢人逝矣，谁与尽言。

琴诗自乐，远游可珍。含道独往，弃智遗身。寂乎无累，何求于人。长寄灵岳，怡志养神。

——晋·嵇康《赠兄秀才入军诗》二首

呢呢儿女语，恩怨相尔汝。划然变轩昂，勇士赴敌场。浮云柳絮无根蒂，天地阔远随飞扬。喧啾百鸟群，忽见孤凤凰。跻攀分寸不可上，失势一落千丈强。嗟余有两耳，未省听丝篁。自闻颖师弹，起坐在一旁。推手遽止之，湿衣泪滂滂。颖乎尔诚能，无以冰炭置我肠。

——唐·韩愈《听颖师弹琴》

燕乐是中国隋、唐至宋代的宫廷中饮宴时，供娱乐欣赏的、艺术性很强的歌舞音乐。

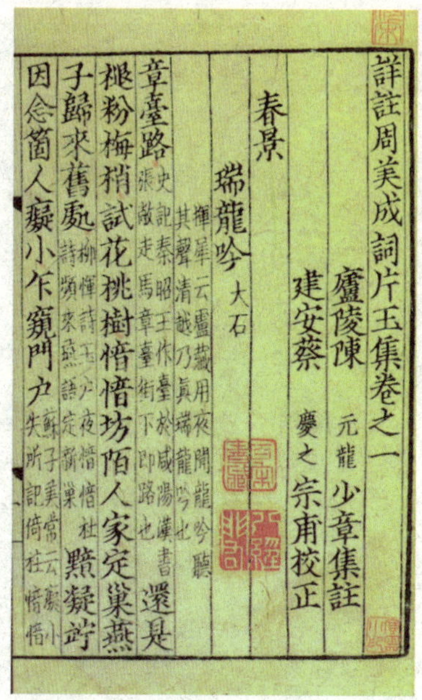
詳註周美成詞片玉集卷之一
廬陵陳 元龍 少章集註
建安蔡 夔之 宗甫校正
春景
瑞龍吟 大石 揮犀云靈蘵用夜開龍吟聽其聲清越乃真瑞龍吟也
章臺路 史記秦昭王作臺於咸陽漢書張敞走馬章臺街下即路也 還見
褪粉梅梢試花桃樹愔愔坊陌人家定巢燕
子歸來舊處 柳惲詩玉戶夜愔愔杜詩頻來燕語定新巢 黯凝竚
因念箇人癡小乍窺門戶 蘇子美常云癡小失所記倚在愔愔

《片玉集》(北宋周邦彦著)内页

周邦彦是北宋词人，他精通音律，为后世格律词派所宗，被称为“词家之宗”、“集大成者”。

律和章法、句法都格外细密。在中国诗歌史上，堪与唐诗媲美的只有宋词。柳永、张先、周邦彦、姜夔四位词家的作品音乐性最强，格律严密，有的甚至还有曲调传世。其中周邦彦曾在音乐机构大晟府任职，所以他所创的词调如《瑞龙吟》、《兰陵王》和《六丑》等，声腔圆实，音律和谐。《四库全书总目·片玉词提要》说他“一一按谱填腔，不敢稍失分寸”。

宋金的诸宫调是一种说唱文学，南方的诸宫调主要用笛子伴奏，北方的诸宫调多以琵琶和筝伴奏，故北诸宫调也称“搊弹词”。今存的除著名的《西厢记诸宫调》外，还有《刘知远诸宫调》与《天宝遗事诸宫调》。

元代戏剧有杂剧、南戏两种类型，都是与音乐、舞蹈、表演相结合的艺术形式。杂剧的曲调由北方民间歌曲、中原传统曲调和少数民族乐曲结合而成；南戏的曲调则由中原传统的音乐和东南沿海的民间音乐结合而成。元代文坛上还涌现出一种新的诗歌样式——散曲。散曲大盛于元代，和语言以及音乐的发展有直接关系。北方少数民族音乐和各族语言传入中原，使与音乐结合的诗歌创作在格律上有所改变。明王世贞在《曲藻·序》中说：“自金元入主中国，所用胡乐，嘈杂凄紧，缓急之间，词不能按，乃更为新声以媚之。”

明清两代文学如诗、词、文、曲、戏剧等与音乐的关系基本上与前代相似，只是更加发展和细化，只有弹词和鼓词是较新的文学样式。弹词的名字是最早见于明代田汝成的《西湖游览志余》，由说、表、弹、唱四部分组成。弹以三弦、琵琶为主来伴奏。弹词的最优秀的作品首推《再生缘》。鼓词主要流行于北方，以鼓板击节，配以三弦伴奏，其分支还有一种子弟书，取材范围都非常广。

元杂剧又称北杂剧、北曲、元曲。

文学与舞蹈

渊源关系：诗乐舞结合、舞蹈入诗化戏中
代表人物：王建、李贺
经典著作：《霓裳舞辞》、《公莫舞歌》

文学形式中最早的是诗歌。中国最古老的诗歌是和音乐，舞蹈结合在一起的。《吕氏春秋·古乐》记载了当时的八阙歌，这套乐曲有歌有舞，歌词已无从稽考，舞姿极为简单，仅三人手持牛尾，边舞边唱，体现了上古时代诗、乐、舞一体的原始形态。《尚书·益稷》记载帝舜时的乐曲《大韶》云："箫韶九成，凤凰来仪。夔曰：於！予击石拊石，百兽率舞，庶尹允谐。""箫韶"即《大韶》，"九成"即九章，是帝舜时乐官夔所作。这套乐曲也体现了诗、乐、舞三位一体的形式。演奏的时候，有钟、磬、琴、瑟、管、笙、箫、鼓等乐器，有人歌唱，有人扮成鸟兽和凤凰起舞。《论语·八佾》记载，孔子称赞："韶，尽美矣，又尽善也。"孔颖达疏云："乐之为乐，有歌有舞，歌以咏其辞，而声以播之，舞则动其容，而以曲随之。"

《诗经》按风雅颂分为三类，颂是宗庙祭祀的乐，许多都是舞曲，音乐比较舒缓。比如《商颂》有五篇，大约作于商代后期，其中的《烈祖》、《玄鸟》明显是祭歌，主要写歌舞娱神和对祖先的赞颂。

精彩阅读

北方有佳人，绝世而独立。一顾倾人城，再顾倾人国，不知是倾城与倾国，佳人难再得。

——汉·李延年《佳人歌》

高举两手白鹄翔，轻躯徐起何洋洋。凝停善睐容仪光，宛若龙转乍低昂。随世而变诚无方，如推若引留且行。宋世方昌乐未央，舞以尽神安可忘。爱之遗谁赠佳人，质如轻云色如银。袍以光躯巾拂尘，制以为袍余作巾。四座欢乐胡可陈，清歌徐舞降祇神。

——宋《白纻舞歌诗》

……敕赐宫人澡浴回，遥看美女院门开。一山星月霓裳动，好字先从殿里来。……知向华清年月满，山头山底种长生。去时留下霓裳曲，总是离宫别馆声……

——唐·王建《霓裳舞辞》

关键词　舞曲　乐舞　歌辞　戏剧　表演　伴舞

舞蹈纹盆 马家窑文化

高14厘米，口径28厘米。青海省大通县出土，国家博物馆藏。

周时南方楚国巫风蔓延，如楚灵王时，“简贤务鬼，信巫祝之道”，当吴国人来攻时，犹“鼓舞自若”，不肯发兵。王逸《楚辞章句·九歌序》中说，“南郢之邑、沅湘之间”，巫风浓烈，“其俗信鬼而好祠，其祠，必作歌乐鼓舞以乐诸神”。这种审美文化深深地影响着楚辞的创作。其中的《九歌》、《招魂》等篇目也反映了在文学已经成熟的一段时间内，诗歌和音乐、舞蹈相结合的形式仍然存在。

两汉乐府诗是中国古代诗歌史上的壮丽景观。在宋代郭茂倩所分的12类乐府诗中，其中就有舞曲歌辞，像《杂舞·淮南王》、《铎舞歌诗》、《巾舞歌诗》都是里面的篇目。其他类别的乐府诗也常常伴有歌舞，如《汉书·张良传》记载：“戚夫人泣涕，上曰：‘为我楚舞，吾为若楚歌。’歌曰：‘鸿鹄高飞，一举千里，羽翼以就，横绝四海。横绝四海，又可奈何！虽有矰缴，尚安所施！’歌数阙，戚夫人歔欷流涕。”

魏晋南北朝时期，晋、北魏、北齐、宋、南齐、梁、陈、隋都有舞曲歌辞传世，代代相承，甚至有江淹等名家谱词。《南齐书·乐志》曰：“晋《杯乐舞》，十解，第三解云：舞杯槃，何翩翩，举坐翻覆寿万年。其第一解首句云晋世宁。宋改为宋世宁。恶其杯槃翻覆，辞不复收。齐改为齐世昌。”可以看出，这类作品服务于舞蹈，所以无非歌颂功德、祈求吉祥昌平，文学性不足，对后世较有影响的有《白纻辞》、《昭君辞》等。南朝的一些诗人，用华美的辞藻表现女性的舞姿，情调伤于轻艳，风格比较柔弱，如萧纲的《咏舞》二首、庾肩吾的《南苑看人还》等。

唐代文学中涉及乐舞的就更多了，《全唐诗》里关于舞蹈的诗作不下数百首。既是诗人又是书法家的张旭在看到公孙大娘的剑舞后，书艺大进，相信无形中也会促进他的文学创作，只可惜他的诗文存世太少。《新唐书》及《旧唐书》记载，开元中，有凉州、绿腰、苏合香、屈柘枝、团乱旋、回波乐、兰陵王、春莺啭、半社渠、借席、乌夜啼之属，谓之软舞；大祁阿连、剑器、胡旋、胡腾、阿辽、柘枝、

唐代大曲是音乐、舞蹈、诗歌三者结合的大型乐舞套曲。

黄麞，拂菻、大谓州、达摩支之属，谓之健舞。文宗时，教坊又进霓裳羽衣舞。著名诗人李白、杜甫、王建、柳宗元、张籍、李贺、陆龟蒙等，都有舞曲歌辞传世，像李白《东海有勇妇》、《独漉篇》、《白纻辞》，王建的《霓裳舞辞》，李贺的《公莫舞歌》、《拂舞辞》，都是文学水平很高的佳作。唐代的俗讲、变文以及参军戏的表演中也加入适当的舞蹈，活跃气氛。

诸宫调是宋金时期流行的一种说唱文学，当时表演时，既有笛子、琵琶、筝等伴奏，辅以舞蹈，又有大量的说唱，对后世的戏剧舞台艺术影响深远。目前存世的有《西厢记诸宫调》、《刘知远诸宫调》与《天宝遗事诸宫调》。

元代戏剧名为杂剧和南戏。明朱权在《太和正音谱》中分为十二科："一曰神仙道化，二曰隐居乐道，三曰披袍秉笏，四曰忠臣烈士，五曰孝义廉节，六曰叱奸骂谗，七曰逐臣孤子，八曰钹刀赶棒，九曰风花雪月，十曰悲欢离合，十一曰烟花粉黛，十二曰神头鬼面。"戏剧是一门兼及文学、音乐、舞蹈等于一体的表演艺术。当时一些演员，有的擅舞蹈，有的长于歌唱，有的善于表演，如《青楼集》中夏庭芝说："我朝混一区宇，殆将百年，天下教舞之妓，何啻亿万"，像珠帘秀、燕山秀、天然秀等演员，与剧作家紧密合作，为戏剧的繁荣作出了贡献。关于元代戏剧的伴舞形式，从山西平阳、河南焦作出土的金末元初的杂剧中可以看出，带有很多少数民族舞蹈的影子。

舞乐图 唐

此图为唐代随葬屏风画。画中人物为一舞伎，头挽高髻，额描雉形花钿，面颊丰满，曲眉凤目。身着黄蓝半臂衫，外露锦袖。红裙曳地，足着高头青履，右手轻抬披肩，似在挥帛而舞。唐代诗歌中关于舞蹈的诗作不下数百首。

诸宫调是宋金元时流行的说唱体文学形式之一。

文学与书法

渊源关系：文书源自甲骨文、文采与墨迹争辉
代表人物：蔡邕、王羲之、苏轼
经典著作：《熹平石经》、《兰亭序》、《洛神赋》

文学起源于文字形成前，但文学真正得到持续发展，却是在文字发明以后。

1992年1月，山东省邹平县丁公村龙山文化遗址发现一件刻字陶片，共5行11字，这被有的学者称为中国最早的具有文学含义的文书。陶文的内容，中国和日本学者释为：一位名叫何父的人以驯养的犬来上献，有邪佞的行为，将他交付惩治。这片陶文书距今约4200年，刻画流畅，结构完整，记事性明显，在文学史和书法史上都具有重要的价值，将中国有文字记载的历史提前了800多年。可见，在夏虞时代，文学已经与书法结下了不解之缘。

中国的散文最早源头可以追溯到甲骨卜辞。这些卜辞是殷人用龟甲、兽骨占卜后刻在甲骨的卜兆旁的文字，清末发现于河南省安阳市殷墟。它们是商王盘庚迁殷后至殷亡时的遗物，所记内容相当丰富，包括农业、战争、田猎、疾病等诸多方面，反映了商朝中后期的社会状况。甲骨卜辞记事简单，保持了商代文字的原貌，短的几字，长的百余字。较完整的一些卜辞

刻辞卜骨 商 康丁时期 前12世纪

此为牛骨，河南省安阳市殷墟出土（传）。北京市中国历史博物馆藏。中国书法和散文的最早源头都可以追溯到甲骨卜辞。

关键词 卜辞 碑文 石刻本 《兰亭序》 蔡邕 赵孟頫 苏轼

叙述详备，具有各种要素，可以看作是先秦叙事散文的萌芽。在书法史上，这类文字称为“甲骨文”，是中国书法的源头所在。

甲骨卜辞稍后的铜器铭文，反映了中国早期记事记言文字由简至繁的发展。铭文记事简短，形式相类，广泛记述了当时的社会生活。著名的《曶鼎》以记事为主：先写周王命曶继承父业，作王卜者；又写曶用匹马、束丝买了五个奴隶；还记载了匡季带奴仆抢劫曶十秭禾，曶向东宫控告匡季并得到胜诉后的赔偿。这已有相当的叙事规模。从书法上来看，《曶鼎》也是一件相当优秀的金文作品，铭文浑厚整饬。像这样既是文学作品，又是书法作品的铜器铭文，在商周时期非常多，较著名的还有《戌嗣鼎》、《我方鼎》、《秦公簋》、《毛公鼎》、《颂鼎》、《虢季子白盘》、《散氏盘》、《大盂鼎》等。

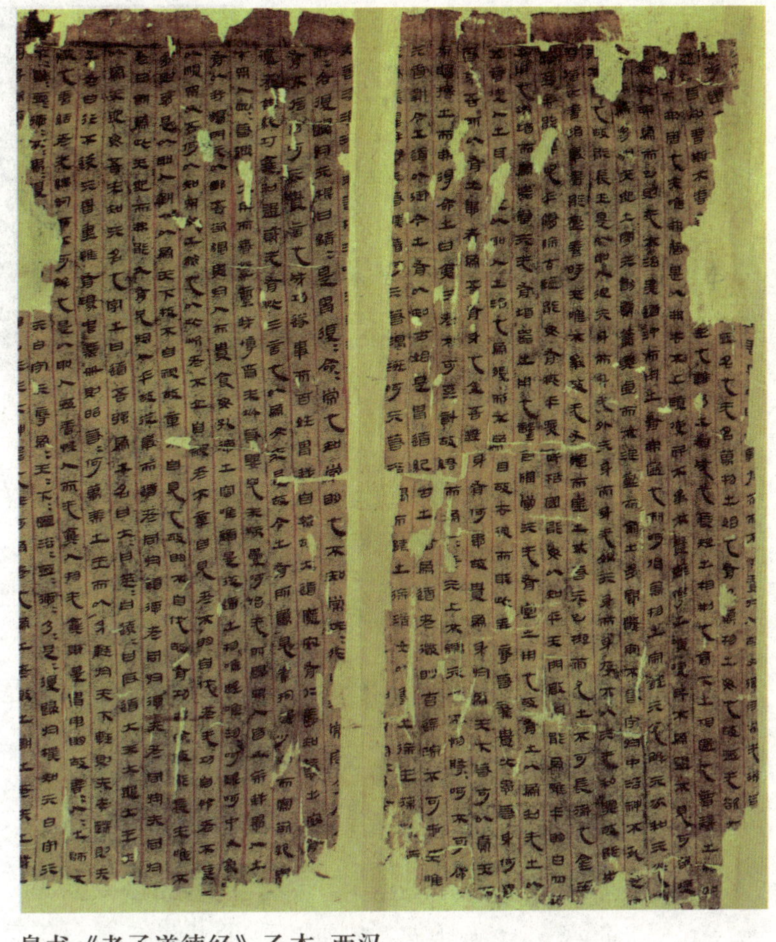

帛书《老子道德经》乙本 西汉

1973年湖南省长沙市马王堆3号墓出土。《老子道德经》是中国最早的用书法的形式表现文学作品的实物。

春秋战国时期产生了《诗经》、《论语》、《老子》、《左传》、《战国策》、《孟子》、《庄子》、《楚辞》等伟大的文学作品。其中《老子》、《庄子》的某些篇目以及《楚辞》中的《离骚》和《九歌》

西周铜器铭文是现存最早的西周原始文献。

成为后世书法家常用的书写对象。1973年长沙马王堆三号墓出土的西汉时期的《老子道德经》及《战国策》帛书，还有山东临沂银雀山汉墓出土的《孙子兵法》，可以说是中国最早的用书法的形式表现文学作品的实物。由于《老子道德经》仅有五千言，包囊宇内，千变万化，所以很受后世书家的欢迎，著名书家赵孟頫、鲜于枢都有书写它的作品传世。

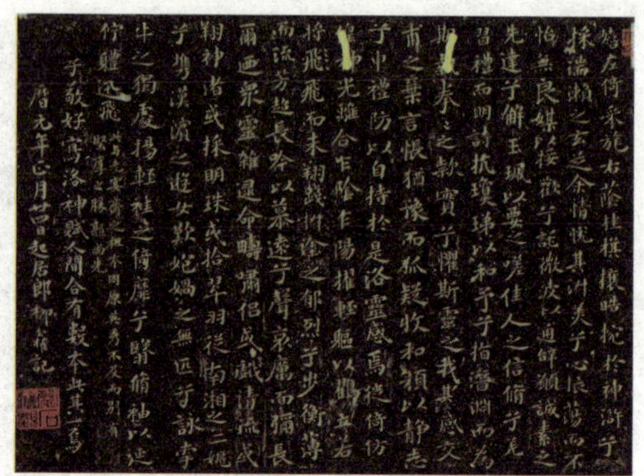

洛神赋十三行　东晋　王献之　纸本墨拓　北京故宫博物院藏。

汉朝的蔡邕是中国文学与书法俱佳的第一位文人。蔡邕的碑文文学价值在东汉最为著名，成就尤高。他的碑文因人而异，能表现出各人特征。杨秉是乱世抗节的忠臣，为他写的碑文直书其事，富有生气；杨赐有清高的操守，深懿的德文，精通《尚书》，故而碑文本于经术，气象高穆。《郭有道碑》和《陈太丘碑》是蔡邕碑文的代表作，历来为人称道。同时，蔡邕的书法也很出名，擅长隶书，大多数时候既撰文又书丹，《熹平石经》据说是他的较为可信的碑刻书法作品。

三国时，曹植于黄初三年写有著名的《洛神赋》。这篇文章由于华美的

文学纪事

公元前11世纪　周康王时，大盂鼎、小盂鼎刻有记事铭文。

周平王五年(前766年)　石鼓文10块，各刻四言诗一首，记述秦国君游猎、战争状况。

秦二世二年(前208年)　李斯被腰斩，秦泰山刻石均为他的作品。

汉桓帝延熹二年(159年)　蔡邕被征召进京，称病而归。

晋穆帝永和九年癸丑(353年)　王羲之三月三日在兰亭别业行修禊事，作《兰亭集序》。

晋孝武帝太元十三年(388年)　王献之卒(344～388年)，年四十五，著名书法家，能诗文。

陈武帝永定二年(558年)　虞世南生(558～638年)。

宋神宗元丰五年(1032年)　苏轼在贬居黄州时，作《赤壁赋》、《寒食诗二首》、《念奴娇·赤壁怀古》。

元世祖至元十六年(1279年)　南宋灭亡。赵孟頫于宋亡后仕元。

明嘉靖三十八年(1559年)　天池道人徐渭著成《南词叙录》。

因汉献帝时曾拜左中郎将，故后人也称蔡邕为“蔡中郎”。

辞藻、沉郁的感情、丰富的联想成为历代书家书写的对象。王羲之、王献之、柳公权、赵构、赵孟頫等书法家，都有《洛神赋》墨迹或石刻传世。最为人称道的是王献之和赵孟頫。王献之一生极爱《洛神赋》，然后存世的仅《洛神赋》十三行的石刻本，遂成为书法界的至宝，彪炳古今。赵孟頫一生写《洛神赋》千余本，从早年到晚年，书写不辍，存世的几个墨迹本，都是书法佳作。

东晋的王羲之是继蔡邕后中国历史上第二位文学作品与书法作品俱妙的文人。《兰亭序》不仅是东晋杰出的文学作品，更是垂范千古的书法圣迹。《兰亭序》目前存世的版本主要有冯承素摹本(神龙本)、虞世南摹本、褚遂良摹本、欧阳询摹本(定武本)，其中，尤以冯承素摹本神完气足，灵动异常。王羲之的儿子王献之同样诗文、书法俱佳。

晋末宋初的大诗人陶渊明以田园诗著称，文章有《桃花源记》、《归去来兮辞》、《五柳先生传》等传世。他的诗文也为书法家所喜爱，历代书法家书写的传世墨迹很多，尤以《归去来兮辞》为佳。

唐朝国力强盛，文艺昌盛。诗人贺知章、李白、白居易、杜牧等，不仅诗文流传千古，书法也精妙绝伦。李白的《上阳台帖》、贺知章的《孝经》、白居易的《楞严经》、杜牧的《张好好诗并序》，都是中国书法史上脍炙人口的作品。张旭是著名书家，同时诗歌写得也具有盛唐气象。

北宋苏轼为“唐宋八大家”之一，同时在书法史又是“宋四家”之一，与黄庭坚、米芾、蔡襄并称“苏黄米蔡”。苏轼著名的作品《赤壁赋》、《后赤壁》、《黄州寒食诗》、《祭黄儿道文》，都有墨

兰亭集序(唐神龙本) 东晋 王羲之 纸本墨书

北京故宫博物院藏。《兰亭序》不仅是东晋杰出的文学作品，更是垂范千古的书法圣迹。

唐文宗曾下诏，以李白的诗歌、裴旻的剑舞和张旭的草书为“三绝”。

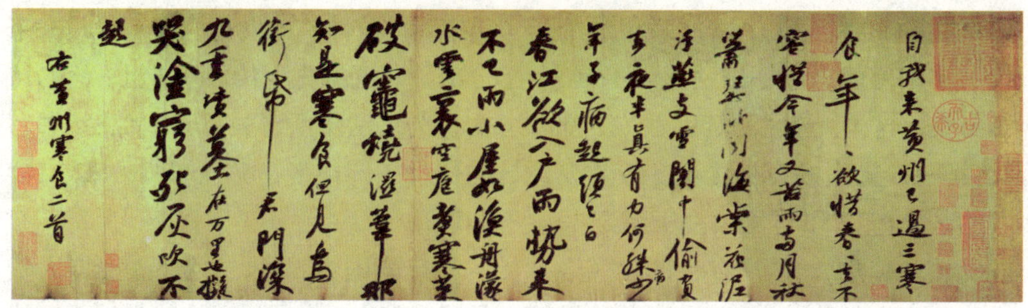

黄州寒食诗卷 北宋 苏轼 纸本墨书
台湾省台北故宫博物院藏。

迹传世，可以说是文采与墨迹争辉。其中《黄州寒食诗》帖与王羲之的《兰亭序》帖、颜真卿的《祭侄文稿》并称为中国三大行书作品。《赤壁赋》自南宋高宗开始书写，经宋、元、明、清、近代至今，仍是书法家首选的书写文章，赵孟頫、文征明、祝枝山、王铎、成亲王等都有墨迹传世。

元朝以后，文学作品呈大型化发展，小说成为代表时代的题材。书法家多数是一方面以手札传世，另一方面还是以书写元代以前的文章作为乐事。文学与书法的这种关系，也成为中国文化中比较奇特的现象。在这里面，比较另类的是明朝的徐渭，他的画很有名，文章也非常好，但他自己常说："吾书第一，文第二，诗第三，画第四。"另外，明清两代的书法理论批评对文学的相关理论批评和创作有很大的影响，促进了文学发展。

精彩阅读

王羲之书，字势雄逸，如龙跳天门，虎卧凤阙，故历代宝之，永以为训。蔡邕书骨气洞达，爽爽如有神力。

——梁武帝《古今书人优劣评》

悠悠大象运，轮转无停际。陶化非吾因，去来非吾制。宗统竟安在，即顺理自泰。有心未能悟，适足缠利害。未若任所遇，逍遥良辰会。

——晋·王羲之《兰亭诗》

山光物态弄春晖，莫为轻阴便拟归。纵使晴明无雨色，入云深处亦沾衣。

——唐·张旭《山中留客》

书必有神、气、骨、血、肉，五者阙一，不为成书也。

笔成冢，墨成池，不及羲之即献之；笔秃千管，墨磨万锭，不作张芝作索靖。

——宋·苏轼《论书》

元代书法家赵孟頫精通文学、通晓音律、熟谙道释。

文学与绘画

渊源关系：诗经图开诗词入画的先河
代表人物：顾恺之、马和之、王维
经典著作：老子像、《洛神赋》、诗经图

文学与绘画的联系最初是通过文字来建立的。东汉书法家崔瑗在《草书势》中说："书契之兴，始自颉皇，写彼鸟迹，以定文章。"清末民初的叶九如在《三希堂画谱分类大观自序》里说："在昔轩辕公孙氏写五岳真形图，制文章以代结绳之政，实为后世绘画初祖，且开文字之先。"文字发明之始，"类物象形"，依据自然界的鸟迹、山川、湖海以及各种动物、植物，图画性非常明显，所以，记录中国历史和文学的文字被称为"象形文字"。

殷商的甲骨卜辞和铜器铭文很多都具有绘画性，它们也是中国散文的雏形。

《诗经》是儒家经典，为"四书五经"之一。《诗经》记录了当时的社会生活状况，范围广及今天的陕西、山西、河南、河北、山东以及湖北的北部。它作为孔子删定的一部古代诗歌总集，成为儒林必读书目，用以宣扬社会伦理道德。从唐末开始，特别是宋代，统治者选择《诗经》，并亲自书写，命画院待诏补图，使诗歌的内容形象化，借以宣扬"圣教"。今天留存下来的宋代诗经图约有16种之多，

老子骑牛图 明 陈洪绶 绢本

老子是道家学说的创始人，主张"无为"、"清心寡欲"，社会退回到小国寡民的状态中。而陈洪绶于明灭后出家为僧，潜心绘画，一心过隐居生活，作者借老子抒发内心感怀。

关键词 诗经图 《洛神赋》 《高逸图》 老子像 顾恺之 王维

洛神赋图 卷(局部) 东晋 顾恺之

顾恺之（约345～406年），字长康，无锡人，东晋画家。博学多才，工诗善画，尤长于描绘人物、肖像、山水等，并有《论画》等理论著作。此图取材于魏国曹植名篇《洛神赋》，表现文章作者由京师返回封地的途中与洛水女神相遇而爱恋的故事。全图采用长卷形式，分段描绘赋中情节：开始是曹植在洛水边歇息，女神凌波而来，轻盈流动，欲行又止；接下来表现女神在空中、山间舒袖歌舞，曹植相观相送的情景；最后女神乘风而去，曹植也满怀惆怅地上路。

上海博物馆、辽宁省博物馆、北京故宫博物院等均有收藏，计约13件；海外则美国波士顿博物馆、大都会博物馆、英国大英博物馆、日本京都国立博物馆等均有收藏，计约七八件。这些作品都曾被认为是马和之的绘画。马和之可以说是历史上画《诗经图》最著名的画家。他是钱塘(今浙江省杭州市)人，绍兴(1131～1162年)中登进士第，官至工部侍郎。据载，宋高宗赵构和孝宗赵普特别重视他的画，曾书《毛诗》300篇，命他补画。宋以后的元、明、清三代，《诗经》仍常被移入绘画创作，较著名的还有清吴求的《诗经图册》。

春秋战国时期的老子、孔子、孟子、庄子、荀子、韩非子，既是圣人儒者，又

是文学家。后世仰慕先迹，将他们诉诸于画，然而多是画像，难以称得上绘画。其中关于老子、孔子、庄子三人的作品最多。老子的画像从唐代开始即有画迹传世，著名的有宋代梁楷的《老子像》、宋代扬补之的《老子骑牛图》、元代赵孟頫的《老子像》、明代陈洪绶的《老子骑牛图》、清代任伯年的《老子骑牛图》。关于孔子的作品，最著名的当属传为吴道子真迹的《孔子像》和南宋“四大画家”之一的马远所作的《孔子像》，另外，《孔子圣迹图》也是很著名的作品，以连环画的形式表现孔子一生，多为明清人所制。关于庄子的绘画作品，最脍炙人口的当是宋代的《庄周梦蝶图》。这幅图取自于“昔者庄周梦为蝴蝶，栩栩然蝴蝶也，自喻适志与！”(《庄子·齐物论》)，刻画了庄周闲怡的情性。

南方楚国大诗人屈原以及他的众多作品如《离骚》、《九歌》、《卜居》、《山鬼》等也常常被移入绘画。这类作品中，熟为人知的有宋代李公麟的《离骚》、《山鬼》，元代张渥的《九歌图》、明代陈洪绶的《屈子行吟图》、清代黄应谌的《卜居》。

汉代两部史书《史记》和《汉书》与《后汉书》、《三国志》并称为“前四

陈洪绶的代表作有版画《九歌图》、《屈子行吟图》，以及卷轴画《戏婴图》、《花卉山岛图》等。

史”，不仅史料价值高，文学性也很强。后世的画家如明代的陈洪绶，清代的吴历、任伯年等，喜欢从这两部书中撷取故事和人物素材，创作人物画。

汉末三国，“三曹”如星光灿烂，辉映万代。曹植的《洛神赋》更是惊世之作，描绘他在洛水边遇到甄妃的浪漫故事。甄妃原为袁绍之子袁熙的妻子，官渡之战后，曹操将她赐给曹丕为妻。当时曹操曹丕父子一位沉浸于霸业，一位授有官职，只有曹植得有余暇陪着这位美艳少妇。曹丕称帝后，宠幸郭后，甄妃郁郁而终。黄初三年，曹植入京朝见，曹丕将甄妃信物金缕玉枕赏给曹植。曹植回归途中，路经洛水，夜宿舟中，恍惚间，遥见甄妃，醒来却是南柯一梦，于是写出了《洛神赋》(《感甄赋》)。“存形莫善于画”，这些多情美妙的文字被顾恺之定格在了画卷《洛神赋》的风情中。顾恺之，字长康，东晋画家。他以手卷的形式，用连续的画面，艺术地展现了原赋的内容，表达了曹植抑郁惆怅的感情，成功地传了洛神“翩若惊鸿，婉若游龙”的动人姿容。画在气质上和曹植的《洛神赋》珠联璧合。

曹魏后期的“竹林七贤”阮籍、嵇

高逸图 唐 孙位

此图为《竹林七贤图》中的四贤，分别为山涛、王戎、刘伶、阮籍。四人表情、面容、体态各不相同，如山涛的“介然不群”，王戎的“不修威仪，善发谈端”，阮籍的放浪形骸，均刻画入微，形神毕肖，同时有侍童、器物作为补充。孙位，生卒年不详，会稽（浙江绍兴）人。名遇，号会稽山人，善画人物、松石墨竹等，兼长鬼神画。唐末入蜀，是蜀中画家第一人。

三圣指晋代王羲之，被誉为书圣；唐代杜甫，被誉为诗圣；唐代的吴道子，被誉为画圣。

康、山涛、刘伶、阮咸、向秀、王戎，生性旷达，无拘无束，在他们去世后不久的东晋，墓室中已经出现表现他们闲逸生活的壁画，并将他们与春秋战国时期的隐士荣启期安置在了一起，表明他们已被视为士族文人的理想象征。唐代，漆画、壁画、镜画、绢画中都出现有这七位文学家的形象，留传至今的有孙位的残本《竹林七贤图》，俗称《高逸图》。宋、元、明、清四代，以“竹林七贤”为题材的绘画层出不穷，显示了这几位文学家亘古的人格魅力。

晋末宋初，陶渊明如一颗明星在天边升起。这位采菊东篱、有酒自酌的中国第一隐士，在传统文人的心目中，也许是最和谐最完美的一位。在宋代，经过苏东坡的极力赞扬，关于他的绘画如山涛汹涌而至，留世作品奇多。有的描写他的生活琐事，有的以他的《桃花源记》、《归去来兮辞》、《五柳先生传》为素材，不一而足。宋代的李公麟，元代的赵孟𫖯、钱选，明代的李在，清代的张风、任伯年都有这样的绘画作品存在。在陶渊明稍前的王羲之的《兰亭序》也是文学史上的一件佳作，后世画家由文章文意画的《兰亭修禊图》也不少。

唐代是诗歌的盛世。李白、杜甫、王维、孟浩然、高适、岑参、杜牧等诗人的诗里有很多充满画意。后世画家摘取他们诗中的佳句，创作了大量的诗意图。另外，根据诗人奇闻逸事描绘成图画的作品有很多，如宋代梁楷的《李白行吟图》、五代周文矩的《琉璃堂人物图》(描绘王昌龄与李白等人文会故事)、

在古代，每逢阴历三月上旬，人们要到河水边，玩耍嬉戏，以消灾免难及驱除各种不祥之兆，形成风俗，叫修禊。

明代杜堇的《饮中八仙图》、清代改琦的《太白醉酒图》等。另外，需要重点提出的是王维，他不仅是杰出的诗人，还是音乐家和画家。苏东坡在《书摩诘蓝田烟雨图》中说："味摩诘之诗，诗中有画；观摩诘之画，画中有诗。"说王维的诗诗中有画，比如"大漠孤烟直，长河落日圆"、"天寒远山净，日暮长河急"、"斜阳照墟落，穷巷牛羊归"等；说他的画画中有诗，如存世的《辋川图》、《长江积雪图》等。可以说，从王维开始，中国文人画开始勃兴，文学与绘画、书法达到了血脉相通的地步，所以文人常会以诗文书画并称。明代著名的文学家、书法家、画家徐渭常说："吾书第一，诗二，文三，画四。"清初书画家周亮则称徐渭"俱无第二"，全是第一。时间久了以后，他的大写意画得到高度赞赏，他的绘画地位还超过了他在其他方面的影响。近年来，他的文学作品逐渐进入文学史，成为新的研究课题。

宋代，苏东坡高风亮节，人品、作品为士林推崇，成为北宋中后期无可争议的文坛领袖。他既是文学家，又是书法家和画家。他的文学作品与绘画作品都是以气韵制胜，简洁而有神采。文学作品《前赤壁赋》和《后赤壁赋》更是为人称道，与之相关的绘画作品不可胜数。宋代马和之、乔仲常，金代武元直，元代赵孟頫，明代仇英，清代石涛都有这类作品传世。此外，像东坡爱砚、东坡回翰林院、东坡文会等素材，也成为绘画表现对象。这使得苏东坡和陶渊明、屈原成为三

南宋四大家指中国画史上的南宋画院画家李唐、刘松年、马远、夏圭，亦称"南宋四家"。

精彩阅读

宋元君将画图，众史皆至，受揖而立，舐笔和墨，在外者半。有一史后至者，儃儃然不趋，受揖而立，因之舍。公使人视之，则解衣盘礴，裸。君曰："可矣，是真画者矣。"

——战国《庄子》

人好观图画，夫所画者古之死人也，是死人之面，孰与观其言行？古者之遗文，竹帛之所载粲然，岂徒墙壁之画哉？

——汉 · 王充《论衡》

观画者，见三皇五帝，莫不仰戴；见三季暴主，莫不悲惋；见篡臣贼嗣，莫不切齿；见高节妙士，莫不忘食；见忠节死难，莫不抗首；见放臣斥子，莫不叹息；见淫夫妒妇，莫不侧目；见令妃顺后，莫不嘉贵。是知存乎鉴戒者图画也。

——三国 · 魏 · 曹植《画赞序》

夫画道之中，以水墨最为上。肇自然之性，成造化之功。或咫尺之图，写百千里之景。东西南北，宛尔目前；春夏秋冬，生于笔下。

——唐 · 王维《山水诀》

十日画一水，五日画一日石，能事不受相促迫，王宰始肯留真迹。

——唐 · 杜甫《戏题王宰画山水图歌》

故画竹必先得成竹于胸中，执笔熟视，乃见其所欲画者，急起从之，振笔直遂，以追其所见，如兔起鹘落，少纵则逝矣。

——宋 · 苏轼《文与可画筼筜谷偃竹记》

位最受画家青睐的文学家。

元、明、清三代，文人画更加成熟，更加细化，流派逐渐出现。文学与绘画几乎水乳交融，达到天衣无缝的地步。

归去来兮辞诗意图 明 李在

此图描述的是晋代文学家陶渊明的名篇《归去来兮辞》中"云无心以出岫"这一句子。画面中陶渊明独坐在山峰上，仰望归鸿和远山，沉醉在大自然中，如有所思，超然物外。李在（？～1431年），字以政，明代福建莆田人，画史称其"自戴文进以下，一人而已"。

文学理论

产生时期：先秦时期
代表人物：陆机、刘勰、严羽、钟嵘
经典著作：《文赋》、《文心雕龙》、《沧浪诗话》、《诗品》

先秦时期是中国古代文学理论的萌芽产生期。文学理论萌芽产生在创造文字以后，是和人们对文学的认识、思想文化和伦理道德的状况以及文学在当时社会中的地位分不开的。这一时期的文学理论具有以下特点：首先，文学理论大都体现在总体文化的论述内；其次，它和哲学、政治、思想紧密相关；再次，文学理论与文学批评、艺术思想难以截然分开，相互包容；最后，虽然当时没有直接的文学理论，但后代的文学理论许多都可以从这时找到渊源。春秋时期，孔子提倡“诗教”，提出“诗可以兴，可以观，可以群，可以怨”，对后来的诗学理论影响深远。孟子提出“与民同乐”的文艺美学思想，讲求“养浩然之气”，对后来文学理论中的“文气”起到了奠基作用。荀子对儒家文学理论进行继承和发展，形成明道、言志、抒情相结合的文学观点。老子和庄子代表了道家的文学观，老子主张“大音希声，大象无形”；庄子崇尚“无乐之乐”、“言意之表”、“物化”、“得意忘言”、“虚静”，对古代文艺理论的影响最为深远。

汉代儒士信奉孔子的“温柔敦厚”的思想，进一步形成了原道、征圣、宗经的原则。确定这个准则的是扬雄（前53～18年）。他在《法言》中，自比孟子，要继承孔子，发扬儒家大业，以道、圣、经作为文学创作的基本，提倡文质并茂。班固与此前的司马迁在他们的作品《汉书》与《史记》里倡导“实录”，认为文学创品应该真实地反映现实。东汉前期的文艺思潮进一步深化，以王充和桓谭为代表，王充提倡真、善、美相统一，反对虚妄，反对复古，崇尚独创，这些理论集中反映在《论衡》当中。曹魏时期，曹丕和他的《典论·论文》代表了这一时期的文学思想的新特点。曹丕分文章为“雅”、“理”、“实”、“丽”四科，提出“文以气为主”的著名论断。西晋的《文赋》是陆机的名篇，也是中国文学理论批评史上的佳作，第一次完整系统全面地研究了文学创作的

关键词　诗教　明道　风骨　兴寄　平淡　本色论

基本理论，东晋南北朝的文学理论批评就是按《文赋》的道路继续发展的。南朝宋刘勰的《文心雕龙》是中国文学理论史上最杰出的作品。由此形成了一门研究它的“龙学”。刘勰认为文学的本质是“道是其内容，文是其表现形式”。在他看来，文学既是心灵世界的体现，又是反映客观世界的原理和规律的。他说：“诗人感物，联类不穷；流连万象之际，沉吟视听之区；写气图貌，既随物以宛转；属来附声，亦与心而徘徊。”这种心物交融、主客统一的论述对后世影响深远。《文心雕龙》从文学创作的构思、文学形象的艺术特征、文学的体裁和风格、文学作品的写作技巧等方面建立了完整的文学理论体系，比较全面地反映了中国古代文学理论的民族传统，它的丰富理论内容有许多至今还闪耀着光辉。钟嵘的《诗品》是继刘勰《文心雕龙》之后，中国文学理论史上又一部重要著作，两者被誉为“双星”。钟嵘提出感情论，认为“气之动物，物之感人，故摇荡性情，形诸舞咏”；崇尚自然，重视“如芙蓉出水”的美；倡导风骨论，赞美“真骨凌霜，高风跨俗”；提出滋味论，认为只有“使味之者无极，闻之者动心”的作品，才是“诗之至也”。后世历代诗话都源于钟嵘的《诗品》。

唐初，陈子昂倡导“建安风骨”，提出“兴寄”的文学主张。李白将这一主张继承和发扬，他的崇尚清新自然的诗歌理论，对唐诗发展产生了重大影响。他的诗歌艺术理论和理想是“清真”，清是清新秀丽，真是自然天真，正如他的诗里说的“清水出芙蓉，天然去雕饰”。与李白同时，殷璠提出

魏文帝曹丕像

曹丕是三国时期著名文学家。其代表作《典论·论文》对后世的文学理论批评乃至整个文学的发展方向产生了深远影响。

“兴象论”，即以艺术意象为主的思想；王昌龄提出“诗境论”，他说：“夫作文章，但多立意。令左穿右穴，苦心竭智，必须忘身，不可拘束。思若不来，即须放情却宽之，令境生。然后以境照之，思则便来，来即作文。”他把诗歌的意境创造提到了一个突出的地位，为意境理论的深化与扩展奠定了基础。皎然在《诗式》中将诗境的论述进一步深入和发扬。中唐白居易的诗歌理论有两个基本内容：一是强调诗歌要“救济人病，裨补时阙”，二是创作上要“直书其事”。《与元九书》中著名的两句话：“文章合为时而著，歌诗合为事而作。”这对后世诗歌理论批评影响深远。韩愈提倡“不平则鸣”，提出文以明道、注重实用的思想，主张“务去陈言”，“词必己出”。晚唐司空图在《二十四诗品》中的高超见解使他成为唐代最重要、最有成就的文学理论批评家。他的诗歌理论主要是对陶渊明、王维一派山水田园诗艺术创作的总结，追求“象外之象，景外之景”的意境。

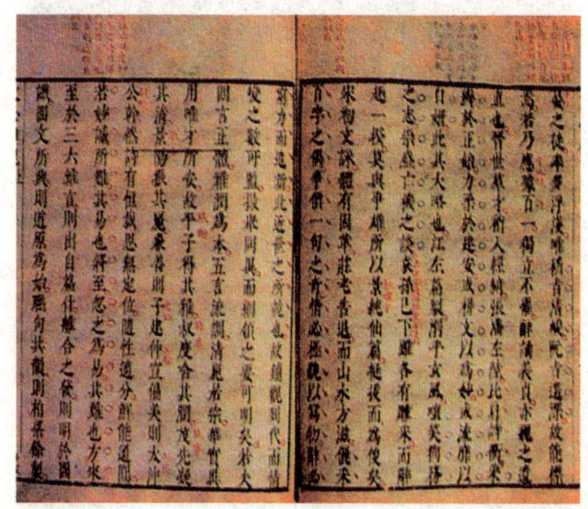

《文心雕龙》书影

《文心雕龙》是南朝宋刘勰的代表作，因其杰出的文学理论价值而由此形成了一门研究它的“龙学”。

宋代，文学理论批评上有很多重要的创造和发展，出现了像苏轼、严羽等卓越的文学理论批评家。欧阳修的“穷而后工”论和梅尧臣的“平澹”论是北宋早期最有价值的文学理论。北宋中期，苏轼是最重要的文学家和文学理论家。他提出“无法之法”，强调“随物赋形”和“传神”，追求“虚化”、“物化”和“妙观逸想”的精神境界，可以说是前代文学理论的集大成者。与苏轼同时的黄庭坚肯定诗歌“忿世疾邪”的作用和温柔敦厚的旨意，提倡诗歌创作要“以理为主”，希望能“夺胎换骨”、“点铁成金”，更讲究法度的严密和森严，深深地影响着北宋后期到南宋的整个诗坛。诗话是记载诗人生平、诗歌创作背景、创作理论、艺术技巧等的杂著，在宋代很繁盛，较著名的有欧阳修《六一诗话》、司马光《温公续诗话》、刘攽《中山诗话》、陈师道《后山诗话》、惠洪《冷斋夜话》、

宋代的“三苏”指苏洵、苏轼和苏辙。

叶梦得《石林诗话》、严羽《沧浪诗话》。其中《沧浪诗话》是中国古代最重要的诗话的著作，有系统的理论主张，提倡以禅喻诗，强调“别趣”、“别才”，以“妙悟”和“兴趣”为中心，师法盛唐的文学思想和理论，对元明清三代的文学理论批评产生了极为深远的影响。

陆机像

陆机（261～303），字士衡，吴郡吴县华亭（今上海松江）人，西晋文学家。其名作《文赋》是中国文学理论批评史上的佳作。

明朝初期，前后七子载誉文坛，在文学理论方面，较有成就的是李东阳、李梦阳、李攀龙、王世贞。特别值得注意的是王世贞，他主张把学古和师心结合起来，在当时显得很突出。另外，唐顺之主张“直据胸臆、信手写出”的本色论也大大地突破了当时的条条框框。明代从嘉靖后期开始，反复古的新思潮逐渐扩大，代替了绵延一二百年的复古主义文学思想。它的核心是：强调文学源于心灵，从师古转向师心，主张任性而为，以真实、自然为最高追求。这在文学理论上的集中表现是李贽的“童心说”、公安派的“性灵说”和钟惺的“情真说”。

清代初期，王夫之的“兴观群怨”论和“情景融和”论，叶燮的理事、情论和才、胆、识、力论是对前人理论的总结，对清代诗歌理论的发展有重要的启示作用。不久以后，王士禛神韵说、沈德潜的格调说、袁枚的性灵说、翁方纲的肌理说，虽然各有所据，名头很大，但影响很小。值得注意的是桐城派的文章理论，提倡文章写作上义理、考据、词章的统一，影响非常大。清朝末年，黄遵宪提出“我手写吾口”的诗歌理论，虽新意不多，却标志着中国近代文学思想从传统走向了现代。与他相似的，是提倡“诗界革命”和“文界革命”、“小说界革命”的梁启超。

明朝前七子：李梦阳、何景明、康海、王九思、边贡、王廷相、徐祯卿。

精彩阅读

子曰："《诗》三百，一言以蔽之，曰：思无邪。"

子曰："《关雎》，乐而不淫，哀而不伤。"

子谓《韶》："尽美矣，又尽善也。"谓《武》："尽美矣，未尽善也。"

子曰："质胜文则野，文胜质则史。文质彬彬，然后君子。"

——《论语》

常人贵远贱近，向声背实，又患于自见，谓己为贤。夫文本同而末异，盖奏议宜雅，书论宜理，铭诔尚实，诗赋欲丽。此四科不同，故能之者偏也；唯通才能备其体。

文以气为主，气之清浊有体，不可力强而致。譬诸音乐，曲度虽均，节奏同检，至于引气不齐，巧拙有素，虽在父兄，不能以移子弟。

盖文章，经国之大业，不朽之盛事。年寿有时而尽，荣乐止乎其身，二者必至之常期，未若文章之无穷。是以古之作者，寄身于翰墨，见意于篇籍，不假良史之辞，不托飞驰之势，而声名自传于后。故西伯幽而演易，周旦显而礼，不以隐约而弗务，不以康乐而加思。夫然，则古人贱尺璧而重寸阴，惧乎时之过已。而人多不强力；贫贱则慑于寒，富贵则流于逸乐，遂营目前之务，而遗千载之功。日月逝于上，体貌衰于下，忽然与万物迁化，斯志士之大痛也！融等已逝，唯干着论，成一家言。

——三国·曹丕《典论·论文》

故文能宗经，体有六义：一则情深而不诡，二则风清而不杂，三则事信而不诞，四则义直而不回，五则体约而不芜，六则文丽而不淫。扬子比雕玉以作器，谓五经之含文也。

——南朝·刘勰《文心雕龙》

故论说辞序，则《易》统其首；诏策章奏，则《书》发其源；赋颂歌赞，则《诗》立其本；铭诔箴祝，则《礼》总其端；记传盟檄，则《春秋》为根：并穷高以树表，极远以启疆，所以百家腾跃，终入环内者也。

——南朝·刘勰《文心雕龙》

诗不假修饰，任其丑朴。但风韵正，天真全，即名上等。……取境之时，须至难、至险，如见奇句。成篇之后，观其气貌，有似等闲。不思而得，此高手也。有时意静神王，佳句纵横，若不可遏，宛若神助。

——唐·皎然《取境》

诗者，吟咏情性也，盛唐诸公，惟在兴趣；羚羊挂角，无迹可求。故其妙处，透彻玲珑，不可凑泊。如空中之音，相中之色，水中之月，镜中之象，言有尽而意无穷。

——宋·严羽《沧浪诗话》

明朝后七子：李攀龙、王世贞、谢榛、吴国伦、宗臣、徐中行、梁有誉。

文学流派

产生时期：北宋时期
代表人物：谢灵运、温庭筠、汤显祖
经典著作：《花间集》、《江湖集》、临川四梦

中国的文学流派真正始于北宋中期，但是其孕育过程经历了漫长的阶段。先秦时期，儒家学派、道家学派、墨家学派无疑对后世的文人组成派别具有启发性的思想影响。西汉武帝时，司马相如、东方朔等作家集于柏梁台赋诗作文；梁孝王门下聚集着枚乘、邹阳、司马相如等宾客，人称梁园唱和，其他参加的文人还有羊胜、路乔如、公孙诡、韩安国等；淮南王以寿春为都，招宾客著书，《汉书·艺文志》著录淮南王赋82篇，淮南王群臣赋44篇，显然在他周围，还有一个从事辞赋创作的群体。汉初几位诸侯王以及皇帝周围聚集的这些文人置酒高会，游赏唱和，对后世文学流派的形成有很大的促进作用。

温庭筠像

温庭筠，本名岐，字飞卿，太原祁（今山西祁县）人，晚唐著名诗人、词人。他是中国文学史上第一个以词名家的人。

汉末，曹操、曹丕、曹植父子三人以及“建安七子”组成的“邺下集团”和随后正始年间以“竹林七贤”为首的“正始集团”在乱世中形成。这些文学集团已经初步具备文学流派的影子，但是他们只是同声相应，同气相求，没有共同的文学主张和文学见解，没有表现出流派观念的自觉。

第一个被后人冠名的文学流

关键词 玄言诗派 山水诗派 边塞诗派 花间诗派 江西诗派 临川派

派是玄言诗派。晋末宋初，南方地区较为稳定，士族生活优裕，园林别墅众多，士族文人在这样的环境下过着清谈玄理的悠闲生活。他们阐述老庄思想和佛教哲理，所作的诗文义艰深，诘奥难懂，后人称之为玄言诗派，代表人物有孙绰、桓温、庾亮等人。继之而起的是人们所说的山水诗派，代表人物有谢灵运、谢朓。他们描写山水风光，畅叙闲逸情致，作的诗追求语言的锤炼，像谢灵运的“林壑敛暝色，云霞收夕霏”、“野旷沙岸净，天高秋有明”，“池塘生春草，园柳变鸣禽”都是让人印象很深的名句。谢朓的诗受谢灵运影响很大，现存优秀的诗篇大部分是山水诗。他的名作有《晚登三山还望京邑》、《之宣城郡出新林浦向板桥》等，大部分都是他在作宣城太守的两年中写成的。

唐朝开元天宝年间，诗歌达到极盛，涌现出大批天赋极高的诗人。后人将这一时期的诗歌创作总结为山水田园诗派和边塞诗派。山水田园派以王维、孟浩然为代表，旁及裴迪、储光羲、张子容、刘昚虚、常建等人，他们多有或长或短的隐居经历，即便身在仕途，也向往归隐山林和泛舟江湖，

莲社图 南宋 佚名

《莲社图》描述东晋时期的高僧慧远在江西庐山虎溪东林寺结盟白莲社的故事。参加莲社的都是当时的名流，有陶渊明、谢灵运、宗炳、刘程之等人。下图表现的是谢灵运骑马而去，陶渊明因为腿病由学生与儿子架抬前往。

文学流派产生于北宋时期。

有一种挥之不去的山水隐逸情结。他们的诗多带有禅意和禅趣，受佛教思想影响很深。边塞诗派以高适和岑参为代表，还有王之涣、陶翰等人。他们大多亲临过边塞，有出征的经历，所写的诗慷慨激昂，壮大雄浑。严羽在《沧浪诗话》中说：“高岑之诗悲壮，读之使人感慨。”

五代后蜀广政三年(940年)，赵崇祚编成《花间集》10卷，选录18位“诗客曲子词”，共500首。后人称之为“花间词派”，代表词人有晚唐的温庭筠、皇甫松，五代的孙光宪、和凝、韦庄、李珣等人。花间词派以写花柳风月、男欢女爱、歌筵酒席为主，艺术上文采华丽，充溢着脂粉气。

北宋徽宗初年，吕本中作《江西诗社宗派图》把黄庭坚、陈师道为首的诗歌流派定名为“江西诗派”。这是中国最早的也是真正的一个文学流派。所谓的“宗派”，原来是禅宗的名词，受唐宋以来禅宗的影响，吕本中为习禅甚深的黄、陈二人借用了这个名词来称呼诗派。《宗派图》序说：“歌诗至于豫章始大出而力振之，后学者同作并和，尽发千古之秘，无余蕴矣。录其名字，曰江西宗派，其源流皆出豫章也。”同时尊黄庭坚为诗派之祖，下列25人，以陈师道、潘大临、谢逸、晁冲之、潘大观较为著名。这些诗派成员大多受到黄庭坚直接或间接的指导，或深或浅地受到黄诗的影响，所

玄言诗是盛行于东晋的一种以阐释老庄和佛教哲理为主要内容的诗歌。

精彩阅读

空山新雨后，天气晚来秋。明月松间照，清泉石上流。竹喧归浣女，莲动下渔舟。随意春芳歇，王孙自可留。

——唐·王维《山居秋暝》

北风卷地白草折，胡天八月即飞雪。忽如一夜春风来，千树万树梨花开。散入珠帘湿罗幕，狐裘不暖锦衾薄。将军角弓不得控，都护铁衣冷难著。瀚海阑干百丈冰，愁云惨淡万里凝。中军置酒饮归客，胡琴琵琶与羌笛。纷纷暮雪下辕门，风掣红旗冻不翻。轮台东门送君去，去时雪满天山路。山回路转不见君，雪上空留马行处。

——唐·岑参《白雪歌送武判官归京》

人人尽说江南好，游人只合江南老。春水碧于天，画船听雨眠，垆边人似月，皓腕凝霜雪。未老莫还乡，还乡须断肠。

——五代·韦庄《菩萨蛮·人人尽说江南好》

大都独抒性灵，不拘格套，非从自己胸臆流出，不肯下笔。有时情与境会，顷刻千言，如水东注，令人夺魂。其间有佳处，亦有疵处。佳处自不必言，即疵处亦多本色独造语。然予则极喜其疵处，而所谓佳音，尚不能不以粉饰蹈袭为恨，以为未能尽脱近代文人气习之故也。

——明·袁宏道《叙小修诗》

寒山几堵，风低削碎中原路。秋空一碧无今古。醉袒貂裘，略记寻呼处。男儿身手和谁赌？老来猛气还轩举。人间多少闲狐兔？月黑沙黄，此际偏思汝。

——清·陈维崧《醉落魄·咏鹰》

以风格比较接近。这个流派一直延续到南宋末年，元代诗评家方回因为诗派成员多学杜甫，故称杜甫为江西诗派之祖，把黄庭坚、陈师道、陈与义称为诗派“宗”，所以有“一祖三宗”的说法。宋理宗宝应元年(1225年)，书商陈起为陈允平、刘克庄、戴复古、刘过等诗人刻印诗集，总称为《江湖集》。“江湖”是说这些没能入仕的游士流传江湖，以卖文献诗为生，成为江湖谒客，故名。江湖诗派成员众多，人品复杂，诗多献谒、应酬之作，艺术上相当粗糙，只有刘克庄和戴复古较为出色。此外，宋词也被后人强分为豪放派和婉约派，豪放派以苏轼、辛弃疾为代表，婉约派以晏殊、柳永、秦观、周邦彦、李清照为代表。虽然这种分法影响很大，但很不严谨。

赵崇祚编辑的《花间集》，是中国最早的一部文人词总集。

明代成化到弘治年间，对文坛有重要影响的是茶陵诗派。茶陵派以茶陵人李东阳为首，主要成员还有谢铎、张泰、邵宝、石珤、鲁铎等人；李东阳提出诗学汉唐的复古主张，对当时文坛的萎靡现象有一定的扼制。嘉靖年间，文坛上又出现以唐顺之、归有光、茅坤、王慎中为代表的复古流派唐宋派。他们提倡唐宋文风，推崇韩愈、柳宗元、欧阳修、曾巩等唐宋古文名家，注重文以明道的做法。这一流派中成就较高的首推归有光。万历年间，吴江派和临川派两个戏剧流派形成并进行了竞争，这是明代后期传奇繁荣的重大标志，也是中国文学史上的一大盛事。吴江派以沈璟、冯梦龙、吕玉绳、吕天成、范文若为主，因为沈璟是江苏吴江人，故名。他们的戏剧强调讽喻教化、注重声律和语言本色，在理论上的功夫更大于创作。临川派因临川人汤显祖的戏剧作品“临川四梦”得名，以汤显祖为主将，还有李玉、高濂、阮大铖、吴炳等人。其戏剧表现生活，具有反封建的思想，文辞华美，自由活泼。明末，公安派和竟陵派是具有相影响力的文学派别。公安派的三位主要人物袁中道、袁宏道、袁宗道兄弟，是湖北公安人，故名。他们提出以“性灵说”为内核的文学主张，主张直写胸臆，追求清新洒脱的风格。稍后的竟陵派因为代表人物谭元春是竟陵人而得名，在文学观念上继承公安派的文学主张，追求幽深奇僻的艺

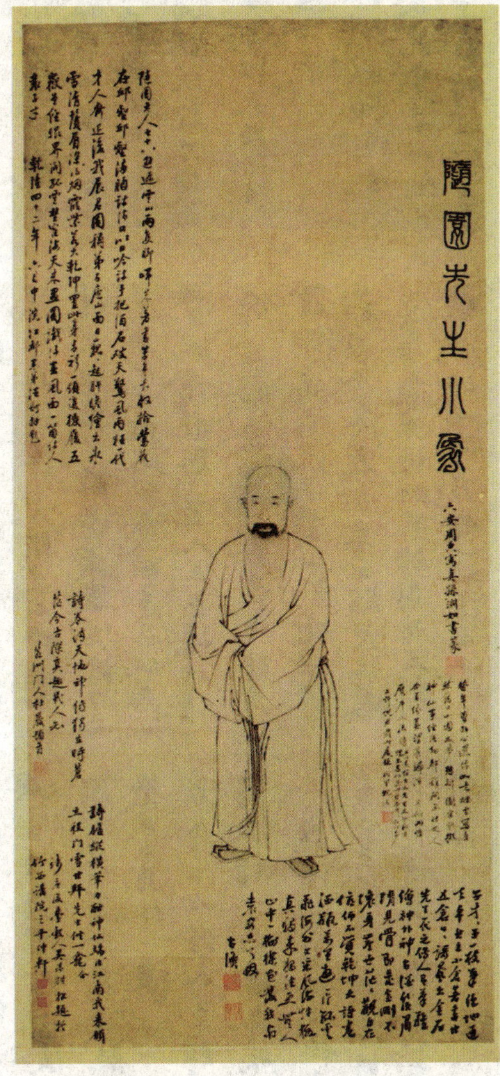

袁枚像轴

袁枚是清朝性灵派代表人物，时与纪昀齐名，有“南袁北纪之称”。

陈师道是苏门六君子之一，江西诗派重要作家。

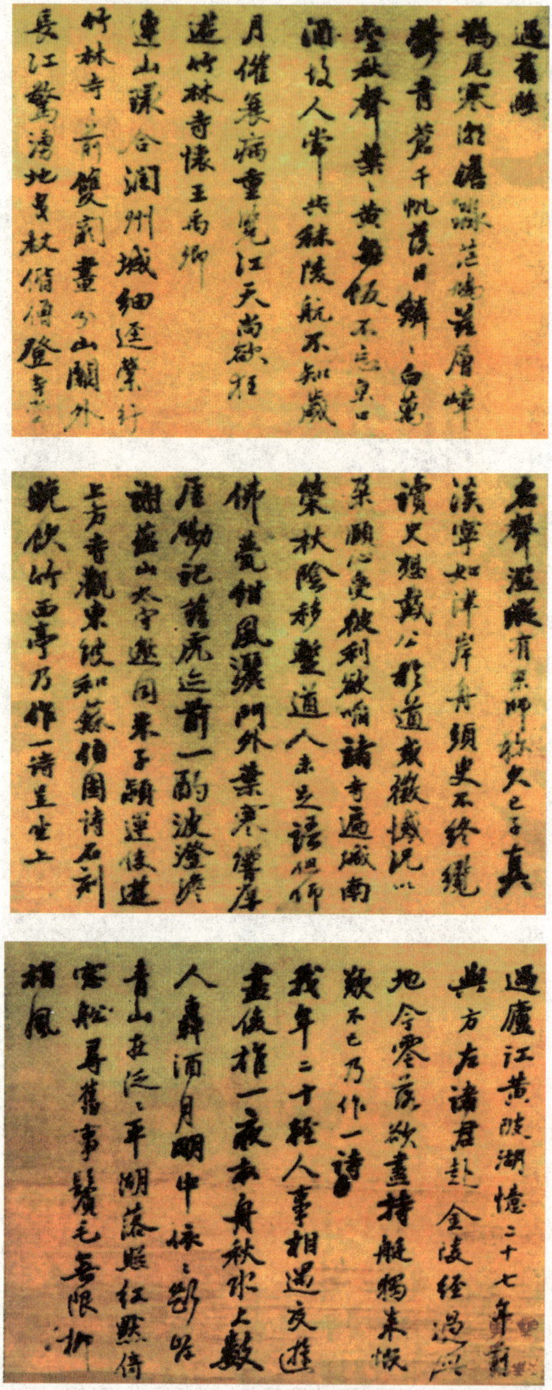

术境界。

清朝初期，诗坛沿袭明末的余绪，云间派、虞山诗、娄东派三足鼎立。其中虞山派因为钱谦益、娄山派因为吴伟业，出现比较兴盛的局面，影响最大。虞山诗派的代表人物是冯班(曾师从钱谦益)，主要成员有冯舒、钱曾、钱陆灿等人。康熙年间，词学得到中兴，仅顺、康两朝就逾二千词家，五万余首词。以陈维崧为首的阳羡词派和以朱彝尊为首的浙西词派及纳兰性德代表了清词的最高成就。阳羡派词人还有万树、蒋景祁、史唯园、陈维岳等人，他们以豪情抒悲愤，成为清词的一面旗帜。浙西词派继阳羡词派而壮大起来，绵亘康熙、雍正、乾隆三朝，以醇正高雅的盛世之言播扬上下。清朝乾隆年间，文学创作活跃，诗派有厉鹗的浙派、翁方纲的肌理派、袁枚的性灵派、沈德潜的格调派、李怀民的高密派设坛立站，分庭抗礼；古文则有以刘大櫆、姚鼐为首的桐城派和由桐城派分出的以恽敬和张惠言为首的阳湖派；词则有张惠言、周济为首的常州词

《游东江诗册》 清 姚鼐

桐城派是清朝一个著名的古文文学流派，以姚鼐为首。

纳兰性德、陈维崧、朱彝尊被称为“清词三大家”。

派。乾隆末期到嘉庆初期，文坛呈衰弱趋势，到咸丰年间，以王闿运为首的汉魏六朝派和以曾国藩为首的湘乡派较有影响力。光绪年间，中国已沦为半殖民地，思想文化界震动很大，文学上，一方面还有以张之洞、张佩伦为首的唐宋兼采派和以李布圣、曾广钧为首的西昆派存在，另一方面，以黄遵宪、康有为、梁启超、丘逢甲为首的诗界革命派则昭示着新文学曙光的到来。

文学纪事

晋孝武帝太元十年(385年) 谢灵运生，后着力于山水诗。后人称以他为代表的诗人群体为山水诗派。此年，后人称为的“玄言诗派”盛行。

武则天长安元年(701年) 李白生。王维生，以王维、孟浩然为首的诗人被后人称为山水田园诗派。

唐玄宗开元七年(719年) 高适年二十，漫游燕赵。以高适、岑参为首的诗人被后人视为边塞诗派。

后晋高祖天福五年(940年) 后蜀赵崇祚编《花间集》，标志着后人所说的花间词派的形成。

宋仁宗庆历三年(1043年) 晏殊拜相。晏殊与秦观、柳永、周邦彦、李清照等人被明人称为婉约派。

宋仁宗嘉祐二年(1057年) 苏轼、苏辙、曾巩进士及第。苏轼、辛弃疾等人被明人视为豪放派的代表。

宋徽宗崇宁元年（1102年） 黄庭坚作《雨中登岳阳楼望君山》等诗。吕本中作《江西诗社宗派图》，中国正式的文学流派诞生。

明宪宗成化八年（1472年） 李东阳自京师南归。茶陵派以李东阳为首，以复古汉唐为主张。

明世宗嘉靖二十年（1541年） 归有光徙居安亭讲学。唐宋派以归有光，唐顺之、茅坤、王慎中为代表。

明神宗万历三十八年（1610年） 袁宏道卒（1568～1610年），年四十二。公安派以之为代表。沈璟卒（1553～1610年），年五十七。吴江派以之为代表。

明神宗万历四十二年（1614年） 钟惺、谭元春选定《古诗归》十五卷。竟陵派以之为代表。汤显祖年六十五，为临川派代表。

清雍正九年(1731年) 姚鼐生。后成为桐城派主将。

清光绪二十二年(1896年) 梁启超等开始试创“新体”诗，不够成功。后形成“诗界革命派”。

晚清“诗界革命”对中国近现代文艺思潮产生了深刻的影响。

文学批评

产生时期：先秦时期
代表人物：孔子、元好问、李渔
经典著作：《论语》、《论诗三十首》、《闲情偶寄》

中国的文学批评，滥觞《诗经》所处的时代，即先秦。文学批评与先秦诸子学说关系十分密切，像天人关系、美善关系、文质关系、道意关系、诗乐关系、古今关系，后来都转变为文学理论批评的重要元素。《尚书·尧典》云："诗言志，歌永言，声依永，律和声；八音克谐，无相夺伦，神人以和。"这是中国文学批评的奠基石。朱自清先生称之为"开山的纲领"（《诗言志辨》）。同时，先秦诸子包括孔子、孟子、庄子、荀子等儒家和道家人士对这一论断存在着文学的共识。《礼记》、《孟子》、《庄子》、《荀子》、《左传》都有着几乎与《尚书·尧典》里相同的话语。孔子主张"仁"、"礼"、"乐"、"中庸"、"兴观群怨"对后世文学批评影响深远。他的文学批评以"尽善尽美"为标准，以仁学为基础，集中反映在《论语》中。《论语》评论《诗三百》的地方述18条之多。此外墨家注重论辩术，言辞逻辑方法，孟子的人性思想，荀子的全粹之美，《周易》的阴阳刚柔都对文学批评产生了巨大的影响。庄子的文学批评并非孔子式的有针对性的实际批评，而是理论批评，他的贵真、尚意、主天籁、倡物化对后代的文学批评影响极大。

孔子像

汉代初期，黄老之术流行，到汉武帝时，"罢黜百家，独尊儒术"，宗经尚丽求真美，从此，儒家思想成为古代社会的统治思想，也成为中国古代文学批评理论的指导思想。由于楚辞学的兴盛，汉代文学批评体式突破了先秦零散

关键词 仁学 儒家 抒情 言志 格律 意象

的评论，向有意识、有系统的文学批评过度。西汉的《诗大序》、刘安《离骚传》、王逸《楚辞章句》是中国早期的文学批评专著，但批评对象较为单一。汉赋的批评在武帝时开始兴起，《史记》里，司马迁就批评司马相如的赋“侈靡过其实，且非义理所尚”。班固《汉书》、王符《潜夫论》、扬雄《法言》、王充的《论衡》都对赋进行了文学批评，但很少有人对其给予公允的分析和评价。

魏晋南北朝是文学自觉的时代，文学批评从重“诗言志”转向“诗缘情”，从此，这两大学说成为中国诗歌乃至文学理论与批评的基点，奠定了“抒情言志”的传统；其次，文学批评与文学创作关系更加密切，比如曹丕既是文学家，也是理论批评家，相似的还有陆机；然后，文学批评与学术文化的关系日渐清晰，因为文学的独立，所以文学批评与魏晋玄学、印度北传的佛

精彩阅读

故说《诗》者，不以文害辞，不以辞害志。以意逆志，是为得之。如以辞而已矣！《云汉》之诗曰：“周余黎民，靡有孑遗。”信斯言也，是周无遗民也。

——《孟子·万章》

天地有大美而不言，四时有明法而不议，万物有成理而不说。圣人者，原天地之美而达万物之理，是故至人无为，大圣不作，观于天地之谓也。

——《庄子·知北游》

文以气为主，气之清浊有体，不可力强而致。譬诸音乐，曲度虽均，节奏同检，至于引气不齐，巧拙有素，虽有文兄，不能以移子弟。

——曹丕《典论·论文》

谢混云：“潘诗烂若舒锦，无处不佳；陆文如披沙简金，往往见宝。”嵘谓益寿轻华，故以潘为胜；《翰林》笃论，故叹陆为深。余常言陆才如海，潘才如江。

——南朝·钟嵘《诗品》

文章道弊五百年矣。汉魏风骨，晋宋莫传，然而文献有可征者。仆尝暇时观齐梁向诗，彩丽竞繁，而兴寄都绝，每又咏叹，思古人常恐逶迤颓靡，风雅不作，以耿耿也。

——唐·陈子昂《与东方左史虬修竹篇序》

老杜作诗，退之作文，无一字无来处，盖后人读书少，故谓韩杜自作此语耳。古之能为文章者，真能陶冶万物，虽取古人之陈言入于翰墨，如灵丹一粒点铁成金也。

——宋·黄庭坚《答洪驹父书》

文学批评产生于先秦时期。

教、道教、永明体的声律等，相互影响，促进了这一时期文学理论批评的繁荣；最后就是文学批评家与文学理论批评专著的大批出现，像曹丕的《典论·论文》、陆机的《文赋》、刘勰的《文心雕龙》、钟嵘的《诗品》，都确立了中国文学批评的独特样式和途径，具有划时代的意义。此外，像"建安风骨"、"正始之音"、"魏晋风流"等也成为后世文学批评的标准之一。

唐朝是诗的黄金时代，所以唐代文学批评首先重在论诗，讲对偶，重法度，注意格律的批评。此外，唐诗的理论批评主要分为两派，一重兴寄，主风骨，这属于儒家学派，由陈子昂、殷璠、杜甫直到元稹、白居易、皮日休，像"汉魏风骨"之说和"文章合为时而著，歌诗合为事而作"，反映出对诗文思想内容，社会价值的重视；另一派重意象，主神韵，缘于佛教蕴藉。唐朝的文学批评著作主要分为书序体、格式体、论诗绝句体，前者代表作有陈子昂《与东方左史虬修竹篇序》、殷璠《河岳英灵集序》、白居易《与元九书》等；格式体较著名的有王昌龄《诗格》、皎然《诗式》、司空图《二十四诗品》等；论诗绝句体以杜甫《戏为六绝句》为首创。

宋代崇雅尚理重文，文化最为发达。陈寅恪先生说："华夏民族之文化，历数千年之演进，造极于赵宋之世。"（《金明馆丛稿二编》）宋代最具特色的文学批评体式是"诗话"。近代学者陈一冰《诗话研究》说："诗话，文学批评之一种也。"它是中国文学批评专门

建安七子图

最早提出"七子"之说的是曹丕（见《典论·论文》）。"建安七子"之文都具有梗概多气的建安风格，后被誉为"建安风骨"。

"正始"是魏齐王曹芳的年号（240~249年），但一般所说的"正始文学"还包括正始以后到西晋立国（265年）这一时期的文学。

化的产物。诗话之后，又产生词话、曲话、文话、小说话、剧话等，壮大了文学批评的种类，打破了《文心雕龙》大一统式的文学理论批评格局。宋代文学批评以“理”为尚，尊杜崇韩，批评的方向更明确，幅度更强烈，更有针对性。如张戒《岁寒堂诗话》批评苏黄诗风，指出“自汉魏以来，诗妙于子建，成于李杜，而坏于苏黄”，贬斥他们为“诗中一害”；严羽《沧浪诗话》抨击当时江西诗派，打出扬唐抑宋的旗帜。此外，以禅论诗也是宋代文学批评的一大特点，为后世提供了新的思维模式。

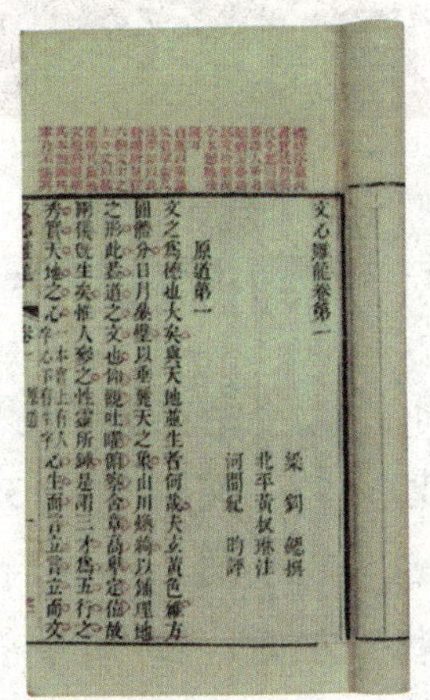

纪昀评点《文心雕龙》

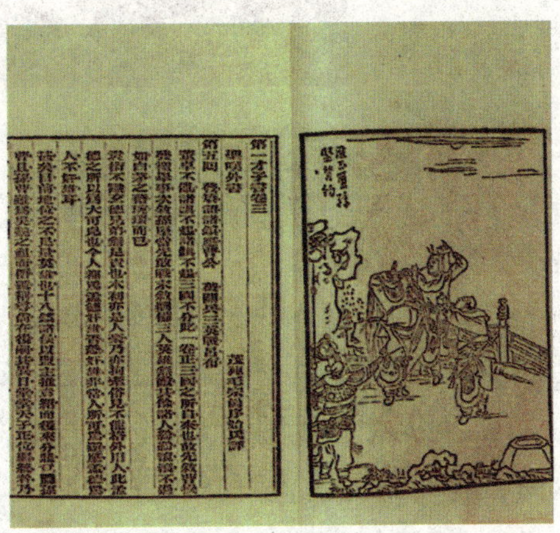

毛宗岗评点的《三国志演义》

金元时期，元好问的文学批评较为著名，代表作是他的《论诗三十首》以及对杜诗说的创立。辛文房的《唐才子传》是一部杰出的纪传体文学批评著作，它以人为纲，以论为主，以兴象、风骨、格力、体制为标榜，同时注意到佛教、道教对文学的影响，观点独特鲜明。钟嗣成的《录鬼簿》则开戏曲批评著作的先河。文中表现出对戏曲家（当时不入流）的推崇和赞扬，具有挑战传统文学的意味，也反映时代风气的转变。

明清两代，文学批评徘徊在复古和崇今、褒唐与抑宋、重情与尚礼之间。关于诗文的文学理论与批评虽然有很多阐述，但难超出魏晋南北朝唐宋以来的苑囿，影响大部分是仅限于当时。这一时期最具特点、在文学批评史上地位最高的是小说戏剧理论批评。著名的作品有李贽《忠义水浒传序》、汤显祖《牡丹亭题词》、吕天成的《曲品》、徐渭的《南词叙录》、《金圣叹评天下六才子书》、《李卓吾评忠义水浒传》、《张竹坡评金瓶梅》和李渔的《闲情偶寄》。此外，一些笔记，如王世贞《艺苑卮言》、胡应麟《少室山房笔丛》、何良俊《四友斋丛说》和纪晓岚《四库全书总目提要》都是很好的文学批评著作。

意象一词是中国古代文论中的一个重要概念，指诗歌中浸染了作者感情的东西。

文学名家

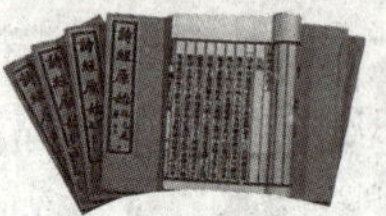

代表人物：庄子、屈原、司马迁、曹植、苏轼
经典著作：《庄子》、《离骚》、《史记》

庄子(约前369～前286年)，名周，战国中期宋国蒙(今河南省商丘县东北)人，可以说是中国最早的一位文学名家。他大约与梁惠王、齐宣王同时，曾经作过蒙的漆园吏。他的生活相当清贫，“处穷闾阨巷，困窘织屦，槁项黄馘”(《列御寇》)，曾向监河侯借过粮食，而当楚王礼聘他时，他又断然拒绝。他是老子之后道家学派的代表，他的作品大部分收录在《庄子》里。郭沫若说：“秦汉以来的一部中国文学史，差不多大半是在他的影响下发展的。”

庄子像

屈原(约前340～前278年)，名平，为楚国王族的后裔。楚怀王时他曾任左徒，“博闻强志，明于治乱，娴于辞令”，对内主张举贤任能，对外主张联齐抗秦。上官大夫靳尚趁屈原拟订宪令时，在楚怀王面前诬陷屈原，怀王疏远了屈原。屈原任掌管王族屈、昭、景三姓的事情的三闾大夫。后来，屈原出使齐国，回国不久，被逐出郢都，流放汉北。楚怀王被秦扣留后，顷襄王即位，屈原再次受到令尹子兰和上官大夫靳尚的迫害，被顷襄王放逐到江南。屈原在漂泊中忧思国事，最后在绝望中投汨罗江而死。屈原的作品存世共25篇，代表作有《离骚》、《九歌》、《卜居》、《招魂》、《天问》等。

春秋战国时期，庄子、屈原之外，孟子、荀子、左丘明、宋玉、韩非也都是卓有成就的文学名家。

西汉王朝到武帝时期臻于鼎盛，司马迁(前145～约前87)是当时乃至整个汉代成就最高的散文家，他渊博的学识、深邃的思想、不朽的人格以及挥

关键词 庄子 屈原 司马迁 曹植 陶渊明 苏轼 汤显祖

文学纪事

周烈王元年(前375年) 庄子生于此年，约在公元前375年至公元前275年年间活动。

周赧王十九年(前296年) 屈原作《招魂》悼楚怀王。

汉景帝中元五年(前145年) 司马迁生。一说生于武帝建元六年(前135)。

汉献帝初平三年(192年) 蔡邕死，年六十。曹植生。

宋文帝元嘉四年(42年) 陶渊明卒(约365～427)，今存《陶渊明集》。

唐中宗神龙元年(705年) 李白五岁，随父从碎叶回到四川。

唐宪宗元和十四年(819年) 柳宗元卒于柳州，年四十七。

宋仁宗嘉祐六年(1061年) 苏轼、苏辙并中制科。苏轼任凤翔府签判。

宋英宗治平四年(1067年) 欧阳修罢参政，王安石知江宁府，黄庭坚进士及第。

元世祖至元八年(1271年) 关汉卿《单刀会》、《调风月》杂剧作于本年前后。

明万历四十四年(1616年) 汤显祖卒(1550～1616年)，年六十六，有诗文集传世。

清康熙五十四年(1715年) 蒲松龄卒(1640～1715年)，年七十五，有《聊斋志异》传世。曹雪芹约生于本年。

洒自如的神来之笔，令后人仰慕不已。司马迁字子长，左冯翊夏阳(今陕西省韩城市)人。自幼在史官家庭中长大，10岁诵读古文，20岁时漫游河南、安徽、山东、四川、湖南、浙江等地，访寻文化遗迹，收集历史资料。元封三年(前108年)，司马迁继任父亲司马谈的官位，为太史令。天汉二年(前99年)，已经埋头写《史记》六年的司马迁因为替投降匈奴的李陵说话而被汉武帝逮捕入狱，次年处以宫刑。出狱后，司马迁任中书令，他含垢忍辱，写作《史记》。征和二年(前91年)，书基本完成，前后经历了14年。司马迁大约在武帝末年即公元前87年前后去世。

司马迁像

汉代的文学名家还有很多，如

班固、司马相如、扬雄、张衡等，多以赋著称于世。

三国时期的曹植诗、文、赋俱佳，他与父兄及“七子”并出，为中国诗歌打开了一个新的局面，并确立了“建安风骨”这一诗歌美学的典范。曹植(192～232年)，字子建，曹操之子，曹丕之弟。他生于乱世，幼年即随曹操征战四方，天资聪慧几乎被曹操立为太子。建安二十五年(220年)，曹操病逝，曹丕继任魏王后，诛杀曹植心腹丁仪、丁廙兄弟。曹植被封为藩侯，终于在愤懑与苦闷中辞世。因为他的最后一个封地在陈，卒谥思，后世遂称之为“陈思王”。他的代表作品有《洛神赋》、《求自试表》、《白马篇》、《七哀》、《赠白马王彪》等。

《曹子建集》书影

曹植诗、文、赋兼工俱美，文章“独冠群才”，赋以《洛神赋》出名，代表了建安辞赋创作最高成就。诗之成就更佳，推为“建安之杰”。

曹植像

魏晋时期的文学名家，还有阮籍、嵇康、左思、郭璞等人。

晋宋易代之时，陶渊明出现了，他成功地将“自然”提升到美的最高境界；把枯燥的玄言诗由表达玄理转向日常生活。他的清高恬淡、质朴率真，连同他的作品一起，为后世的文人大夫建造了一座完美的精神家园。陶渊明(365～427年)，又名潜，字元亮，号五柳先生，寻阳柴桑(今江西省九江市)人。他出身寒微，29岁时曾任江州祭酒，不久即辞职。后来被江州召为主簿，他没有到任。从此以后，他开始坚决地辞官隐居了。他的作品今存诗121首，赋、文、赞、述

陶渊明是田园诗的开创者，其创作直接影响了唐代田园诗派。

等几篇，有《陶渊明集》传世。

南北朝的文学名家还有谢灵运、鲍照、沈约、谢朓、庾信、刘义庆、郦道元等人。

隋唐五代名家辈出，难以胜数。诗有李白、杜甫、王维、孟浩然、高适、白居易、杜牧、李贺、李商隐等人，文有韩愈、柳宗元一代大家，词有温庭筠、韦庄、李煜等骚客，他们使文学从生活到情调意境，都呈现出更为丰富多彩的面貌。

宋人以词著称，诗也清新，文更是很兴盛，集之于一身的是苏东坡(1037～1101年)。他字子瞻，名轼，号东坡居士，眉州眉山(今属四川)人。他的父亲苏洵是古文名家，弟弟苏辙后来也是文章大家。他22岁中进士，26岁又中制科优入三等，先后在杭州、密州、徐州、湖州任地方官，45岁时因“乌台诗案”被贬到黄州，59岁时被贬到惠州，62岁时贬儋州，到65岁才遇赦北归，前后在贬所六年。苏轼在去世前自题画像说：

陶渊明隐居图 明 蓝瑛

图绘陶渊明隐居所在，山谷深远，丛林森森，风景美妙异常。作者蓝瑛为明代青绿山水大家，此图极见功力。

李清照提出词“别是一家”之说，反对以作诗文之法作词。

明代有四大奇书《水浒传》、《三国演义》、《西游记》、《金瓶梅》传世。前三部小说虽然都有作者名称，但属于长时间累积型的长篇小说，作者的创新处虽有，但前人已经搭好了框架；最后一部小说虽是文人单独创作，但作者真名尚不可考，更毋谈生平事迹。明朝真正能称得上文学名家的是汤显祖(1550～1616年)。他字义仍，号海若，别号若士，晚年自号茧翁，自署清远道人，江西临川人。他一生仕途坎坷，晚年(万历二十六年，1598年)归隐于临川玉茗堂。代表作有《牡丹亭》(1598年)、《南柯记》(1600年)、《邯郸记》(1601年)，连同《紫钗记》，合称为“临川四梦”或“玉茗堂四梦”。

清代是中国文学的集大成期，名家也很多，诗有吴伟业、龚自珍，词有纳兰性德，文有李渔、姚鼐，小说有蒲松龄、吴敬梓、曹雪芹，戏剧有孔尚任、洪昇。他们的作品展示了丰富而多彩的文化积淀，彰显有清一代文学的独特历史特征。

精彩阅读

庄子将死，弟子欲厚葬之。庄子曰：“吾以天地为棺椁，以日月为连璧，星辰为珠玑，万物为赍送，吾葬岂不备耶?何以加此!”弟子曰：“吾恐乌鸢之食夫子也。”庄子曰：“在上为乌鸢食，在下为蝼蚁食，夺彼与此，何其偏也。”

——战国《庄子》

故曰：“仓廪实而知礼节，衣食足而知荣辱。”礼生于有而废于无。故君子富，好行其德；小人富，以适其力。渊深而鱼生之，山深而兽往之，人富而仁义附焉。富者得势益彰，失势则客无所之，已而不乐。谚曰：“千金之子，不死于市。”此非空言也。故曰：“天下熙熙，皆为利来；天下攘攘，皆为利往。”

——汉·司马迁《史记》

众鸟高飞尽，孤云独去闲。相看两不厌，只有敬亭山。

——唐·李白《独坐敬亭山》

好雨知时节，当春乃发生。随风潜入夜，润物细无声。野径云俱黑，江船火独明。晓看红湿处，花重锦官城。

——唐·杜甫《春夜喜雨》

清风徐来，水波不兴。举酒属客，诵明月之诗，歌窈窕文章。少焉，月出于东山之上，绯徊于斗牛之间。白露横江，水光接天。纵一苇之所如，凌万顷之茫然。浩浩乎凭虚御风而不知其所止，飘飘乎如遗世独立，羽化而登仙。

——宋·苏轼《赤壁赋》

《牡丹亭》是汤显祖最著名的剧作，在思想和艺术方面都达到了其创作的最高水准。

文学体裁之骈文

繁盛时期：魏晋南北朝、盛唐、清代
特　　点：对偶句式、语言精丽、用典贴切
代表人物：鲍照、陶弘景、王勃
经典著作：《答谢中书书》、《与宋元思书》、《滕王阁序》

骈文，也称骈俪文、骈体文、四六文，或简称骈俪、骈偶、四六，是一种通篇对偶或以对偶句为主构成的文章。骈本指两马并驾，俪本指夫妻成双，这两字形象地反映出骈文讲求语言的平行和对称。成熟时期的骈文，以骈偶、用典和讲究声律为主要特征。

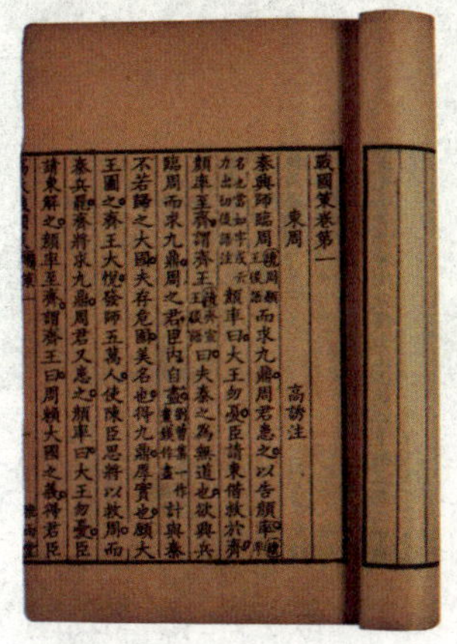

戰國策卷第一
東周　高誘注
秦興師臨周而求九鼎周君患之以告顏率
顏率曰大王勿憂臣請東借救於齊
顏率至齊謂齊王曰夫秦之為無道也欲興兵
臨周而求九鼎周之君臣內自盡計與秦
不若歸之大國夫存危國美名也得九鼎厚寶也願大
王圖之齊王大悅發師五萬人使陳臣思將以救周而
秦兵罷齊將求九鼎周君又患之顏率曰大王勿憂臣
請東解之顏率至齊謂齊王曰周賴大國之義得君臣

《战国策》书影

《战国策》一书中骈俪句式被广泛运用于逞辞激辩的文章之中，显得气势浑成，词采夺人。

骈文的名称来自唐代柳宗元的《乞巧文》里的“骈四俪六”一句，成为一种真正的文体却是在魏晋时期。在这之前，骈文的形成经历了一个相当长的时期。

《周易》和《老子》中关于阴阳刚柔及“有无相生，难易相成；长短相较，高下相倾；音声相和，前后相随”的认识，表明古代先哲早已注意到对称之美。这种认识导入文字后，就形成了一种工整的具有对称工式结构的和谐美。汉字的单音只义的特点又易于使语句齐整，组成形、音、义三者整齐、对偶的句式。这些是骈文形成的基础。

骈文的对偶句式在《尚书》里已经出现，“九州攸同，四隩既宅”（《禹贡》），“直而温，宽而栗；刚而无虐，简而无傲”（《尧典》）这样的句子都是对仗工整、排列整齐、典雅悦耳的句子。春秋战国时期，骈俪句式大片大段出现，广泛见于辞令、说辞、论辩之中，在《左传》、《国语》、《孟子》、《庄子》中体现得很突出。战国后期，诸子散文由语录体转入论著体，而合纵连横之风更是对文章的骈俪化起到了推波助澜的作用。骈俪

关键词　骈俪　对偶　用典　律化　散化　四六

精彩阅读

夫皮朽者毛落，川涸者鱼逝；春生者繁华，秋荣者零悴。自然之数，岂有恨哉！

——魏·应璩《与侍郎曹长思书》

孙策以天下为三分，众才一旅；项籍用江东之子弟，人惟八千。遂乃分裂山河，宰割天下……

舟楫路穷，星汉非乘槎可上；风飙道阻，蓬莱无可到之期。穷者欲达其言，劳者须歌其事。

——梁·庾信《哀江南赋序》

识不达于古今，学仅知于章句。名浮于实，用之始见于无能；器小易盈，过则不胜于几覆。

——宋·欧阳修《蔡州乞致仕第二表》

子孙恸哭于江边，已为死别；魑魅逢迎于海上，宁许生还？

——宋·苏轼《到昌化军谢表》

句式被广泛运用于逞辞激辩的文章中，偶对之句联翩而出，汪洋恣肆，气势磅礴。这方面，《荀子》和《战国策》最有代表性。随后的秦代，最著名的就是李斯的《谏逐客书》，开头数句，骈散相间，自“今陛下致昆山之玉，有随和之宝，垂明月之珠，服太阿之剑，乘纤离之马，建翠凤之旗，树灵鼍之鼓”以下，直到“泰山不让土壤，故能成其大；河海不择细流，故能就其深；王者不却众庶，故能明其德”，一连数十个骈句，十分工整。清代李兆洛编选的《骈体文钞》将它视为骈文初祖。

汉朝初年，贾谊的《过秦论》和晁错的《言兵事疏》、《论贵粟疏》有的排比铺陈，有的全是骈句，有的骈散相间，但他们的文章语句仍不够整齐，对仗还显牵强。真正显示浓厚骈俪色彩的是邹阳的《上吴王书》和《狱中上梁王书》，虽然也具备战国后期文章的风貌，但骈俪色彩增浓，后世论家多将邹阳文章视为骈文的起始。

东汉后期，文风转向绮靡华丽，散文中骈句增多。清代王闿运说：“骈俪之文起于东汉”（《湘绮楼论文》）。后世骈文家认为蔡邕的碑文在这一时期成为代骈文立格的文章，这在他的《郭有道碑》文中表现得尤为明显：

若乃砥节厉行，直道正辞，贞固足以干事，隐括足以矫时。遂考览六经，探综图纬，周流华夏，随集帝学，故收文武之将坠，拯微言之未绝。于是缨緌之

“骈四俪六”出于唐代柳宗元的《乞巧文》。

徒、绅佩之士，望形表而影附，聆嘉声而响和者，犹百川之归巨海，鳞介之宗龟龙也。

就句式看，这都是标准的骈句，先后取典故于《周易·乾》、《论语·子张》、《大戴礼记》，声律和谐，辞藻华丽。

汉魏之际，骈文趋于成体，文风也受时代影响显得慷慨悲凉，清远洒脱。曹植、曹丕、建安七子以及竹林七贤都是这时有成就的骈文家。曹植作品感情丰富，词采靡丽，因其一生备受猜忌，故而文风恣肆奇崛，《求自试表》集中体现了如上特点。曹丕的《与朝歌令吴质书》为写给故人之作，不假造作，情深意长。二曹的文章都体现了早期骈文的特点：不刻意讲究对偶，不故意雕琢文句，典故少，自然成文。建安七子皆能骈文，成就较高的是孔融、陈琳和徐幹。孔融的文章以《荐祢衡表》和《与曹公论盛孝章书》最有名，两篇骈散兼行，文情并茂，骈俪色彩很浓。陈琳擅长章表书记，其中《为袁绍檄豫州》最具代表性。此文引古证今，音调铿锵，用典天然无迹，色浓而味腴。此外，七子中的王粲、徐幹、刘桢、阮瑀也有不错的骈文传世；应玚的弟弟应璩（190~252年）以文藻秀丽冠绝当世，其文章《与侍郎曹长思书》用典繁复得体，句式整练，对仗工整，对后来南北朝的骈文发展产生了很大影响。嵇康的《养生论》、阮籍的《达庄论》、刘伶的《酒德颂》大都骈散相间，深受辞赋的影响。

晋代，骈文进入成熟阶段，体式迅速扩展为序、论、颂、议、碑、书、诔、策等许多种类，单篇文章中骈俪句式明显成为主体，骈句对仗工整，语言精丽，声律流转，用典贴切。西晋骈文家，首推潘岳和和陆机。潘岳(247~300年)，字安仁，荥阳中牟(今河南中牟)人，官至给事黄门侍郎。传世作品如《杨荆州诔》、《夏侯常侍诔》、《马汧督

孔融像

孔融为建安七子之首，文才甚丰。现存作品只有散文和诗。散文如《荐祢衡表》、《与曹公论盛孝章书》辞藻华丽，骈俪气息较浓。

骈四俪六指多用四字、六字句对偶排比的骈体文。

诔并序》等，骈句音韵和谐，工整流利，“辞采绝丽”（《晋书·潘岳传》）。陆机(261～303年)，字士衡，吴郡吴县华亭(今上海松江)人，曾任平原内史。骈文到陆机这里，凡赋之外，表、笺、书、论、策、议、碑、吊文、颂、连珠等，全部采用，可以说无体不备了。陆机最为人称道的是《吊魏武帝文》、《谢平原内史表》、《荐戴渊疏》、《辨亡论》和《豪士赋序》。两晋之际的刘琨(271～318年)，字越石，中山魏昌(今河北无极)人，其《答卢谌书》、《劝进表》都是相当工整的骈文。东晋前期骈文作家中，郭璞以奏疏闻名，葛洪以《抱朴子》传世。后期，孙绰(314～371年)的骈文《谏移都洛阳疏》分析形势，直言劝谏，为人称道。另一篇颇为后人传诵的是庐山诸道人的《游石门诗序》，文中四言、五言、六言、七言，互相穿插，又以散句调整节奏，反映出趋于完备的骈文的基本形态。不仅如此，它的山水入人心的倾向对南北朝以至后世的骈文创作有相当影响。

南北朝时期，骈文体式完美，进入了最为繁荣的阶段，在句式上，不仅讲究对偶，而且将偶句归纳为言对，事对，正对，反对等类型加以研究。句的字数也趋向骈四俪六，南朝宋刘勰的《文心雕龙·章句篇》：“四字密而不促，六字格而非缓。或变之以三五，盖应机之权变也。”在声律上，骈文也开始强调平仄的配合。其他用典、比喻、夸饰等等技巧，在《文心雕龙》中都有详细论述。

刘宋是文风转变的重要阶段，骈文开始刻意追求词采、对仗、用典。颜延之(384～456年)的文章就以用典繁密，词采华艳著称，如其《三月三日曲水诗序》就是一篇“句无虚语，语无虚字”，文辞富丽的作品。鲍照(约414～466年)，字明远，东海(今江苏涟水)人，世称鲍参军，他是骈文高手，其代表作《登大雷岸与妹书》是一封家书，也是中国文学史上较早以书信形式写出的骈文之一。其中描写远望庐山一段：

西南望庐山，又特惊异。基压江湖，峰与辰汉连接。上常积云霞，雕锦缛，若华夕曜，岩泽气通，传明散彩，赫似绛天。左右青霭，表里紫霄。从岭而上，气尽金光，半山以下，纯为黛色。信可以神居帝郊、镇控湘汉者也。

娓娓叙说行旅生活，大量写景，景色如画，实是前所未有。清学者许梿称其“烟云变幻，尽态极妍，即使李思训数月之功，亦恐画所难到”《六朝文絜》，并非过誉。此外，鲍照的《瓜步山楬文》、《石帆铭》都是广为传诵的名篇。

齐梁时代是骈文的鼎盛时期，几乎所有作家都写骈文，同时，骈四俪六，平仄相间，隔句作对也日渐定型。

孔稚珪的《北山移文》、陶弘景的《答谢中书书》、吴均的《与宋元思书》、丘迟的《与陈伯之书》是此时内容充实，形式完美的优秀之作。

孔稚珪(447～501年)，字德璋，会稽山阴(今浙江绍兴)人。《北山移文》讽刺先隐后仕的人物，揭露世态，辛辣快活，文中以四六句为主，五、七言及散句相间而出，自然流畅，用典十余处浑然无迹。许梿说它“炼格炼词，语诱精辟”(《六朝文絜·卷八评注》)。南朝齐的骈文还有王融(467～493年)的《三月三日曲水诗序》、谢朓(464～499年)的《拜中军记中室辞随王笺》、沈约(441～513年)的《宋书·谢灵运传论》，都是广为传诵的名篇。

梁代，武帝萧衍、昭明太子萧统、简文帝萧纲、元帝萧绎雅好和提倡骈文，促进了这一文体的更加繁荣。这期间成就较高的作家除上文介绍的以外，还有江淹、刘勰、徐摛及庾肩吾等。

陶弘景(452～536年)，字通明，丹阳秣陵（今南京市）人。他的骈文最负盛名的是《答谢中书书》：

山川之美，古来共谈。高峰入云，清流见底。两岸石壁，五色交辉；青林翠竹，四时俱备；晓雾将歇，猿鸟乱鸣；夕日欲颓，沉鳞竞跃。实是欲界之仙都，自康乐以来，未复有能与其奇者。

虽用骈体，但多有直叙白描的散句，不拘对偶工整，语言流丽，描绘细致入微，确为山水文学之珍品。同样的佳作还有吴均的《与宋元思书》。吴均(469～520年)，字叔庠，吴兴故鄣(今浙江安吉)人。除《与宋元思书》外，他的《与施从事书》、《与顾章书》也写山川写物，清隽可喜，时人称为“吴均体”。

丘迟(464～508年)，字希范，吴兴乌程(今浙江吴兴)人。其代表作是《与陈伯之书》。陈伯之原为梁江注州刺史，受人挑拨，起兵反梁，投降北魏。梁天监四年(公元505年)，萧宏率军北伐，陈伯之驻守寿阳，两军对垒。丘迟当时是梁军中的谘议参军，受命写了这篇文章，使得陈伯之率部归顺梁朝。文中的“将军松柏不剪，亲戚安居，高台未倾，爱妾尚在，悠悠尔心，亦何可言”，“暮春三月，江南草长，杂花生树，群莺乱飞”都堪称中国文学史上的名句。

六朝骈文的集大成者是徐陵和庾信。徐陵(507～583年)，字孝穆，东海郯(今山东郯城)人，徐摛之子，出使北朝曾被扣留，南归后任陈。他的骈文以轻靡冶艳为主，声律娴熟，用典出神入化，“辑裁巧密，多有新意”(《南史·徐陵传》)。最著名的作品是《玉台新咏序》，这是一篇为自己编辑的诗歌总集《玉台新咏》作的序言。文章在格式上

典故即典制和掌故，指诗文中引用的古代故事和有来历出处的词语。

基本由四六句组成，多为四六句隔作对，严整精工中见流动之势。另一位骈文家是庾信(513～581年)。他字子山，是骈文高手庾肩吾的儿子。在出使北朝的时候，被终身羁留。他的前期骈文如《梁东宫行雨山铭》、《至仁山铭》、《为梁上黄侯世子与妇书》都与父辈风格相近，后期正如杜甫在《戏为六绝句》中说的“庾信文章老更成，凌云健笔意纵横”一样，显得慷慨悲凉。其代表作是《哀江南赋序》。这篇序文抒发亡国之痛，感慨梁朝帝王的过失，情思摇荡，畅达自然，是骈文中的精品。骈文到徐陵和庾信的手中，已臻完美。他们的作品被视为骈文典范，供后人取法和仰慕。

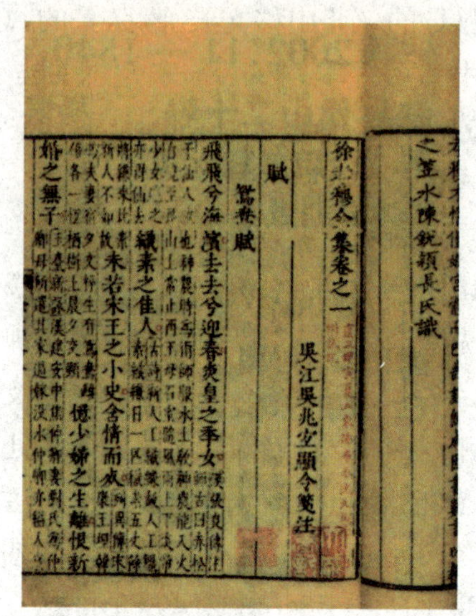
之莖水陳銳頡長氏識
徐孝穆全集卷之一
吳江吳兆宜顯令箋注
賦
鴛鴦賦
飛飛兮海濱去去兮迎春炎皇之季女
織素之佳人未若宋王之小史含情而死
憾少婦之生離恨新
婚之無子

《徐孝穆集》书影

此书是六朝骈文的集大成者徐陵的作品集。

由隋至唐初，骈文一方面沿袭南北朝的格式，另一方面律化明显。最能代表骈文律化特点是“初唐四杰”王、杨、卢、骆。王勃（650～676年），字子安，绛州龙门(今山西河律)人，曾任朝散郎、虢州司功参军等职，最后在赴交趾探亲时渡海溺水而惊死。他的骈文最著名的是《滕王阁序》，这也是中国文学史上最广为流传、最脍炙人口的一篇文章。其中名句极多：

物华天宝，龙光射牛斗之墟；人杰地灵，徐孺下陈蕃之榻。

十旬休假，胜友如云；千里逢迎，高朋满座。

落霞与孤鹜齐飞，秋水共长天一色。

关山难越，谁悲失路之人；萍水相逢，尽是他乡之客。

老当益壮，宁移白首之心？穷且益坚，不坠青云之志。

这篇文章主要用四六言且合于平仄，音调铿锵，一气呵成，既有怀才不遇的失落，壮志难酬的不平，也有安贫知命的达观和飘零他乡的愁烦，不仅代表了初唐骈文完全律化的倾向，而且真实反映了初唐时期大部分文人思想情绪。

骆宾王(640～?)是婺州义乌(今浙

《搜神记》是魏晋南北朝时期志怪小说中成就最高的一部作品。

江义乌)人，曾任临海县丞，后随李勣之孙李敬业起兵讨伐武则天，兵败不知下落。当时军中檄文皆出他手，最有名的一篇就是骈文《代李敬业传檄天下文》。此文首先写武则天的残暴和政治阴谋，次写讨伐武则天的目的与决心，然后号召朝野人士当机立断，加入讨武行列。最后以"请看今日之域中，竟是谁家之天下"作结。全文集议论、叙述、抒情于一炉，错综变化，活泼跳脱，给人一种神完气足，挥洒自如的感觉。

"初唐四杰"中的杨(炯)、卢(照邻)也是颇有成就的骈文家。杨炯(650～?)，华阴(今陕西华阳)人，代表作有《王勃传序》、《送并州旻上人诗序》等。卢照邻(635～689年)，字升之，幽州范阳(今河北涿县)人，代表作有《杨明府过访诗序》。他们的骈文格式精美，内容充实，律化色彩很浓。

盛唐时期，骈文开始出现散化倾向，追求流利平易，典故少，着力于一种浑融自然又不失雍容大度的风格。这中间代表性的作家有张说、苏颋、李白、李华。张说(667～730年)字道济，一字说之，洛阳(今河南洛阳人)，官至中书令，封燕国公。苏颋(670～727年)字廷硕，京兆武功(今陕西武功)人，武则天时被封为许国公。二人均以文辞见长，朝廷制诏多出二人之手，时称"燕许大手笔"。他们的骈文，气势深厚，卓尔不群。李白的《春夜宴桃李园序》是盛唐时期的骈文名篇：

夫天地者，万物之逆旅；光阴者，百代之过客。而浮生若梦，为欢几何？古人秉烛夜游，良有以

王勃像

杨炯像

骆宾王像

卢照邻像

春夜宴桃李园图 清 黄慎

此图绘唐代大诗人李白与诸高士夜宴赋诗的情景，五位高士围案而坐，有人观诗，有人吟哦，有人捧杯，有人凝思，神态各异。左边三位女乐抚琴吹笛，为高士们奏乐助兴，另有两小童一捧杯一隐现，整幅画线描流畅，设色淡雅，情趣盎然。李白的《春夜宴桃李园序》是盛唐时期的骈文名篇。

也。况阳春召我以烟景，大块假我以文章。会桃李之芳园，叙天伦之乐事。群季俊秀，皆为惠连；吾人咏歌，独惭康乐。幽赏未已，高谈转清。开琼筵以坐花，飞羽觞而醉月，不有佳作，何伸雅怀？如诗不成，罚依金谷酒数。

文虽短小，但明白晓畅，有律化的特点，也有散文化的倾向。

李华(715～774年)的《吊古战场文》是散化骈文中的名篇，作于天宝末年作者以监察御史奉使朔方后。全文以四字句为主，间以六、七言，还夹入骚体文，骈散相随，铿锵可诵。

中唐时期，韩愈、柳宗元倡导“古文运动”，骈文势力大大削弱。但韩愈和柳宗元的文章同样也受到骈文的影响。韩愈的《进学解》便是一篇骈俪色彩很浓的文章；柳宗元的表启等作品，也多是骈文。孙梅在《四六丛话》中说柳宗元“以古文之笔，而炉鞲于对仗声

诔是累列死者生平的文辞。也称“诔辞”、“诔文”。

偶间”，“使骈体古文，合为一家”。骈文在“古文运动”的影响下，散化趋势明显。在这个过程中，影响最大的作家是陆贽（754～805年）。他字敬舆，苏州嘉光（今浙江嘉兴）人，官至中书侍郎平章事，谥宣，世称陆宣公。他的骈文最负盛名的就是将古文的文法用于骈文，不用典，不征事，言事周密详尽，说理细致入微，开辟了骈文的新境界。《奉天论尊号加字状》、《奉天改元大赦制》、《均节赋税恤百姓六条》可视为其骈文的代表作。

中晚唐时，王朝中兴梦已灭，国力衰弱，古文运动式微，律化的骈文重新抬头，这时最有代表性的作家是李商隐。他(813～858年)字义山，号玉溪生、樊南生，怀州河内(今河南沁阳)人。他一生仕途不利，只当过些小官职。他曾将其骈文作品汇编成《樊南甲乙集》，名之曰“樊南四六”。后世称骈文为“四六”即来于此。他的骈文大部分为律化的，也有散文化的，代表作品有《上河东公启》、《太尉卫公会昌一品集序》、《祭小侄女寄寄文》。

李商隐像

经五代入宋，骈文依然广为采用。南宋文人洪迈说：“四六骈俪，于文章家为至浅，然上自朝廷命令，诏册，下而缙绅之间笺、书、祝、疏、无所不用。”(《容斋三笔》卷八)。宋初诸家，多学“初唐四杰”、“燕许手笔”或“三十六体”，恪守唐人规范，律化与散化并行。真正体现宋代骈文特点是欧阳修、苏轼、曾巩、王安石及“苏门四学士”等作家的作品，这些作品以欧阳修的《上随州钱相公启》、《蔡州乞致仕第二表》，苏轼的制诰和表启，曾巩的《齐州谢到任表》，《襄州谢到任表》，王安石的《答吕吉甫书》，秦观的《贺吕相公启》，《贺元会表》，晁补之的《亳州谢到任表》，散化色彩都非常浓厚，后世称为“宋四六”。

南宋的骈文保留了“宋四六”的众多特点，格律较欧阳修、苏轼的骈文更

苏门四学士是北宋黄庭坚、秦观、晁补之和张耒的并称。

讲究，平易自然。前期的第一位代表作家是汪藻。他(1079～1154年)，字彦章，饶州德兴(今江西德兴)人，南渡后拜翰林学士，后升显谟阁学士。他最杰出的文章是为隆祐太后代笔册康王为帝的文告《皇太后告天下手书》及代高宗写的《建炎三年十一月三日德音》这两篇文章用典贴切，文情激越，固"格律精密"，而"擅绝一时"(《四库提要》)，是文学史上的名篇。南宋其他的骈文名家还有王十朋(1112～1171年)、孙觌(1081～1169年)、杨万里（1127～1206)、周必大(1126～1204年)、刘克庄（1187～1269)、方岳(1199～1262年)、王炎午（1252～1324）等。杨万里的《答赵守启》、《回韩抚州贺年启》都是相当典型的"宋四六"风貌，同时格律相当精严。周必大的《岳飞叙复元官制》是他最负盛名的骈文，是为抗金名将岳飞平反昭雪的敕文。王炎午字鼎臣，序陵(今江西吉安)人，曾随文天祥抗元，宋之后隐而不仕。他的《生祭文丞相文》可视为南宋骈文的压卷作。

元明两代，因政治上的原因和文学上的复古思想，骈文呈衰弱之势，名家名作很少，较著名的文章有汤显祖(1550～1616年)的《答李乃始》、张煌言(1620～1664年)的《祭平夷侯周九苞文》、黄淳耀的《上座师王登水先生启》、牛金星的《讨明檄》、陈子龙的《讪蜂文》。

清代骈文全面复兴，体例繁多、内容广泛。《清史稿·胡天游传》说："俪体文自三唐以下，日趋颓靡。清初陈维崧、毛奇龄稍振起之，至天游奥衍入古，遂臻极盛。而邵齐焘，孔广森，洪亮吉辈继起，才力所至，皆足名家。"

清初骈文家最有名的是陈维崧和毛奇龄。两人都是康熙十八年(1679年)举博学鸿词科而授翰林院检讨。陈维崧著有《俪体文集》10卷，措词绮丽，用典繁密，情韵类似魏晋骈文。近代学者谢天量在《骈文指南》说："清朝乃有以四六名家者，陈其年最号杰出。"毛奇龄（1623～1713年)，字大可，号初晴，萧山(今浙江切山)人。他的骈文不多，但大多斐然可观，风格疏宕俊逸，雄浑遒劲，较好的作品有《平滇颂序》、《沈云英墓志铭》。

乾隆、嘉庆两朝，是清代骈文创作最为繁盛的时期，名家辈出，佳作纷现。余波所及，直至道光朝前期，较有名的作家有胡天游、杭世骏、邵齐焘、吴锡麟、纪昀、袁枚、曾燠、洪亮吉、孙星衍、汪中、刘嗣绾、李兆洛、阮元、彭兆荪等。

胡天游(1696～1758年)，一名骙，字稚威，山阴(今浙江绍兴)人。他虽仕途不

杨万里、陆游、范成大、尤袤并称为"中兴四大家"。

利，但生逢盛世，才华横溢，多将不宜作的题目写得酣畅淋漓，故而名噪一时。其《大清一统志表》、《玉清宫碑》、《禹陵碑铭》、《赵开府碑》等，都是相当著名的作品。与胡天游同时的杭世骏(1675～1772年)、邵齐焘（1718～1769年)、纪昀（1724～1805年）也是颇有影响的骈文家。《东域杂记序》、《答王芥子同年书》、《四库全书告成恭进表》分别是他们的代表作，或清丽，或典重，情文并茂。

胡天游稍后一段时期，成就较高的骈文家是袁枚。他反对轻视骈文的倾向，所著的《小仓山房外集》、绝大多数都是骈文。这里面最著名的当是《上尹制府乞病启》。此信是袁枚写给其座师两江总督尹继善的信。当时尹继善保荐袁为高邮知县，未获批准，适逢母患病，袁枚即上书乞养归山。文中既动之以情，又诉之以理，极富感染力，是一篇极为感人的抒情骈文。

与袁枚风格相近的骈文家是吴锡麟(1746～1818年)。他字圣征，号谷人，官至国子监祭酒。他的骈文《航坞山居记》、《答成亲王启》都是清新流利的佳作，与南朝的吴均、陶弘景的山水小品有神似之处。

乾嘉年间，江苏常州出现了一批骈文家，著名人物有洪亮吉、孙星衍。洪亮吉(1746～1809年)，字君直，号北江，官翰林院编修。他的骈文用典多而不觉繁缛，格调清新，凡书、序、启、记、诔、吊、铭、碑、谒、七招、连珠，众体俱备。《八月十五日夜泛舟白云溪诗序》是其最为人称道的作品。文中全用白描手法，写景细腻，有苏东坡《前赤壁赋》的影响。孙星衍(1753～1818)，字伯渊，号渊如，历官山东督粮粮道，权布政使。他也有不少好作品传世，如《国子

汪中像

清代骈文作家。他的骈文自成一格，不摹仿古人，无堆砌词藻之弊，往往随笔所至，自然成文。

袁枚强调骈文作为美文学的存在价值，有一定的积极意义。

监赵君妻金氏诔》、《洪节母诔》等，都很受称赞。

与洪亮吉齐名的是汪中，汪中(1745～1794)，字容甫，江都(今江苏扬州)人。他学问广博，绝意仕途。汪中最著名同时也可能是清代骈文史上最杰出的作品是《哀盐船文》。文章描述了乾隆三十五年十二月江苏征盐船失火事件，第一段总叙失火，二、三段具体记叙，第四段表达对死难家属的祈祷。无论写景抒情，都显得挥洒自如；既讲究声韵对仗，又追求用典。杭世骏为此文作序，以之与晋左思《三都赋》、唐李华《吊古战场文》相提并论。此外，汪中的《自述》最能显示个性与情感，是自伤身世之作。汪中在清代骈文史上的重要地位，如刘台拱《〈遗诗〉题辞》所说，“钩贯经史，熔铸汉唐，闳丽渊雅，卓然自成一家”。

晚清时期，骈文创作已是落日余晖，渐趋衰亡，代表作家有李慈铭(1830～1894年)和王闿运(1833～1916年)等。总体上看，他们的艺术成就均未超过前人。“五四”运动兴起后，骈文也和古文一样，成为历史的陈迹。

文学纪事

公元前14世纪　《周易》卦爻辞传说为商代后期作品，其中关于阴阳认识导入文字后成为骈文形成的基础。

汉高祖七年(前200年)　贾谊、晁错生于是年。

汉桓帝延熹三年(159年)　蔡邕被征召赴京，称病而归。他的碑铭为后世骈文立格。

汉献帝十二年(203年)　“建安七子”活动于此年前后，其文大都骈散相间。

南朝宋文帝元嘉十六年(439年)　鲍照擢为国侍郎。是年，作骈文《登大雷岸与妹书》。

齐武帝永明五年(487年)　萧子良移居鸡笼山西邸。与范云、萧琛、萧衍、任昉、王融、沈约、陆倕以文学亲侍，号为“八友”。江淹、范缜等亦为西邸文士。

唐高宗上元三年(676年)　“初唐四杰”王、杨、卢、骆活动于此时。

唐文宗开成二年(837年)　李商隐登进士第。他的骈文极具特色，有文集传世。

宋仁宗嘉祐年(1059年)　欧阳修、王安石、梅尧臣、苏洵、苏轼、苏辙均活动这一时期。他们的骈文后世称为“宋四六”。

清圣祖康熙十八年(1679年)　开博学鸿词科，应试者143人，取陈维崧、朱彝尊、汪琬、毛奇龄、施闰章、尤侗等50人。

清高宗乾隆五十九(1794年)　汪中卒(1744～1794年)，年五十，著有《述学内外篇》、《广陵通典》等。

清初诗坛一大引人注目的现象是遗民诗人的创作。

文学体裁之赋

繁盛时期：汉代、南北朝、唐代
特　　点：直书其事、寓言写物
代表人物：司马相如、枚乘、杜牧
经典著作：《七发》、《上林赋》、《阿房宫赋》

在中国文学史上，赋是一种特殊的样式，它介于诗歌和散文间，韵散兼行，可以说是一种半诗半文的混合体。赋本是“风、雅、颂、赋、比、兴”诗歌六义之一，最初的意思为一种文学表现的态度和方法，并非一种文学体裁。从《诗经》到屈原的《离骚》、《九歌》、《招魂》，诗的范围扩大了，铺叙丰富了，主客问答的体制产生了，这都为赋的出现做好了准备。东汉班固在《汉书·艺文志》中说：“春秋之后，周道浸坏，聘问歌咏，不行于列国，学诗之士逸在布衣，而贤人失志之赋作矣。”这道明了诗衰赋作的原因。班固又说：“赋者古诗之流也。”南朝宋刘勰说：“赋也者受命于诗人，拓宇于《楚辞》者也。”这里他们阐述了赋的源流和发展趋势。西汉司马相如《西京杂记》中说：“合纂组以成文，列锦绣而为质。一经一纬，一宫一商，此赋之迹也。”刘勰《诠赋》道：“赋者，铺也，铺采摛文，体物写志也。”钟嵘《诗品》道：“直书其事，寓言写物，赋也。”这里他们解释了赋的性质和特色，也显现了赋的最大缺点和最大优点：缺点在于后世赋家专注于铺采摛文，繁花损枝，词虽丽而乏情，文虽新而无本，空洞无物；最大的优点就是直书其事，寓言写物，同华丽词藻相融合，天衣无缝，这在几篇好赋作中有所体现。

荀子像

荀子为战国最后一个大儒，他发展了儒家学派的思想，提出了“隆礼”、“重法”的观点。荀子也是最早创作赋并有作品留传至今的作家。

最早创作赋并有作品留传至今的是战国时期的荀子。荀子的作品集《荀

关键词　汉赋　抒情小赋　骚体赋　律赋　新文体赋

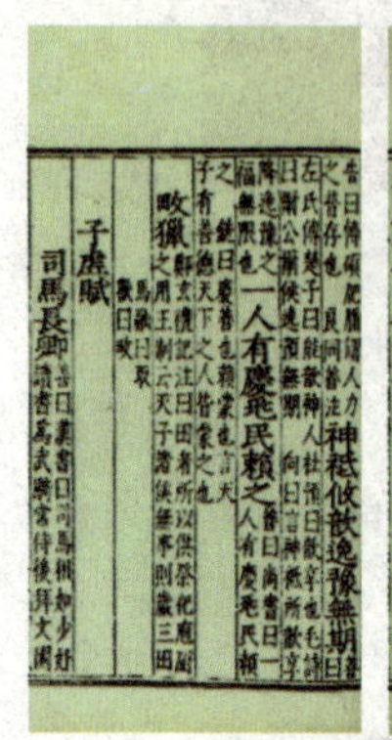

子虛賦

司馬長卿

畋獵

一人有慶兆民賴之

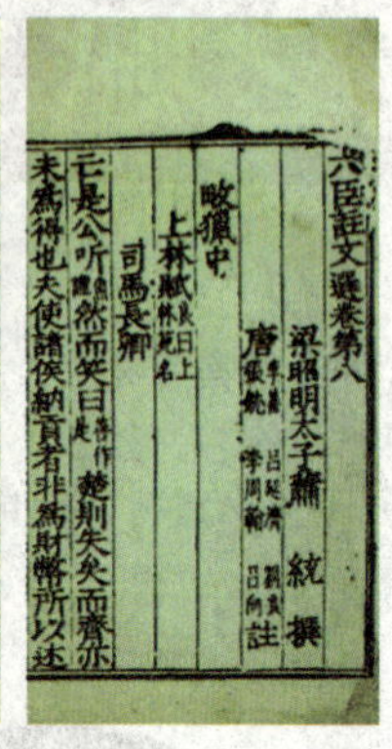

六臣註文選卷第八

梁昭明太子蕭統撰

唐　註

畋獵中

上林賦

司馬長卿

亡是公听然而笑曰楚則失矣而齊亦

未爲得也夫使諸侯納貢者非爲財幣所以述

《子虚赋》《上林赋》(西汉司马相如著)书影

子》32篇中有《赋篇》，原有10篇，今存《礼》、《知》、《云》、《蚕》、《针》5篇，赋中采用隐语方式，铺陈夸张，韵散兼施，并运用主客问答的形式，意趣盎然。这些形式为后来的汉赋所继承，成为赋体文学的基本样式。

荀子殁后，屈原、宋玉等南方楚国的文人对赋的兴盛作出了巨大贡献。汉代流行的楚辞类作品都依傍于屈原（西汉刘向曾编集屈原、宋玉的作品和汉人摹拟的作品，署名《楚辞》），盛行解读楚辞的风气，重在咏物抒情，格调近于《离骚》。这类作品与后出的新体赋合流，总称辞赋，简称赋。另一位文学家宋玉则是第一位作赋大家，有赋16篇，较著名的有《风赋》、《登徒子好色赋》、《神女赋》、《高唐赋》、《对楚王问》等。这些作品在内容和艺术上都别具特色，对后世作品产生过很大影响。《风赋》通过描述两类性质不同的风，使王公贵族与平民百姓截然不同的生活形成鲜明对比，讥讽谄谀兼有，极尽铺陈描摹的能事，辞藻华丽，众多特点已具汉代散体大赋的雏形。

汉代初年，高祖刘邦及功臣萧何、曹参皆为楚人，一时楚风流行于朝廷。在文学方面，贾谊是促进汉代文学繁荣的最重要的作家，他的政论出色，赋也情理深致，独步一时。《吊屈原赋》、《鹏鸟赋》是贾谊怀才不遇的情绪表现，前者透露出他对屈原的深切同情和尊敬，后者阐明了自己对生死、祸福的态度，两者都以骚体写就，堪称汉初赋的代表作。

汉赋新体制的真正确立是从枚乘的《七发》开始的。《七发》是以七事启发楚太子，是劝戒膏粱子弟的成功之作，借鉴先秦文学，沿袭《楚辞》铺排之风，辞藻繁富，实为一篇完整的新体赋。《七发》一文以观潮的描写最为精彩。枚乘从形貌、动态、气势、颜色等方面多角度描写潮水，呈现出一种澎湃的力量：

沌沌浑浑，状如奔马。混混庉庉，声如雷鼓。发怒屋沓，清升逾跸，侯波奋振，合战于藉藉之口。鸟不及飞，鱼不及回，兽不及走。纷纷翼翼，波涌云乱。荡取南山，背击北岸。覆亏丘陵，平夷

宋玉的《神女赋》集中表现了楚辞的雄奇灿烂、华美铺张、笔触细腻，是楚辞中的典范之作。

西畔。险险戏戏，崩坏陂池，决胜乃罢。沛汩潺湲，披扬流洒。横暴之极，鱼鳖失势，颠倒偃侧，沈沈湲湲，蒲伏连延。神物怪疑，不可胜言。

七段成篇的赋更形成了一种专门的文体，号称“七体”。自《七发》之后，作者云起，枝附影从，傅毅有《七激》，张衡有《七辨》，曹植有《七启》，成就都不如枚乘的首作。

汉武帝时期，汉代文学进入盛期，作家众多，所作的赋的数量多于其他时代，题材广泛，艺术水平高。更出现一批足以代表这一时代的作家。司马相如（约前179～前118年）是众多赋家中最为伟大的一位。他字长卿，慕蔺相如为人，易名相如，蜀郡成都人。他口吃而善为文，杰作有《上林赋》、《子虚赋》、《长门赋》。这些赋是汉代散体赋的成熟之作。作品气势恢宏，波澜起伏，同时又气脉贯通，一泻千里，更用长短句并行，文采斑驳陆离，多方面超越古人而成为千古绝调，是汉代赋的典范，后世赋的楷模。与司马相如同一时代的东方朔和枚皋也都是极有才华的文学家，前者滑稽多智，诙谐放荡，以《答客难》抒发怀才不遇的感慨，开这类赋的风气；后者是枚乘的庶子，才思敏捷，史称其作可读者百二十篇，但多为应诏之作，后世罕有流传。

汉代宣帝、成帝时，文坛学汉武帝时文风，文学之士竞学司马相如，赋体文学持续兴盛和发展。这个时候，较为成熟的作家，相对成功的作品，比前代为多，以赋名世且影响后代的当推王褒（前88～55年）和扬雄（前53～18年）。王褒的《甘泉赋》、《洞箫赋》“辩丽可

司马相如像

喜”、“虞说耳目”，以善于描摹物态著称。扬雄早年好辞赋，40岁前居蜀，作有《蜀都赋》，开后世京都赋的先河。成帝时，扬雄以文才为朝廷征召，侍从左右，时时作赋讽谏，作品以《甘泉赋》、《河东赋》、《羽猎赋》、《长杨赋》最为著名。扬雄赋驰骋想象，铺排套饰，同时又典丽精湛，词语蕴藉。

两汉之际社会动荡，到东汉初期社会生活和文化思想都发生了较大变化。光武帝刘秀定都洛阳，不回长安，引起朝野震动，文坛注意。杜笃（？～78年）在他的《论都赋》中以主客问答的形式，历述汉王朝发展变化，证明长安实乃王气的所在，定都洛阳只是权宜之计。这篇作品成为东汉赋风转变的重要标志：赋开始将以往天子庙堂、诸侯王公的生活题材转化为关乎国家、社会、民生的重大问题。从杜笃开始，以都邑为题材的作品开始兴起。规模宏大、成就突出、影响最深的首推班固（32～92年）的《两都赋》，它成为京都赋的最佳范例。《两都赋》分为《西都赋》和《东都赋》，虚拟“西都宾”和“东都主人”，讽刺西都的品物之美，赞扬东都的制度之美，汪洋恣肆与平正典实并现，带有鲜明的理想化色彩。

东汉中期，继承都邑题材并有所发展且取得一定成就的是张衡（78～139年）的《二京赋》。此赋拟班固《两都赋》而作，也以《西京赋》、《东京赋》构成上下篇，在作品的体制、规模上超越前贤，铺陈面面俱到，以其宏大被称为京都赋的极致。与《二京赋》相比，张衡的抒情小赋则更具开创意义，对之后1800年的辞赋发展产生了深远影响。这方面作品的《思玄赋》和《归田赋》意义重大，两篇都作于张衡50岁以后，陈述自己遭诋毁却不肯屈于流俗，遂访先贤探求人生玄理，追求适合自己理想的生活乐园和想象空间。《归田赋》是中国汉代第一篇较成熟的骈体赋，也是中国文学史上第一篇描写田园隐居之乐的作品，其中写道：

于是仲春令月，时和气清。原隰郁茂，百草滋荣。王雎鼓翼，鸧鹒哀鸣。交颈颉颃，关关嘤嘤。于焉逍遥，聊以娱情。

在这里，人性通脱达观后面，有人生沉重的哀痛和悲伤，具有鲜明的道家思想的色彩。

东汉后期，蔡邕（132～192年）在抒情赋方面最有成就，所著的赋大抵将锋芒直指人事，具有很强的批判性，今存完整者有《述行赋》、《青衣赋》、《短人赋》等。赵壹的抒情小赋

汉赋中的骚体赋从《离骚》发展而来，首倡者是汉初的贾谊。

则最具针对性，《刺世疾邪赋》对汉末是非颠倒、人妖混淆的现实进行了深刻的揭露，在思想性和艺术性上都超过了“怨刺”文学的界限，更接近于诗人的出离愤怒，这在整个汉赋中都极为少见。

魏晋时期，沿着东汉以来抒情赋发展的方向，辞赋创作显示出抒情化、

文学纪事

秦王政十年(前237年) 荀子约卒于此年(约前298～前237)，年六十。他的著作中首次出现“赋”这一名称。楚国的宋玉、唐勒、景差都活动于此时。他们的著作对汉赋有很大的影响。

汉文帝前元四年(前176年) 贾谊出为长沙王太傅，南渡湘水，作《吊屈原赋》。居长沙期间，又作《鹏鸟赋》。

汉景帝前元元年(前156年) 枚乘作《七发》。之前一年，枚乘作《谏吴王书》。吴王不听，故与庄忌、邹阳往依梁孝王。

汉景帝中元五年（前145年） 司马相如作《子虚赋》。

汉成帝元延二年（前11年） 扬雄从成帝郊祀，作《甘泉赋》、《河东赋》、《羽猎赋》。次年，作《长杨赋》。

汉明帝永平九年（66年） 班固在修《汉书》的同时，作《两都赋》。

汉和帝元兴元年（105年） 张衡精思竭虑，作《二京赋》，历时十年。

汉灵帝喜平二年（173年） 赵壹作《穷鸟赋》；为上计吏，作《刺世嫉邪赋》。

汉献帝初平三年（192年） 王粲与王凯、士孙萌南赴荆州依附刘表。期间，王粲作《初征赋》、《登楼赋》。

魏文帝黄初四年（223年） 曹植封雍丘王，朝京师。返程时，作《洛神赋》。

晋惠帝太安二年（303年） 左思《三都赋》改定，卒于冀州。陆机兵败被诛，有《叹逝赋》、《文赋》等留世。

晋安帝义熙元年（405年） 陶渊明辞彭泽令返里，作《归去来兮辞》。

宋孝武帝大明三年（459年） 鲍照居江北，作《芜城赋》。

梁元帝承圣三年（554年） 庾信出使西魏，滞留北方。从此，他的文风变为沉郁苍健。《哀江南赋》是其代表作。

宋仁宗嘉祐四年（1059年） 欧阳修作《秋声赋》。苏洵及苏轼、苏辙舟行出蜀至荆州。

宋神宗元丰五年（1082年） 苏轼在黄州作《赤壁赋》，又有《后赤壁赋》。此后，历南宋、元、明、清，赋仍流行于文人阶层，但已趋式微。

六朝抒情小赋篇幅短小，叙写简要，而情韵流溢，有紧系读者心情的艺术魅力。

小品化的特色。这一时期的作家常集诗人与小赋作者于一身，这也表明了诗赋相互影响的深化。刘勰在《文心雕龙》中说王粲的诗赋为“七子之冠冕”。王粲的代表作是《登楼赋》。此赋是在王粲不受荆州刘表重用的情况下，于当阳城楼望远销忧时创作的，即景抒情，情景交融，标志着抒情小赋在艺术上已进入相当成熟的时期。与“建安七子”星光并耀的是三曹。三曹中的曹植诗、文、赋俱佳，存赋45篇，皆体制短小。其中最有名者，当推《洛神赋》。此赋构思与手法受宋玉《神女赋》的启发，描绘对洛神的追求与幻灭过程，词采华茂，对偶工整，名句迭出，对后来骈赋的形成与发展，有很大影响。此后，阮籍的《猕猴赋》、嵇康的《琴赋》、向秀的《思旧赋》，或以物喻人，或情理兼备，或语短怨深，都表达了在政治压迫下文人内心的苦闷和尴尬难言。西晋太康时期，赋家辈出，诗歌中的“三张二陆两潘一左”也多是赋中的优秀作家。张华（232～300年）的《鹪鹩赋》，陆机的《文赋》，潘岳的《秋兴赋》、《怀旧赋》，左思（252～306年）的《三都赋》都是赋中名篇。这些赋大多兼用骚体、散体和骈体，辞采清丽，音韵和谐，已开六朝骈赋先声。

东晋偏安江南，清谈之风更盛，山水进入辞赋，于是便有郭璞（276～324年）的《江赋》、木华的《海赋》和孙绰（314～371年）的《游天台山赋》出现。这些作品颇有才情，但都无法遮掩住陶渊明辞赋的光芒，虽然他今存辞赋仅三篇：《感士不遇赋》、《闲情赋》和《归去来兮辞》。《归去来兮辞》最为著名，久享盛誉。

南朝为宋、齐、梁、陈四代，文坛沿着魏晋文章追新逐丽的趋向继续发展，呈现阶段性的特点。

宋文帝时立玄、儒、文、史四学，文学独立性得以明确。在元嘉时期，文坛出现“三大家”谢灵运、颜延之和鲍照。谢灵运的诗歌创作才高词盛，富艳难踪，而以山水为题材的《岭表赋》、《长谿赋》、《山居赋》诸作，状物写景，选字修辞都和他的山水诗成就相呼应。颜延之以骈文见长，所作《赭白马赋》反映了骈赋技巧的进一步成熟，但已呈现雕琢过甚的痕迹。鲍照是刘宋时期最有成就的赋家，今存赋10篇，抒情写景状物，贯注了人生的苍凉和深沉。其中最为史家推重的是《芜城赋》。赋从首段铺写芜城地理、交通的便利，当年的繁华，紧接着作者描述广陵（芜城）之衰：

泽葵依井，荒葛罥途。坛罗虺蜮，阶

“三张二陆两潘一左”指的是张载、张协、张亢、陆机、陆云、潘岳、潘尼、左思。

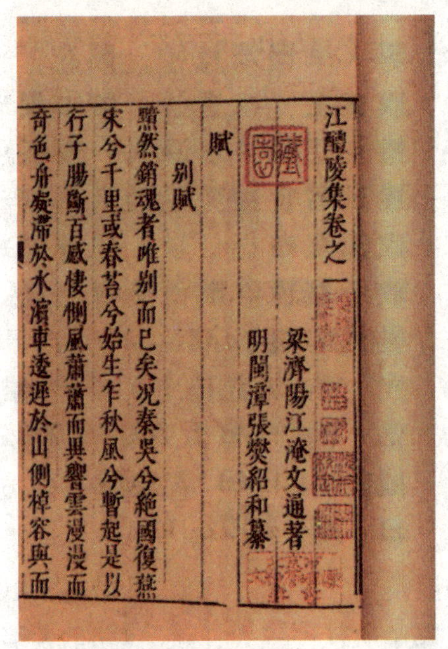
江醴陵集卷之一
梁濟陽江淹文通著
明閩漳張燮紹和纂
賦
別賦
黯然銷魂者唯別而已矣況秦吳兮絕國復燕
宋兮千里或春苔兮始生乍秋風兮暫起是以
行子腸斷百感悽惻風蕭蕭而異響雲漫漫而
奇色舟凝滯於水濱車逶遲於山側棹容與而

江淹《别赋》书影

江淹，南朝文学家，字文通。年轻时文采华茂，晚年才思衰退。他是南朝最优秀的骈赋作家。

斗麢鼯。木魅山鬼，野鼠城狐，风嗥雨啸，昏见晨趋。饥鹰砺吻，寒鸱嚇雏。虤藏虎，乳血餐肤。崩榛塞路，峥嵘古馗。白杨早落，塞草前衰。稜稜霜气，蔌蔌风威。孤蓬自振，惊沙坐飞。灌莽杳而无际，丛薄纷其相依。通池既已夷，峻隅又已颓。直视千里外，唯见起黄埃。凝思寂听，心伤已摧。

全段节奏紧迫，气势逼人，然后顺势引出作者感慨，满目悲凉的情景溢于纸上。同期较有特点的作品还有谢惠连（393～433年）的《雪赋》和谢庄的《月赋》。

齐梁时期，骈赋愈见成熟，著名赋家有沈约（441～513年）、萧绎和江淹（444～505年）。江淹的赋，别具一格。因为江淹有历仕宋、齐、梁三朝的背景，所以历尽兴衰，赋写到人生别恨，广及帝王别恨、名将别恨、美人别恨，谋臣别恨、名士别恨乃至孤臣、庶子、迁客的别恨，直说得缕缕入情，荡气回肠。《别赋》有一句“黯然销魂者，唯别而已矣”，《恨赋》有一句“自古皆有死，莫不饮恨而吞声”，两赋同是江淹的代表作，用词平白自然，典故生动易懂，在南朝文坛中风格迥异。

北朝文学，除民歌外，乏善可陈，最有名的赋家是由南入北的庾信。庾信（513～581年）字子山，南阳新野人。早年出入梁宫廷，作有《春赋》、《灯赋》、《镜赋》，风格细丽。梁元帝时，庾信出使西魏，被强留北方，官至骠骑大将军、开府仪同三司。虽官高、位重，不免有离别之苦、乡关之思、亡国之悲、移节之耻，赋及诗的风格为之一变，变为沉郁苍劲。他的《枯树赋》、《小园赋》、《邛竹杖赋》和《哀江南赋》都作于入北后，其中的思想感情，都复杂而深沉。《哀江南赋》叙述家风世德、个人际遇，同时陈述梁室盛衰，抒写国破

律赋就是格律化的赋。后世通称限制立意和韵脚的命题赋为律赋。

家亡的心态，抒发矛盾痛苦的心情。赋前有序，序有句云："日暮途远，人间何世？将军一去，大树飘零；壮士不还，寒风萧瑟。"这里东汉冯异和荆轲的典故无疑都铺衍着作者内心里的忧愤世界。《哀江南赋》情文兼重，不同于六朝时期卖弄技巧、炫耀学问的骈赋，故《四库全书》总目提要说它"集六朝文学之大成，而导四杰之先路，自古迄今，屹然为四六宗匠"。

初唐时期，赋于上层社会人士则为应诏奉和、歌功颂德的作品，于下层文人则是抒写怀抱、张扬个性的篇章。其中王绩（585～644年）的《游北山赋》、王勃（650～676年）的《涧底寒松赋》、骆宾王的（638～684年）《荡子从军赋》是当时有生存意义的赋的代表作，展现了对前代形式的继承和内容的变革。

盛唐诗坛，李杜光芒万丈，二人诗作春华秋实，各领风骚；赋作也自具特色。李白之赋以《明堂赋》、《大猎赋》、《大鹏赋》、《剑阁赋》为佳，立意学古人，下笔别具烈焰，气豪辞艳，俊迈飘逸，其中又以《大鹏赋》最能体现李白的浪漫个性和天才想象。杜甫之赋以天宝末年所献"三大礼赋"《朝献太清宫赋》、《朝享太庙赋》、《有事于南郊赋》

精彩阅读

死为休息，生为役劳，冬水之凝，何如春水之消？荣位在身，不亦轻于尘毛？

——东汉·张衡《髑髅赋》

其始也，皆收视反听，耽思傍讯，精骛八极，心游万仞。……观古今于须臾，抚四海于一瞬。

——西晋·陆机《文赋》

悟以往之不谏，知来者之可追。实迷途其未远，觉今是而昨非。舟遥遥以轻飏，风飘飘而吹衣。……云无心以出岫，鸟倦飞而知还。……木欣欣以向荣，泉涓涓而始流。

——南朝·宋·陶渊明《归去来兮辞》

灭六国者，六国也，非秦也；族秦者，秦也，非天下也。

——唐·杜牧《阿房宫赋》

霜露既降，木叶尽脱。人影在地，仰见明月。……江流有声，断岸千尺。山高月小，水落石出。

——北宋·苏轼《后赤壁赋》

初唐诗歌整体显示了过渡和创新的特点。

最为著名，结构效法汉代大赋，虚实并用，磊落惊人。李杜之前，张说（667～730年）有《江上愁心赋》，苏颋(670～727年）有《长乐花赋》，张九龄（678～740年）有《荔枝赋》，皆具备一定水准，可圈可点。李杜之后，萧颖士（708～759年）、李华（715～774年）和元结（719～772年）冲破骈俪的束缚，效仿古文体赋。萧颖士的名作是作于安史之乱第二年的《登故宜城赋》。李华的名作是以赋体写成的《吊古战场文》，元结的名作则是用寓言和问答方式写就的《说楚何荒王》、《说楚何惑王》、《说楚何惛王》三赋。萧作穿插写景、记事、抒情、议论，感时伤怀，颇为难得；李作感情激荡，用散文气势驾驭骈俪技艺，对后来杜牧的《阿房宫赋》深有影响；元作针砭时弊，文辞古朴，议论透彻清明，很有典型意义。

唐代从安史之乱后进入中期，由于社会发展和文学变故，辞赋创作空前活跃。柳宗元是唐代300年最有成就的赋家，只是这些成就都被他的古文成就光芒所掩盖。他存赋12篇，多是骚体。严羽在《沧浪诗话》中说“唐人惟柳子厚深得骚学”。柳宗元振兴骚体，使赋这一古老样式重现异彩。他的《佩韦赋》、《解崇赋》、《惩咎赋》、《囚山赋》都与他的经历息息相关，充分体现和表达了楚辞和骚体赋最有价值、最具光彩的精髓——“路漫漫其修远兮，吾将上下而求索”。与柳宗元并称“韩柳”的韩愈(768～824年)今存赋5篇，最为人称道的也是骚体赋《复志赋》和《闵己赋》。中唐时期与骚体赋双峰并峙的是律赋。在天宝以后，贞元以来，进士考杂文又专取诗赋，这大大刺激了律赋的兴盛。最有名的律赋作家是李程(766～842年)和王起(760～847年)，前者以《日五色赋》考得进士，存赋20篇；后者以《庭燎赋》为人推重，存赋60余篇。同期的白居易(772～846年)和元稹(779～831年)也有相当特别的律赋。

晚唐五代，新文体赋得以形成，这类赋以“大半是论体”为特色，代表作是杜牧(803～852年)的《阿房宫赋》。赋前半部分极力铺写阿房宫的宏大与壮丽，然后就事论事，指出阿房宫才建就毁，在于掌权者丧失民心，进而总结历史教训，提出不能像秦国那样治理天下，避免重蹈覆辙。这篇赋立意高深，辞藻华美，音调铿锵，历来被视为新文体赋的第一篇代表杰作。

宋初，尚文蔚然成风。辞赋创作骈体和律体盛行，重要作家有徐铉(916～991年)、田锡(940～1004年)、吴淑(947～1002年)、张咏(946～1015年)等

后赤壁赋图卷(局部) 南宋 马和之

《后赤壁赋》是北宋著名文学家苏轼的散文名篇，描写作者与两位客人复游赤壁的情景，此图即根据此文而作。马和之，约生活于12世纪，杭州人，擅画人物、山水、佛像等。

人。与这些赋家相比显得另类的则是王禹偁(954～1001年)。他提出诗文创作应"革弊复古"(《送孙何序》)，作的赋以律体为主，兼有古文体和骈体。《藉田赋》为骈体，用语清雅，在夹叙夹议中并用散文化的对偶句，自然贴切，为宋代后来的律赋所效法。这一时期有成就的辞赋家还有：叶清臣(？～1051年)，以《松江秋泛赋》见称；范仲淹(989～1052年)，存赋25篇，以律体居多，《用天下心为心赋》、《临川羡鱼赋》等较有名。

北宋中期，政治改革带动和促进文学改革，辞赋创作出现新天地，最杰出者当推欧阳修和苏轼。欧阳修(1007～1072年)是北宋诗文创作的领军人，诗、文、词、赋兼擅。在今存的22篇赋中，骚、骈、律、文各体皆有，以《秋声赋》最著名。这篇赋取法古人，亦骈亦散，充满诗人的伤感和哲人的睿智，创建了一种崭新的模式，标志着辞赋史上形式最灵活，表现力最强的新体式——新文体赋的诞生。这种新诞生的赋到苏轼那里达到了最高的成就。苏轼(1037～1101年)诗、词、文、赋、书、画诸体兼备，现存赋23篇。文体赋是苏轼辞赋创作成就的最高标志，而前后《赤壁赋》又是其中杰出的代表。《前赤壁赋》作于元丰五年(1082年)秋冬被贬黄州团练副使时，写景空灵，怀古凄绝，议论充满理趣，三者合一，达到出神入化的境界。清代古文家方苞曾说："所见无绝殊者，而文境邈不可攀。良由身闲地旷，胸无杂物，触处流露，斟

苏轼以后，北宋乃至整个宋朝的文艺事业走上颠峰。

酌饱满，不知其所以然而然。”(《评注古文辞类纂》)《后赤壁赋》以写景记梦为主，也有妙语佳句，而境界难与前篇相匹配。

北宋中期重要赋家除欧、苏外，还有邵雍(1011～1077年)、周敦颐(1017～1073年)、司马光(1019～1086年)等一批学者型作家。受欧阳、苏影响的，有“苏门四学士”黄庭坚(1045～1105年)、秦观(1049～1100年)、晁补之(1053～1110年)和张耒(1054～1114年)。他们的辞赋受欧阳、苏影响很深，同时又是有各自特点：黄爱奇，秦求工，晁崇简，张尚意。

南宋以后的辞赋，逐渐式微，在形式和内容都有所固定，发展缓慢，真正能站得住的大家几乎没有。像南宋的李纲、杨万里、范成大、刘克庄，金代的赵秉文、元好问，元代的刘因、赵孟頫、虞集、杨维桢，明代的刘基、薛瑄、前后七子、夏完淳，都有颇具特色的赋作传世，但已难出前代窠臼，难成气候。

清代，掌权者广开仕途，提倡程朱理学，网罗人才修史、整理典籍，整个社会文化得到很大的发展，辞赋创作呈全面复兴，当然，这只是它的回光返照，黑夜前的几缕绚烂的晚霞。赋在这时的全面复兴体现在：一，数量多，光绪时鸿宝斋主人编的《赋海大观》得清赋15000余篇，而实际数目远非此数；二，品类全，骚体、诗体、律体、文体等一应俱备；三，赋集众，有自结集，有选编集，有历代全集，有本朝单集等多种形式。清代著名的赋家有陈维崧、朱彝尊、袁枚、张惠言、龚自珍、章炳麟等人。在此之后，辞赋退出文学创作的舞台，成为历史。

黄庭坚与苏轼并称“苏黄”。

文学体裁之诗歌

繁盛时期：先秦、两汉、唐代
特　　点：言志抒情、风格多样
代表人物：屈原、李白、杜甫、苏轼
经典著作：《楚辞》、《古诗十九首》、《全唐诗》

诗歌是最古老的文学样式之一。中国最初的诗歌总是与舞蹈和音乐紧密结合在一起的，这不仅在中国古代浩如烟海的史料典籍中有所记载，而且还可以从遗留至今的原始部族的社会宗教活动中得到佐证。《尚书·益稷》记载“五帝”之一的舜时的乐曲《大韶》云：“夔曰：戛击鸣球，搏拊琴瑟，以咏。祖考来格，虞宾在位，群后德让。下管鼗鼓，合止柷敔，笙镛以间，鸟兽跄跄。《箫韶》九成，凤凰来仪。夔曰：於！予击石拊石，百兽率舞，庶尹允谐，帝庸作歌。”《箫韶》就是《大韶》，九成就是九章，为舜时著名的乐官夔所作。这套帝王之乐体现了上古时期诗、乐、舞一体的原始形态。演奏的时候，有人唱歌辞，有人扮鸟兽和凤凰起舞，有钟磬琴瑟管笙箫鼗鼓敔等乐器伴奏。《左传·襄公二十九年》记载了吴公子季札对它的和谐发出的赞美“德至矣哉，大矣！如天之无不帱也，如地之无不载也。虽基盛德，其蔑以加于此矣，观止矣”。“叹为观止”的成语即生于此。孔子则在《论语·八佾》中称赞道：“《韶》，尽美矣，又尽善也。”“尽善尽美”出于此。在中国文学的发展历程中，诗、乐、舞三者相依相存是诗歌初级阶段的一个重要特征。

这种特征在原始社会瓦解的大禹时代，也就是夏代发生了微妙变化。《礼记·乐记》云：“诗，言其志也。”当“言志”真正出现在诗歌内容里，并成为最有价值的部分时，划时代的意义已经产生。这种意义最典型的表现是《候人歌》。《吕氏春秋·音初》说：“禹行功，见涂山氏之女。禹未之遇。而巡省南土。涂山氏之女乃令其妾候禹于涂山之阳。女乃作歌，歌曰：‘候人兮猗！’实始作为南音。”这首只有两个实字(候人)、四个单音的歌第一次表达了人与人之间以爱情为基础的深厚感情，从而第一次从内容上摆脱了物质生产及宗教巫术的苑囿，成为真正意义上的精神创造。从某种意义上说，这首诗即是中国

关键词　言志　诗经　离骚　乐府诗　五言诗　田园诗

情诗之祖。

诗的“言志”功能及意义从《候人歌》开始绵绵延续下去，长盛不衰。夏末，桀为酒池肉林，暴虐天下，有《夏人歌》曰：“江水沛兮，舟楫败兮。我王废兮。趣归于薄。薄亦大兮。乐兮乐兮，四牡跷兮，六辔沃兮。去不善而从善，何不乐兮。”天下行将大乱，夏朝子民表达了对国家深深的忧虑和对暴桀的无奈。而在商朝灭亡后，殷宗室箕子进周朝拜的途中，路过殷墟，看到宫宅毁坏，心中感慨，欲哭不可，歌诗曰：“麦秀渐渐兮黍油油。彼狡童兮，不与我好兮。”伯夷、叔齐兄弟在这时表现出了极高的气节，成为中国数千年来文人志士敬仰的楷模。他们不食周粟，隐于首阳山，采薇而食。等到快饿死的时候，作歌曰：“登彼西山兮采其薇矣。以暴易暴兮不知其非矣。神农虞夏忽焉没兮。我适安归矣。吁嗟徂兮命之衰矣。”他们这种精神通过诗歌传达给后人，深入到中国文化的众多层面。

在商代的整个社会中，“言志”型的诗歌与宗教巫术型的诗歌依然并存，诗歌同音乐、舞蹈的结合依然紧密。这种形式在文字已经成熟并广泛用于文献记录后，还存在了相当长的时间。比如《诗经》中的作品都是乐歌，而当中的颂诗，是祭祀时用的歌舞曲。

叔齐像

伯夷和叔齐不食周粟，隐于首阳山，采薇而食。他们这种高洁的精神一直是中国诗歌的内涵。

伯夷像

现实主义按事实描写生活，因对现存秩序的强烈批判，又被称为批判现实主义文学。

精彩阅读

东临碣石，以观沧海。水何澹澹，山岛竦峙。树木丛生，百草丰茂。秋风萧瑟，洪波涌起。日月之行，若出其中。星汉灿烂，若出其里。幸甚至哉，歌以咏志。

——三国·魏·曹操《步出夏门行》

少无适俗韵，性本爱丘山。误落尘网中，一去三十年。羁鸟恋旧林，池鱼思故渊。开荒南野际，守拙归园田。方宅十余亩，草屋八九间。榆柳荫后檐，桃李罗堂前。暧暧远人村，依依墟里烟。狗吠深巷中，鸡鸣桑树颠。户庭无尘杂，虚室有余闲。久在樊笼里，复得返自然。

——东晋·陶渊明·《归园田居》

朝辞白帝彩云间，千里江陵一日还。两岸猿声啼不住，轻舟已过万重山。

——唐·李白《白帝城》

风急天高猿啸哀，渚清沙白鸟飞回。无边落木萧萧下，不尽长江滚滚来。万里悲秋常作客，百年多病独登台。艰难苦恨繁霜鬓，潦倒新停浊酒杯。

——唐·杜甫《登高》

昨夜星辰昨夜风，画楼西畔桂堂东。身无彩凤双飞翼，心有灵犀一点通。隔座送钩春酒暖，分曹射复蜡灯红。嗟余听鼓应官去，走马兰台类转蓬。

——唐·李商隐《无题》

春花秋月何时了，往事知多少。小楼昨夜又东风，故国不堪回首月明中。雕阑玉砌应犹在，只是朱颜改。问君能有几多愁，恰似一江春水向东流。

——五代·南唐·李煜《虞美人》

大江东去，浪淘尽千古风流人物。故垒西边，人道是三国周郎赤壁。乱石穿空，惊涛拍岸，卷起千堆雪。江山如画，一时多少豪杰。

遥想公瑾当年，小乔初嫁了，雄姿英发。羽扇纶巾，谈笑间樯橹灰飞烟灭。故国神游，多情应笑我，早生华发。人生如梦，一尊还酹江月。

——北宋·苏轼《念奴娇·赤壁怀古》

寻寻觅觅，冷冷清清，凄凄惨惨戚戚。乍暖还寒时候，最难将息。三杯两盏淡酒，怎敌他，晚来风急。雁过也，正伤心，却是旧时相识。

满地黄花堆积，憔悴损，如今有谁堪摘。守着窗儿，独自怎生得黑。梧桐更兼细雨，到黄昏，点点滴滴。这次第，怎一个愁字了得。

——南宋·李清照《声声慢》

浪漫主义常用热情奔放的语言、瑰丽的想象和夸张的手法来塑形象。

《诗经·周颂·昊天有成命》 南宋 马和之

《诗经》自诞生之日起，便成为历代艺术家着力表现的题材。在众多的艺术作品中，以绘画为首，其中最为著名的属南宋马和之所绘的《诗经图册》。图为《诗经·周颂·昊天有成命》的诗句大意，人物造型准确生动，笔法古朴流畅，是画家对两千年前《诗经》这种文学作品的艺术再创作。

西周时期的诗歌大多保存在《诗经》中。这些诗几乎全面地反映了有周一代的诗歌水平，并成为中国现实主义文学的源头。《诗经》的内容及形式可以从商代的卜辞中看到影子。《卜辞通暗》第三八三片载："乙卯卜，贞。不雨，其雨；今日不雨，其雨；翌日戊不雨，其雨。岸御，岸御。"第三七五片载："癸卯卜，今日雨。其自西来雨，其自东来雨，其自北来雨，其自南来雨？"这两首卜辞很像当时的歌谣，前者"不雨，其雨"相对成文，于参差中见整齐，形式美强，与《诗经·卫风·伯兮》中的"其雨，其雨！杲杲日出"在形式上相当接近。后者有直叙，有疑问，有推测，铺叙的特点在体载上接近汉乐府《江南可采莲》。《诗经》由风、雅、颂三部分组成，包括十五"国风"(诗160篇)、雅(分大雅、小雅，有诗105篇)、颂(分周颂、鲁颂、商颂，有诗40篇)。这部收录西周初至春秋大约五六百年间的305篇诗歌的中国第一部诗歌总集早在孔子时代就对中国文化产生了巨大的影响，当时叫它《诗》或《诗三百》。《诗经》中有感伤身世的，如《黍离》写道："彼黍离离，彼稷之苗。行迈靡靡，中心摇摇。知我者谓我心忧，不知我者谓我何求。悠悠苍天，此何人哉？"有描写男女之情的，如《月出》："月出皎兮，佼人僚兮。舒窈纠兮，劳心悄兮。”有表达离别之情的，如《采薇》：“昔我往矣，杨柳依依；今我来思，雨雪霏霏。行道迟迟，载渴载饥。我心伤悲，莫知我哀！”《诗经》用赋、比、兴的手法确立了中国文学光辉的开端，并以其精湛的艺术成就将中国诗歌发展推向了第一个高峰。

战国时期的浪漫主义诗人屈原在他的作品中更是强烈地表现出《诗经》的深刻影响。后人将他的作品《离骚》与《诗经》并称“风骚”。屈原等人创作的“楚辞”接受南方民歌的影响，音调婉转优美，风格缠绵悱恻，浸淫在楚国特殊的山川风物和人文传统中，带有明显的巫风痕迹。这其中影响最大的就是屈原最重要的作品《离骚》。全诗373句，2490个字，作于楚怀王后期到顷襄王初期，屈原流放汉北的时候。《离骚》以其全新的诗歌样式、浪漫的精神气质、独特的象征手法对后世的文学创作产生了重大的影响。除了以美人、香草为主要意象的《离骚》外，屈原的《九歌》、《天问》、《招魂》、《九章》等也都印记着他一生的心迹。《九歌》具有明显的歌、乐、舞三者合一的表演性，共有11篇，“悲莫悲兮生别离，乐莫乐兮新相知”一句，被王世贞推许为“千古情语之祖”（《艺苑卮言》卷二)。《天问》意为对天发问，列举历史和自然界一系列不可理解的现象，以“曰”字领起，几乎全用问句共提出了172个问题，由天地及人事再到现实中楚国的政治，参差错落，奇崛生动。《招魂》是楚怀王死后为其招魂而作的，分引言、正文、乱辞三段。乱辞中所咏：“湛湛江水兮，上有枫，目极千里兮，伤春心。魂兮归来哀江南！”缤纷富丽，哀婉豪奢，颇具汉代大赋气象。

屈原之后，楚国有宋玉、唐勒、景差等诗人，其中宋玉最为著名。生平似于屈原的他(宋玉)有《风赋》、《高唐赋》、《神女赋》、《登徒子好色赋》、《对楚王问》、《九辩》等作品。《九辩》是其代表作，内容主要是抒发被谗见疏、流离失所的悲哀。最为动人的是对他流离失所的描写：

悲哉秋之为气也！萧瑟兮草木摇落而变衰。憭栗兮若在远行，登山临水兮送将归。泬寥兮天高而气清，寂寥兮收潦而水清。

诗中对秋景的描绘与自身的失意交织在一起，在中国文学史上影响至远。

继《诗经》、《楚辞》后，两汉乐府诗成为中国诗歌史又一座高峰。这种新的诗体由朝廷乐府系统搜集保存而来，

五言诗包括五言古诗（简称五古）、五言律诗（简称五律）和五言绝句（简称五绝）。

故名乐府。两汉乐府诗以相和歌辞数量居多，作者上至帝王，下自平民，大部分作于东汉，少数作于西汉。拉开乐府诗大幕的是汉高祖刘邦的《大风歌》：“大风起兮云飞扬，威加海内兮归故乡！”《汉书·艺文志》写道：“自孝武立乐府而采歌谣，于是有赵、代之讴，秦、楚之风，皆感于哀乐，缘事而发。”

文学纪事

约前3000年左右 原始歌谣诞生。神农时有蜡辞，黄帝时有葛天氏之乐，尧时有《击壤歌》，舜时有《南风歌》。

约前14世纪 《诗经·商颂》产生。《周易》卦爻辞作出。

周赧王十一年(前304年) 屈原离郢赴汉北，作《离骚》。

东汉桓灵时期(前2世纪) 乐府诗及《古诗十九首》大部分作品诞生。

东汉献帝建安年间(196～220年) 三曹及建安七子、蔡琰活动于这一时期。

魏正始六年(245年) 嵇康居山阳、与阮籍、山涛、刘伶、向秀、阮咸、王戎为“竹林之游”。

唐高宗仪凤元年(676年) “初唐四杰”活跃于此时。王勃渡南海，落水惊悸而死。

武则天长安元年(701年) 王维、李白出生。

唐玄宗先天元年(712年) 杜甫生于此年。

开元十五年丁卯(715年) 岑参生于此年

开元八年(720年) 张若虚卒于此年。他的《春江花月夜》有“孤篇压盛唐”之誉。

乾元二年(759年) 李白于流贬途中遇赦，东还，南游洞庭。杜甫自华州归洛阳，作“三吏”、“三别”。

天福五年(940年) 后蜀赵崇祚编《花间集》。

宋太宗雍熙四年(987年) 柳永(987～1053年)生于此年。

宋真宗天禧五年(1021年) 王安石生于此年。

宋神宗熙宁八年(1075年) 王安石复相，回京途中作《泊船瓜洲》。苏轼在密州作《江城子》、《水调歌头》。

宋徽宗宣和七年(1125年) 陆游生于此年。

元至治元年(1321年) 马致远的散曲创作进入高峰。众多元曲作家出现。

明万历二十四年(1596年) 袁宏道为其弟袁中道刻诗集，作《叙小修诗》

清顺治十一年(1654年) 纳兰性德生(1654～1685年)。

清道光三年(1823年) 龚自珍自刊《定盦文集》3卷。

同治七年戊辰(1868年) 黄遵宪作《杂感》诗，提出“我手写吾口”的著名口号。

乐府诗表现的多是大众普遍关心的敏感问题，如家庭、战争、徭役、婚姻等问题，道出了那个时代的苦与乐，爱与恨。《上邪》是乐府诗中表现爱情的名篇：

上邪！我欲与君相知，长命无绝衰。山无陵，江水为竭，冬雷震震，夏雨雪，天地合，乃敢与君绝！

女子呼天为誓，强烈的感情通过五件不可能办到的事来表达，确是“短章中神品”。

此外，《东门行》、《妇病行》、《孤儿行》、《十五从军征》等作品也是乐府中的佳作。但最能代表乐府诗成就并将之发挥到淋漓尽致的地步的是《孔雀东南飞》。这首诗讲述男女主角焦仲卿和刘兰芝的婚姻悲剧，是中国文学史上现实主义诗歌发展中的重要标志。语言生动活泼，剪裁繁简得当，结构完整紧凑是这篇叙事长诗的艺术特色。

与乐诗一起代表汉代诗歌最高成就的是《古诗十九首》。它出自汉代文人之手，不是一时一地所作，也不是一人所作，而是多人，它除了思妇之歌，便是游子之歌。这种主题具有相当的普遍性和典型性，千百年来引起读者的广泛共鸣。《古诗十九首》是中国早期五言诗中的优秀作品，长于抒情，擅长烘托，融情入景，寓景入情，达到水乳交融，天衣无缝的境界。例如《迢迢牵牛星》一首：

迢迢牵牛星，皎皎河汉女。纤纤擢素手，札札弄机杼。终日不成章，泣涕零如雨。河汉清且浅，相去复几许。盈盈一水间，脉脉不得语。

作者通篇全在写景，而情在其中，达到了此处无声胜有声的感觉。《古诗十九首》正是因为有这样炉火纯青的语言，所以被钟嵘在《诗品》中称为“惊心动魄，可谓几乎一字千金”。刘勰更是誉之为“五言之冠冕也”。

汉末三国，以《古诗十九首》及乐府为代表的汉代诗歌传统得到继承和发扬，以曹操、曹丕、曹植及“建安七子”为代表的众多作家一方面反映社会乱离，一方面抒发理想与抱负，慷慨悲凉，具有鲜明的时代特色。正如《文心雕龙·时序》所说：“观其时文，雅好慷慨，良由世积乱离，风衰俗怨，并志深而笔长，故梗概而多气也。”建安诗歌的杰出成就形成了后世称为“建安风骨”的传统。建安文学中，曹操的四言诗《观沧海》、《龟虽寿》，曹丕的七言诗《燕歌行》，曹植的五言诗以及蔡琰的《悲愤诗》是其佳作。

继建安文学之后的正始文学，出现了两位旷世奇才阮籍和嵇康。阮籍(210～263年)处魏晋易代之时，抱负无

绝句是我国古典诗歌中最精粹的诗体，形式短小，节奏明快，流传广泛，百代不易。

牛郎织女图 高句丽 壁画

汉代，中国开始出现完整的牛郎织女的传说，东汉应劭《风俗通义》载："织女七夕当渡河，使鹊为桥。"南朝梁宗懔《荆楚岁时记》曰："天河之东有织女，天帝之子也。年年织杼劳役，织成云锦天衣。天帝哀其独处，许配河西牵牛郎，嫁后遂废织纴，天帝怒，责令归河东，唯每年七月七日夜渡河一会。"《古诗十九首》中的《迢迢牵牛星》就是这一民间传说在文学上的反映。

处施展，通过诗歌发泄痛苦与愤懑，如著名的82首五言《咏怀诗》。诗隐约曲折，意象深刻，言在耳目之内，情寄八荒之表。嵇康(223～263年)既恬静寡欲好长生，又嫉恶如仇尚任侠。他的杰作《酒会诗》："淡淡流水，沦胥而逝；泛泛柏舟，载浮载滞。微啸清风，鼓檝容裔。放櫂投竿，优游卒岁。"清逸脱俗。即使如此，他还是为自己的愤世疾俗付出了代价，死在司马氏的刀下。

诗歌发展到西晋，发生了明显的变化，风骨远去，而华靡渐至。这一时期，有傅玄、张华、陆机、潘岳、张协、左思、刘琨、郭璞著名诗人。他们或是专注于宗庙乐章，或忘情于堆砌典故，或是沉溺于玄言象语，或是朴而无华，或是繁丽绮靡。其中左思的《咏史》和郭璞《游仙诗》对后世影响最大。

东晋时期，士族清谈玄理风气较之西晋更加昌盛，诗人多辞意平泰，淡

绝句的名称始于南北朝，最初是因为联句未成而得名，后来渐渐发展为一种诗体。

乎寡味。陶渊明(365～427年)的出现，给东晋诗坛带来了一丝曙光。这丝曙光后来成为文坛明星，照耀一代诗坛。陶渊明的诗作内容丰富，表达了对田园生活的热爱。后世称其为“田园诗”。这种诗平淡自然，运用朴素的语言，白描的手法，真切地抒发感情，没有一点斧凿的痕迹。如《饮酒》第五首：

结庐在人境，而无车马喧。问君何能尔？心远地自偏。采菊东篱下，悠然见南山。山气日夕佳，飞鸟相与还。此中有真意，欲辩已忘言。

陶渊明的诗在当时并未受到重视，梁陈时期才得到关注，从唐以后，越来越受到推崇，在中国文学史上产生了深远的影响。

南朝的诗歌可以分为宋齐、齐梁、梁陈三个时期。宋齐时期谢灵运的山水诗独树一帜，富丽精工，有“野旷沙岸净，天高秋月明”、“池塘生春草，园柳变鸣禽”、“明月照积雪，朔风劲且哀”等众多名句，虽全诗统读起来欠佳，仍未完全摆脱玄言诗的影响，却开创了山水诗派。鲍照(414～466年)出身孤贱，气节奇高，所作诗以乐府诗居多，又以《拟行路难十八首》最能显示其精神世界，“泻水置平地，各自东西南北流。人生亦有命，安能行叹复坐愁！酌酒以自宽，举杯断绝歌路难。心非木石岂无感？吞声踯躅不敢言”，“对案不能食，拔剑击柱长太息。丈夫生世会几时，安能蹀躞垂羽翼？”这里是壮志难酬，有悲愤不平之气，使人联想到唐代的李白。齐梁时期的谢朓(464～499年)经历与谢灵运相似，诗受谢灵运影响，人称“小谢”。他的诗清新流丽，音韵声律受沈约等人的影响，铿锵和谐，有“余霞散成绮，澄江静如练”、“余雪映青山，寒雾开白日”、

陶渊明像

陶渊明的出现，给东晋诗坛带来一丝曙光，后照耀一代诗坛。

律绝在字数上有严格的规定。五绝四句二十字，七绝四句二十八字，不能增减。

“江南佳丽地，金陵帝王州”等名句。谢朓的新体诗对唐代律诗、绝句的形成有很大影响，严沧浪称“谢朓之诗，已有全篇似唐人者”。梁陈时期的诗人大多集中在宫廷内，故而宫体诗居多，常描写艳情，放浪轻佻，风气一直延续到初唐。这时期的诗人中，江淹、吴均、何逊、阴铿较为著名，思想健康，与以沈约、江总为首的宫廷文学形成鲜明对比。

南朝时期的民歌几乎全是情歌，十之七八出自女子之口，甚至含有较浓的情色成分和脂粉气。它以《清商曲辞》中的“吴声歌”和“西曲歌”为主，前者计之326首，后者142首，吴声出自江南，西曲出自汉北樊邓间。这些出自当时大都市的民歌体裁短小，多是五言四句，慷慨吐清音，明转出天然。如《子夜歌》：“依作北辰星，千年无转移。欢行白日心！朝东暮复西！”简短轻快，平白有力。而标志南朝民歌艺术发展最高成就的是《西洲曲》。此诗取喻新颖，属对自然，声情摇曳，话语动人，余味无穷。

北朝民歌以《乐府诗集》中所载的“梁鼓角横吹曲”为主，多是当时北方民族一种在马上演奏的乐曲，作者主要是鲜卑人和其他北方民族的人们。鼓角横吹曲现存60多首，反映面相当广，有战争生活、有民众疾苦、有尚武骑射、有爱情相思，还有山川风光。著名的《敕勒歌》：“敕勒川，阴山下。天似穹庐，笼盖四野，天苍苍，野茫茫，风吹草低见牛羊。”27个字，一片北国草原风光，反映出生活面貌和精神气节，成为“千古绝唱”。北朝民歌中的代表作是《木兰诗》，讲述木兰乔装代父从军的故事，和《孔雀东南飞》并称中国诗歌史上的“双璧”。胡应麟《诗薮》说：“五言之赡，极于焦仲卿妻；杂言之赡，极于木兰。”

在南北朝时期，融汇南北，体现文学交流趋势、创立新风格的是由南入北的庾信(513～581年)。他将南朝诗歌的精华带到北方，又吸收北方文化健康的精神，取得了巨大成就。他的后期诗清新刚健，形式与格律日臻成熟，开唐人五律、七律、五绝、七绝的先河，成为唐诗的先驱，深受唐人重视。

公元581年，庾信结束人生的旅程，同时，隋朝结束了南北朝的分裂，全国复归统一。但是在诗歌上，南北朝浮艳轻恻的风气依然占主导地位。著名的诗人有卢思道、杨素、薛道衡、隋炀帝等人，他们的作品体现了诗歌在从南北朝向唐诗过渡阶段的特征。

唐诗是唐代文学的最高成就，是一代文学的标志。《全唐诗》收诗约5万首，作者2200余人，其中优秀诗歌、杰

北朝民歌主要是北魏以后用汉语记录的作品，传世有60多首。

《琵琶行》诗意图扇页 明 宋旭 纸本

宋旭(1525～?)字石门，法名祖玄，又号天池发僧、景西居士，嘉兴(今浙江嘉兴)人。擅长山水、人物，为沈周弟子，画风苍劲古拙，气势磅礴。本画描绘的是唐代著名诗人白居易的长诗《琵琶行》"浔阳江头夜送客，枫叶荻花秋瑟瑟。主人下马客在船，举酒欲饮无管弦"的情境。

出诗人数量之多，为中国诗歌史上所罕见。唐诗的发展分为四个不同阶段：初唐，盛唐，中唐，晚唐。

初唐时期，文臣雅士多是前朝遗老，浮艳之风依旧。唐太宗本人对齐梁宫体诗也很爱好。以上官仪、沈佺期、宋之问以及"文章四友"为代表的一些诗人多是权臣贵戚，诗风华美，台阁气较浓；但他们的诗风貌已颇具改观，更是由于自己的身世和经历注入了不少情感元素和锤炼工夫，如上官仪的"鹊飞山月曙，蝉噪野风秋"，沈佺期的《古意》，宋之问的《题大庾岭北驿》，杜审言的《登襄阳城》、《春日京中有怀》等，或是工整的佳句，或是近于成熟的五、七律，或是韵调悠扬的乐府。他们的成就是将律诗进一步规范化，将大唐气象进一步明朗化。而真正将唐诗从宫廷台阁引到关山大漠，从浮艳靡软转入明丽清新、劲健高朗，将唐诗从帝王官吏带回寒士大家的，是"初唐四杰"和陈子昂。他们逐渐端正了唐诗的发展方向，为盛唐气象奠定了基础。

盛唐时期，也就是开元天宝年间，唐诗全面繁荣。以王维、孟浩然为首的田园诗派把山水田园的明秀清谧表现得令人心驰神往；王维作品"诗中有画，画中有诗"；孟浩然作品，清淡幽雅，简练省净。以高适、岑参为首的边塞派把边塞生活描述得慷慨豪放，壮

盛唐时期，山水田园诗达到顶峰。

伟奇特。高适诗“直举胸臆，摹画景象，气骨琅然，而词锋华润感赏之情，殆出常表”（徐忠献《唐诗品》），岑参诗“语奇体峻，意迹造奇”（殷璠《河岳英灵集》）。此外，还有王昌龄、李颀、崔融、王之涣等一大批名家。李白是盛唐诗人中成就最大的一位，他以其绝世才华，表现了盛唐激昂的时代精神，将诗写得如行云流水，幻得变化无端，情则如滔滔江水，美则如清水芙蓉。盛唐诗歌，羚羊挂角，无迹可寻，同时又意蕴无穷，兴象玲珑。

安史之乱将盛唐毁于一旦，衰败已然开始，八年的战争引起了社会大变动，文学也随之变化。理想色彩和浪漫情调逐渐消

柴门送客图 明 周臣

周臣，字舜卿，号东村，生卒年不详，吴县（今江苏苏州）人。擅长人物、山水画。被称为非院派的民间院派画家。此图取诗人杜甫《南邻》诗中“相送柴门月色新”的句意为题材。画中船工坐在船头，伏膝熟睡，等待雇主会友归返。岸上二友谈兴极浓，乃至日落山后华月初升方才告别。柴门隐舍，苍松虬枝，反映了士大夫寄情山水、志耽林泉的闲情逸趣，而主客二人分别时依依不舍的情景，表现了二者真挚的友情。

边塞诗是唐代诗歌的主要题材，是唐诗中艺术性最强的一部分。

李白《把酒问月》诗意图 明 杜堇

此图依据李白诗意绘制而成，左为图，右为原诗。杜堇，本姓陆，字惧南，号古狂、青霞亭长，江苏丹徒人，明成化、弘治年间的著名画家。

退，盛唐气象逐渐淡化，表现民生疾苦、吟咏时事变革、抒发人民血泪的手法和题材开始增多。代表这一时期的最伟大的诗人是诗圣杜甫。此后的大历十才子更是由于社会的动乱而心绪不宁，转吟风月，衰草秋风，夕阳残月，一片寂寞情思。及到贞元元和年间，诗坛出现又一次高潮。以韩愈、孟郊、贾岛、李贺为代表的韩孟诗派受杜甫影响，将诗歌散文化，讲求炼字锤句，怪奇丑陋。以白居易、元稹、张籍、王建为代表的诗人从乐府民歌中找到接触点，将诗通俗化、世俗化、明白如语，形成元白诗派。

晚唐时期，由于中兴梦灭，四处割据，士人生活平庸艰难，诗歌进入形式主义的圈子，讲求华丽的辞藻、工整平直的对仗、哀伤颓艳的格调，题材狭窄，写法一般。杜牧、李商隐在这时异军突起，为唐诗创造了最后的辉煌，一如李商隐的名句“夕阳无限好，只是近黄昏”(《登乐游园》)。

五代十国时期，中国诗歌的另一种重要的形式——词的文人化程度得到加强，艺术趋于成熟。词最初源于南北朝时期的民歌，盛唐时期大诗人李白的两首存世词意境阔大，情感深沉。“平林漠漠烟如织，寒山一带伤心碧”、“西

豪放作为文学风格，见于司空图《二十四诗品》。

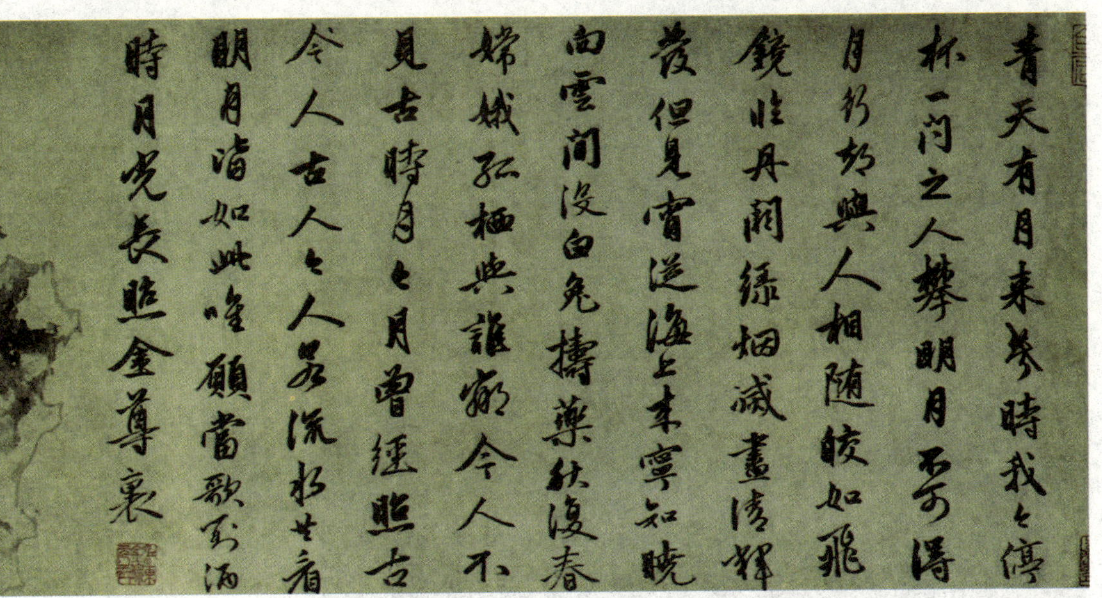

风残照，汉家陵阙”达到了高浑纯熟的艺术境界。中唐以后，文人写词的渐多，白居易、刘禹锡、韦应物、戴叔伦、王建、张志和等人竞相试作，填词之风渐开。晚唐的温庭筠存词60多首，多写闺情身世，绮靡轻艳，被尊为花间派的鼻祖。与其同时的韦庄与之齐名，词风婉媚柔丽，直抒胸臆。五代词最有成就的无疑是南唐后主李煜。他的词写亡国之痛，血泪至情，本色无雕琢，丽质天成，把自身的经历进行悲剧性的审视，产生了巨大影响。王国维在《人间词话》中说：“词至后主而眼界始大，感慨遂深，遂变伶工之词而为士大夫之词。”

公元960年，宋太祖赵匡胤建立北宋，结束分裂局面。宋初的诗歌依法五代旧习，有白体、昆体、晚唐体。白体效法白居易，代表诗人有王禹偁，其诗平易流畅，简雅古淡。晚唐体效法贾岛、姚合，代表诗人有以惠崇为首的“九僧”、潘阆、林逋、寇准等，诗作字斟句酌，内容贫乏。西昆体以《西昆酬唱集》得名，主宰宋初诗坛，作品单调无味，但整饬典丽，诗人达到几十位，以杨亿、刘筠、钱惟演三人成就较大。到宋仁宗庆历(1041～1048年)年前，范仲淹、欧阳修领导政治革新运动，诗文变革也得以开展起来。欧阳修重视韩愈诗歌“资淡笑，助谐谑、叙人情、状物态，一寓于诗而曲尽其妙”(《六一诗话》)的

豪放派的特点，大体是创作视野较为广阔，气象恢弘雄放，语词宏博，用典较多，不拘守音律。

题竹图 明 杜堇

此图根据宋代文学家苏轼题诗竹子的故事所作。苏轼爱竹而常常咏之，他善画竹，所作新诗，也喜题竹上。画中苏轼手执毛笔，长髯飘逸，站于竹前，兴笔题之。旁有一友，两书童相侍。

婉约派作品结构深细缜密，重视音律谐婉，语言圆润，清新绮丽，具有一种柔婉之美。

特点，提出“诗穷而后工”的理论。他的诗强调散文化，以议论入诗，具自家面目。梅尧臣和苏舜钦也是同时期的著名诗人，梅诗得宋诗风气之先，后人评之为：“去浮靡之习，超然于昆体极弊之际；存古淡之道，卓然于诸大家未起之先。”

早在欧阳修主盟文坛时，他就将文坛宗主的位置托付与苏轼。苏轼没有辜负伯乐之望，宋诗宋词在他这里达到了高峰。他的诗淋漓酣畅，存世2700多首。由于苏轼博学广才，他对比喻、用典、对仗等技巧的掌握已臻化境，所以诗作挥洒自如，清远雄丽，刚柔并济。苏轼与同时代的王安石、黄庭坚、陈师道等人的创作将宋诗艺术推向了高峰。王安石将诗歌视为抒情述志的工具，晚年心情平淡，远离政坛，诗风也随之深沉含蓄。最能代表王安石诗作成就的是他的写景抒情绝句。正如黄庭坚所说：“荆公暮年作小诗，雅丽精绝，脱去流俗。”黄庭坚与陈师道同为苏轼门人，二人为“江西诗派”的中坚。他们的诗作讲究法度，皆以平淡为美，以用典过多、刻意成篇为病。江西诗派的发展即使是在北宋灭亡时也没有停止，而是继续向更深刻的领域进发。直至南宋初年，江西诗派“点铁成金”的理论一直深具影响。苏轼另一项伟大成就就是词，他开创了著名的“豪放派”，提高了词的文学地位，从根本上改变了词史的发展方向。他扩大了词的表现功能，开拓了词境，使之既有人生如梦的感慨，又有儿女情长的苦闷，还有对自然山水的描绘。他用作品表明：词是无事不可写，无意不可入的。与苏轼几乎同一时代(稍早)的柳永也是一位词家，当时有“有水井处便有柳词”的说法。他的词以慢词为主，多用白描，擅写艳情。作为第一位对宋词进行全面革新的词人，他对后世影响甚大。即使是苏轼、黄庭坚、秦观、周邦彦等词人，也无不受惠于柳永。黄庭坚和秦观的俗词与柳词一脉相承，前者雅俗共赏，玩世不恭；后者清丽淡雅，和婉醇正。周邦彦词作音律极佳，精雕细琢，典约富丽。与这些词人迥异的则是晏几道和贺铸。晏主要延续“花间”传统，写男女之情；贺则满心而发，肆口而成，具有强烈的震撼力和崇高感。

南宋初年，李清照别是一家，她的词将国破家亡的惨痛遭遇所带来的深愁重哀表达得直截干脆，自然妥贴。她的语言既发挥婉约词家精于修辞、造句工巧的特点，又往往比喻新奇，铺叙和谐，意象深远。和李清照具有相同命运的是

李清照的词以南渡为界，分为前后两期。

朱敦儒、张元干和叶梦得、李纲、陈与义等南渡词人。这批词人主要生活在12世纪的徽宗、钦宗和高宗三朝——一个由和平转向战乱的时代。比如朱敦儒，青少年时在西京洛阳的繁华环境渡过，“花间相过酒家眠。乘风游二室，弄雪过三川”(《临江仙》)。建炎元年(1127年)年底，洛阳城破，朱敦儒逃往岭南。其间他的词风由潇洒飘逸变得凄苦忧愤：

金陵城上西楼，倚清秋，万里夕阳垂地，大江流。中原乱，簪缨散，几时收？试倩悲风吹泪，过扬州。(《相见欢》)

曾经强烈拒绝朝廷征召的他，这时已由于国家的命运激发出救亡图存的社会责任感和使命感。当绍兴三年(1133年)，朝廷再度征召他时，他便从岭南赴临安任职。本有奇谋报国，可怜无处用，在仕途沉浮十多年后，朱敦儒已灰心失望，干脆寻云弄水、世事休问。

和朱敦儒一样，能完整表达心迹的还有另一位词人，他就是豪放派的代表词人辛弃疾。辛弃疾的词内容博大精深，雄雅深健，确立并发展了苏东坡开创的“豪放”一派。辛派词将词的表现功能扩展到最大，以诗入词，以文入词，容纳一切，利用一切，空前解放了词体，最终确立了词与五七言诗歌分庭抗礼的地位。与辛弃疾同时活动于12世纪下半叶的“中兴”词人还有陆游、张孝祥、陈亮、刘过等人。在辛弃疾创立的辛派名家辈出佳作纷呈时，姜夔与史达祖、高观国等人则另成一派，形成了双峰对峙的局面。这其中以姜夔的词贡献最大。他对婉约派词的表现艺术进行改造，建立了新的审美规范：清虚哀感，意境空灵，如野云孤飞，去留无迹。孤立于辛弃疾和姜夔两座高峰之外而又独树一帜的是吴文英。他的人生非仕非

千秋绝艳图之李清照像 明 佚名

南宋初年，李清照别是一家，为婉约派词人的代表。

姜夔和辛弃疾、吴文英在南宋词坛鼎分三家。

隐，他的词亦梦亦幻，以突破性的章法结构和密丽深幽的语言风格著称，时号“梦窗词”。

南宋末期的词人大都生活到了元代初年，他们的词称之为“遗民词”，代表词家有周密、王沂孙、张炎、刘克庄、刘辰翁等人。他们作为故国遗民，不敢直接倾诉亡国之痛，而只能暗中饮泣悲伤，以委婉象征的手法表达心中痛楚。

南宋的诗兴起于靖康前后出生的一批诗人，他们自小就感受到时代巨变的风貌，所以诗歌更具新貌，最终取代了江西诗派的主流地位。这些诗人中以陆游、杨万里、范成大、尤袤四人最著名，时称“中兴四大诗人”。南宋后期，朝政黑暗，国势孱弱，诗坛上如陆游般昂扬悲壮的歌声渐渐减弱，吟风弄月、投谒应酬的作品日益流行，宋诗进入尾声阶段。诗到宋元易代，宋诗投射出最后的光芒，文天祥、谢翱、郑思肖、汪元量成为这一时期最具傲骨的诗人。他们的诗歌用血泪悲歌表现出民族的气节与尊严，为宋代诗歌画上了光辉而凄凉的句号。

与南北宋对峙的辽、金、西夏政权，虽然存世诗歌作品不多，但却生动表现了本民族的性格和社会状况，更体现了他们逐步接受汉化的过程。这里面最著名的是元好问。他存诗一千四百余首，存词三百余首；诗作以写于金亡后的“纪乱诗”为上乘，雄浑悲壮，慷慨苍凉；词作气象高莽，境界博大。“问世间情为何物，只教人生死相许”一句最为脍炙人口。

元代诗歌发展与前代相比，成就较低，较为著名的有“元诗四大家”虞集、杨载、范梈、揭傒斯，以及杨维桢、王冕等人。

明代诗坛整体较为平庸，由于诗、词、曲、文、赋、传奇、小说、戏剧等文学题材多样性发展，真正专一于诗歌创作的文人并不很多。存世的明诗虽多，但常是游戏应和之作，难有佳作。明代著名的诗人有高启、杨基、李东阳、李梦阳、王世贞、钟惺等人。

清代诗歌突出集大成的景象。诗从总体上说依然贯穿缘事而发的传统精神，发扬传统审美特征，有吴伟业、王士禛、袁枚、龚自珍、魏源、黄遵宪等众多诗人，王士禛的神韵诗将中国诗的含蓄蕴藉推向极致，在中国诗史上贡献颇著。清代诗歌已进入为近现代文学作准备的阶段，袁枚、龚自珍、黄遵宪虽是当时的著名诗人，但他们佳作不多，只是在精神气质和诗歌理论及观点上为中国诗歌史添上了浓抹重彩的一笔。

文学体裁之散文

繁盛时期：先秦、两汉、宋代
特　　点：变化开合、因物命意
代表人物：司马迁、柳宗元、欧阳修
经典著作：《史记》、《永州八记》、《醉翁亭记》

中国散文产生于文字发明之后，最早的源头可以追溯到甲骨卜辞。甲骨文于1899年发现于北京，不久找到出土地河南安阳，它是商王盘庚迁殷至殷亡时的遗物，距今3000余年。卜辞是殷人用龟甲、兽骨把占卜日期、事由及结果刻在甲骨上的文字记录。这些文字记录内容相当丰富，包括祭祀、农业、生产、战争、疾病等诸多方面，真实朴素，具有记叙散文的雏形。

《尚书》是中国最古老的散文集，也是中国最古老的历史集。它是商周时期记言史料的汇编，包括《虞书》、《夏书》、《商书》、《周书》四部分。原有100篇，经秦火焚毁，今存58篇。《商书·盘庚》是比较可靠的商代作品，可以称为中国记言文之祖。《盘庚》记录盘庚迁都于殷时，百姓大多反对，他为此发表训辞，说服众人，文字古朴，富有感情。如“若网在纲，有条而不紊”，“若火之燎于原，不可向迩，其犹可扑灭？”生动的比喻、严谨的逻辑、理性的言辞使之至今仍活在我们的语言中间。《周

伏生授经图　明　崔子忠

伏生，名胜，秦时官博士，精通《尚书》。此图根据伏生将《尚书》传授给弟子晁错的故事而作。《尚书》是中国最古老的散文集。

关键词　历史散文　诸子散文　史传散文　古文运动　政论文　笔记散文

书》主要是诰与誓两种文体，记叙周公的言论最多，《洛诰》、《无逸》、《立政》为告诫成王之言，《大诰》为训令诸侯之篇，《君奭》是周公与召公的谈话。韩愈道："周诰殷盘，佶屈聱牙。"《尚书》文字古奥雅致，文诰单独成篇，结构完整，对先秦历史散文有直接影响。

《春秋》本来是各国史书的通称，《墨子·明鬼》曾提到"周之《春秋》"、"燕之《春秋》"、"宋之《春秋》"、"齐之《春秋》"。现在见到的《春秋》是鲁国的编年史，相传被孔子修订过，后来被儒家奉为经书。此书上起鲁隐公元年(前722年)，下至鲁哀公十四年(前481年)，记叙241年的史实。《春秋》记事简略，"简而有法"，含褒贬色彩，风格微婉蕴藉，对后代散文影响较大。

《尚书》、《春秋》为代表的历史散文的风格在《左传》、《国语》、《战国策》三书得到延续和发展，并达到先秦散文的高峰。

《左传》又名《左氏春秋》，是《春秋左氏传》的简称。据传它是传述《春秋》的著作，与《春秋公羊传》、《春秋谷梁传》并称"春秋三传"，作者是左丘明。它的记事时间上起鲁隐公元年(722年)，止于鲁哀公二十七年(468年)，基本与《春秋》重合。《左传》被誉为先秦散文"叙事之最"，标志着中国叙事散文的成熟。它的文章细密详赡，富于文采，给人生动具体、细致入微的感觉；同时又意味深长，耐人寻味，无论叙事、写文、记言，都鲜明地体现了这一点。与《左传》长于叙事不同，同样成书于战国前期的《国语》则详于记言。它是一部国别史，全书21卷，分别记载周、鲁、齐、晋、郑、楚、吴、越八国事，多为朝聘、飨宴、讽谏、辩诘、

左丘明像

《左传》相传是春秋末期的史官左丘明所著，学界现在一般认为《左传》非一时一人所作。

黄老学说是道家学说中的两派。"黄"指"黄帝之学"，"老"指老子的学说。

精彩阅读

君子曰：学不可以已。青，取之于蓝，而青于蓝；冰，水为之，而寒于水。木直中绳，輮以为轮；其曲中规；虽有槁暴，不复挺者，輮使之然也。故木受绳则直，金就砺则利；君子博学而日三省乎己，则知明而行无过矣。

故不登高山，不知天之高也谿；不临深谿，不知地之厚也；不闻先王之遗言，不知学问之大也。

——战国·荀况《荀子·劝学》

屈原至于江滨，被发行吟泽畔。颜色憔悴，形容枯槁。渔父见而问之曰："子非三闾大夫欤？何故而至此？"屈原曰："举世混浊而我独清，众人皆醉而我独醒，是以见放。"渔父曰："夫圣人者，不凝滞于物而能与世推移。举世混浊，何不随其流而扬其波？众人皆醉，何不哺其糟而啜其醨？何故怀瑾握瑜而自令见放为？"屈原曰："吾闻之，新沐者必弹冠，新浴者必振衣，人又谁能以身之察察，受物之汶汶者乎！宁赴常流而葬乎江鱼腹中耳，又安能以皓皓之白而蒙世俗之温蠖乎！"乃作《怀沙》之赋。于是怀石遂自投汨罗以死。

——西汉·司马迁《史记·屈原贾生列传》

自三峡七百里中，两岸连山，略无阙处。重岩叠嶂，隐天蔽日，自非亭午夜分，不见曦月。至于夏水襄陵，沿泝阻绝。或王命急宣，有时朝发白帝，暮到江陵，其间千二百里，虽乘奔御风，不以疾也。春冬之时，则素湍绿潭，回清倒影，绝巘多生怪柏，悬泉瀑布，飞漱其间，清荣峻茂，良多趣味。每至晴初霜旦，林寒涧肃，常有高猿长啸，属引凄异，空谷传响，哀转久绝。故渔者歌曰：巴东三峡巫峡长，猿鸣三声泪沾裳。

——南北朝·郦道元《水经注》

山不在高，有仙则名；水不在深，有龙则灵。斯是陋室，惟吾德馨。苔痕上阶绿，草色入帘青。谈笑有鸿儒，往来无白丁。可以调素琴，阅金经；无丝竹之乱耳，无案牍之劳形。南阳诸葛庐，西蜀子云亭。孔子云："何陋之有？"

——唐·刘禹锡《陋室铭》

元丰六年十月十二日夜，解衣欲睡，月色入户，欣然起行。念无与为乐者，遂至承天寺，寻张怀民，怀民亦未寝，相与步于中庭。庭下如积水空明，水中藻荇交横，盖竹柏影也。何夜无月，何处无竹柏，但少闲人如吾两人耳。

——北宋·苏轼《记承天寺夜游》

先秦诸子散文可分为春秋末、战国初，战国中，战国后期三个阶段。

应对之辞。《国语》的记言文字缜密生动，富于形象性，历来为人所称道，《周语上》、《鲁语下》、《晋语八》、《楚语下》都是著名的篇章。成书于西汉时期(刘向编校整理)的《战国策》凡33卷，杂记东周、西周、秦、齐、楚、赵、魏、韩燕、宋卫、中山诸国大事，上接春秋，下迄秦灭六国，主要记载谋臣策士的活动和言论，突出反映了纵横家的思想与人生观。《战国策》塑造了大量生动鲜活的人物形象，如纵横家苏秦、张仪，刺客聂政、荆轲，高士鲁仲连、颜斶等，更重要的是，它的“文辞之胜”获得了空前的成功，铺张扬厉，气势纵横，辩丽横肆，雄隽华瞻，标志着先秦叙事散文语言的最高水平，对后来文学产生了绵延不断的影响。汉代贾谊、邹阳，唐代韩愈，宋代苏轼、苏洵等后世作家的散文中，都可以体味到先秦历史散文特别是《战国策》的神韵。

与历史散文双峰并峙的是诸子散文。诸子百家包括儒家、墨家、道家、阴阳家、法家、名家、纵横家、农家、杂家、小说家等众多学派。儒家的《论语》、《孟子》、《荀子》，墨家的《墨子》，道家《老子》和《庄子》，以及法家的《韩非子》是诸子散文中最有代表性的作品，其中《庄子》文学水平最高。《论语》是一部记录孔子(前551～前479年)及其弟子言行的书，由孔子弟子及再传弟子纂录而成，成书于战国初年。《论语》的文学色彩在于表现了孔子及其弟子的形象、性格以及平实含蓄的语言。如“子曰：‘岁寒，然后知松柏之后凋也’”(《子罕》)，“子曰：‘贤哉，回也！一箪食，一瓢饮，在陋巷，人不堪其忧，回也不改其乐，贤哉，回也！’”(《雍也》)。虽是简短几句，但都达到了言近旨远、词约义丰的境界。《孟子》七篇主要记录孟子(前372～前289年)的谈话，反映他的思想学说，由孟子和弟子万章等人编撰。《孟子》长于论辩，长于譬喻，气势浩然，大量使用排偶句、叠句等修辞手法，千百年后，仍能使人清晰地感受到孟子儒家大师的鲜活形象。苏辙说：“今观其文章，宽厚弘博，充乎天地之间，称其气之小大。”(《上枢密韩太尉书》)《荀子》系西汉刘向编定，共有32篇，原称《孙卿书》或《孙卿

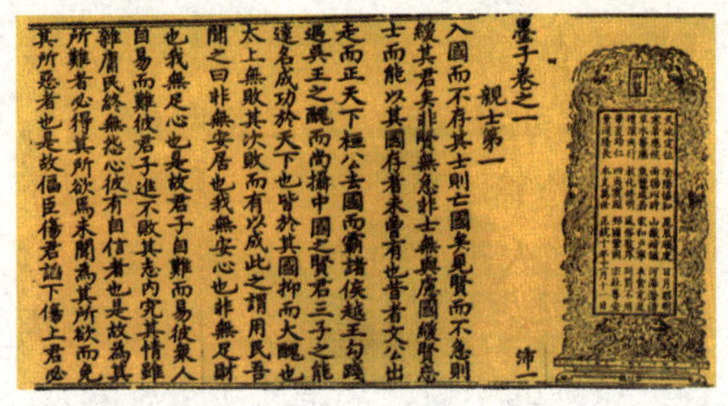
墨子卷之一
親士第一
入國而不存其士則亡國矣見賢而不急則
緩其君矣非賢無急非士無與慮國緩賢忘
士而能以其國存者未曾有也昔者文公出
走而正天下桓公去國而霸諸侯越王句踐
遇吳王之醜而尚攝中國之賢君三子之能
達名成功於天下也皆於其國抑而大醜也
太上無敗其次敗而有以成此之謂用民吾
聞之曰非無安居也我無安心也非無足財
也我無足心也是故君子自難而易彼衆人
自易而難彼君子進不敗其志內究其情雖
雜庸民終無怨心彼有自信者也是故為其
所難者必得其所欲焉未聞為其所欲而免
其所惡者也是故偪臣傷君諂下傷上君必

《墨子》内页

《墨子》一书总计53篇，大多为墨翟弟子及其后世门人对墨翟言行的记述。

先秦诸子散文在思想和创作上对中国的各个方面都产生深远的影响。

子》(荀况字卿，又称孙卿，赵国人)。唐代杨倞订正注释时，始定名为《荀子》。它的前26篇为荀卿自著，《大略》以下六篇是门人辑录的荀子语录。《荀子》构思的缜密、结构的严整、论证的周详、条理的明晰，都是前所未有的。

《墨子》原有71篇，现存58篇，成书于战国中期，是墨子及其弟子在不同时期的著作，集中反映了墨家的思想。《墨子》中的《耕柱》、《公孟》、《贵义》、《鲁问》四篇，以简单对话说理，保留语录体向论说文过渡的痕迹。其余篇章则突出了墨家"尚质"的风格，不事藻饰，平实质朴。文章由浅而深，逐层类推，说理的严密程度在先秦论说文中前所未有。

《老子》共81章，上篇称《道经》，下篇称为《德经》，是战国前期道家学派编纂而成，代表了老子的思想。它同样是《论语》一样的语录体，但它的文字完全是集中的对思想主旨的直接阐发，每章都有观点，都有简略的论述。它的突出特点就是精警凝练，言简意深，处处是智慧，处处是哲理，有返朴归真的诗意，有循循善诱的说理。此外，文多用韵，句多排偶也是它的另一显著特点。《庄子》是先秦时期最有文学价值的说理文，分33篇，分为内、外、杂三部分，内篇为庄子所作，外篇、杂篇出于庄子后学。《庄子》的创作方法是"以卮言为曼衍，以重言为真，以寓言为广"，许多篇目都以寓言为文章主干，大量运用"谬悠之说，荒唐之言，无端崖之辞"，富有超常的想象力，语言如行云流水，跌宕起伏，自然和谐，既有后世赋的铺陈，又有诗的节奏韵律。

《韩非子》一书共55篇，为韩非个人的作品集。韩非是先秦法家思想的集大成者，全面继承申不害、商鞅的法家思想，又吸收道家黄老学说，提出法、术、势三者并用的主张。他的文章在先秦散文中别具一格，犀利峻峭，论证严密，具有令人折服的力量和气势。《韩非子》用大量寓言故事作为论证手法，幽默冷隽；各篇文章自由灵变，多样性强，标志着诸子散文的完全成熟。

韩非子死于公元前233年。不久，秦始皇统一六国，秦王朝建立。秦朝唯一可以称为作家的是李斯(?～前208年)，他的散文名作是《谏逐客书》(前237年)。这篇文章排比铺张，激扬驰骋，挟纵横家之风，兼辞赋家之丽。此外，他的《泰山刻石》、《碣石刻石》、《峄山刻石》、《会稽刻石》等皆以四字为句的韵文写成，皆为三句一韵，是秦文学的独创。

汉代前期散文以贾谊(前200～前168年)的《过秦论》和晁错(前200～前154年)的《论贵粟疏》最有代表性。前者是汉初最杰出的文人，其政论文标志

诸子散文第一阶段的文章为语录体，或为简明的议论短章。

人物故事图册（之二） 清 吴历 绢本

荆轲是战国时燕国太子丹手下的勇士。秦灭韩、赵之后，又向燕国进军，荆轲便携樊于期人头及地图前去刺杀秦王，后终因寡不敌众而惨死。荆轲去秦国之前，便抱着必死的决心，于易水江边把酒临风，高渐离击筑，荆轲高吟："风萧萧兮易水寒，壮士一去兮不复还！"吟罢上车而去，头也不回。此图即绘荆轲上车离去的情景。荆轲刺秦的故事见于司马迁的《史记》，《史记》是历史散文中里程碑式的杰作。

《韩非子》是诸子散文第二阶段代表作，其文章完善了论说文的体制。

着中国散文发展的一个新阶段，代表了汉初政论散文的最高成就；后者文章立论深刻、朴素无华，但质朴恳切，为后人称道。

西汉王朝到武帝时臻于鼎盛，历史散文出现了里程碑式的杰作《史记》。它包括本纪、表、书、世家和列传，共130篇，526500字，是一部“究天人之际，通古今之变，成一家之言”的伟大著作。《史记》最有文学价值的是人物传记。人物传记一般以时间为序，又兼顾各传记间的内在联系，遵循以类相从的原则。这些人物来自不同阶层，上自帝王将相，下至市井细民，共计4 000多个，大都刻画得栩栩如生，生动自然，既有宏伟的生活画面，又有深邃的意蕴；既有强烈的传奇色彩，又有浓郁的悲剧气氛。鲁迅先生赞之为“史家之绝唱，无韵之离骚”。《史记》的写作技巧、文章风格、语言特点对唐宋八大家、明代前后七子、清代桐城派都有巨大影响。

东汉散文在西汉的基础上又有新发展。班固的《汉书》和赵晔的《吴越春秋》都有很高的文学价值，代表了东汉史传散文的最高成就。《汉书》是中国第一部纪传体断代史，在叙事写人方面取得了与《史记》相当的成就，历史上经常将《史记》与《汉书》并列，司马迁与班固同称。它的著名篇章有《李广苏建传》、《朱买臣传》、《霍光传》等。《吴越春秋》今存十卷，叙述吴越争霸故事，前五卷以吴为主，后五卷以越为主，兼有编年体和纪传体史书的特点。它以曲折的故事情节、荒幻的神话传说、生动的性格与外貌描写著称。这一时期的政论散文相继出现了王充的《论衡》和王符的《潜夫论》，游记、碑文等新的散文体也崭露头角，产生马第伯的《封禅仪记》和蔡邕

李广像

李广，陇西成纪人，西汉著名军事将领。他一生经历大小七十多次战役，为阻止匈奴对西汉的侵扰立下了不朽的战功。《李广苏建传》是史传散文《汉书》的著名篇章。

《史记》首创的纪传体编史方法为后世历代“正史”所传承。

碑文等开创性的作品。

魏晋南北朝的文坛出现了新的格局，散文的个性化与唯美化发展突出。但这一时期的各种文体中，辞赋与骈文最有特色，散文仅只出现一些名篇，诸如曹丕的《与朝歌令吴质书》、曹植的《与吴季重书》、曹操的《让县自明本志令》、嵇康《与山巨源绝交书》、陈寿的《三国志》、范晔的《后汉书》、陶渊明的《桃花源记》、丘迟的《与陈伯之书》、吴均的《与宋元思书》、郦道元的《水经注》、杨炫之的《洛阳伽蓝记》都是别具风格的佳作，对唐代文坛发展具有多重影响。

唐初，散文处在缓慢的前行当中。陈子昂的出现，对唐代前期文风的转变起到了关键的作用。他提倡汉魏风骨，使“天下翕然，质文一变”(卢藏用《陈子昂文集序》)。盛唐时期，最有生气的散文作品，是诗人的书信和抒情小文。

文学纪事

公元前11世纪 《尚书》的大部分篇章出现。

周平王四十九年末(前722年) 《春秋》和《左传》记事都从本年开始。

周定王元年（前468年） 《左传》记事止于此年。《老子》、《论语》、《国语》大都成书于战国初年。

周烈王元年(前375年) 庄子大约生于此时。他生活在公元前375至公元前275年之间。《庄子》是他及门人的作品集。

周赧王二十六年(前289年) 孟子卒(前372～前289年)，年八十三。《孟子》一书是孟子和他的弟子共同完成的。《战国策》也在此时及此后形成文章的大体框架。

汉武帝天汉四年(前97年) 司马迁任中书令，继承父亲司马谈遗志，一直撰写《史记》。

汉明帝永平元年(58年) 班固开始撰写《汉书》。

唐宪宗元和十四年(819年) 柳宗元在十一月卒于柳州贬所，年四十七。

宋真宗景德四年(1007年) 欧阳修生(1007～1072年)。

宋真宗天禧三年(1019年) 曾巩生(1019～1082年)。司马光生(1019～1086年)。

宋仁宗景祐四年(1037年) 欧阳修始修《五代史记》。苏轼生(1037～1101年)。后二年，苏辙生(1039～1112年)

明嘉靖二十年(1541年) 归有光徙居安亭讲学。

明隆庆二年(1568年) 徐渭以杀妻下狱。袁宏道生于此年(1568～1610年)。后二年，袁中道生(1570～1623年)。

清乾隆十四年(1749) 方苞卒(1668～1749年)，年八十二，著有《望溪先生文集》等。他与刘大櫆、姚鼐是桐城派的中坚人物。

清道光十九年(1839年) 龚自珍因忤其长官，南归，作《病梅馆记》。

《三国志》善于叙事、文笔简洁，不仅是一部史学巨著，更是一部文学巨著。

李白和王维是其中的典型代表。李白《与韩荆州书》、《上安州裴长史书》、《春夜宴桃李园序》，王维《山中与裴秀才迪书》，或言情写怀，生动自然；或描摹景色，工出造化。天宝中期以后，散文发展已势不可挡，李华的《著作郎厅壁记》，元结的《菊圃记》、《右溪记》，独孤及的文集，都能以简洁真切取胜，特别是元结的散文，精警细致，已开柳宗元山水游记的先河。

散文文体改革的真正成功是在中唐的韩愈、柳宗元手中完成的。韩柳二人创作散文八百多篇，政论、赠序、传记、杂说、游记、墓志、祭文、寓言，一应俱全。韩愈的论说文重在宣道，明道，“大有功名教之文”(吴楚材《古文观止评注》卷七)，以《原道》、《原性》、《原文》为著；韩愈的论说文中最为人称道的是《师说》，这篇文章观点惊世骇俗，极具震慑人的气势。这类作品还有《论佛骨表》、《讳辩》、《进学解》等，都是融叙事、议论、抒情于一炉，读来别有新颖奇妙之感。韩愈的杂文精悍犀利，最可瞩目的是《杂说四》、《伯夷颂》等；他的序文、祭文形式多样，《送李愿归盘谷序》、《送董邵南序》、《祭十二郎文》都是为人称赏的奇作；他的碑志史传以《张中丞传后叙》、《国子助教河东薛君墓志铭》、《试大理评事王君墓志铭》最为精彩。柳宗元的散文主要分为两类，一类是传记寓言杂文，一类是山水游记。前者多是抨击时弊、怀念故人、蕴含哲理的作品，后者则是悲情人生的映照，这其中最突出的是《永州八记》。《永州八记》是柳宗元在永州贬所的记游之作，里面贯注了浓烈的寂寥心境，达到了与自然的合一，创造了山水游记的新天地。

柳宗元像 柳宗元的《永州八记》创造了山水游记的新天地。

晚唐时期，古文渐衰，小品文异军突起，大放光芒。晚唐小品文短小精悍，情感炽烈，多刺时之作。其代表作家有皮日休、陆龟蒙、罗隐等人。

宋代散文取得了辉煌的成就。后人有“唐宋八大家”的说法，而其中六位出

“永州八记”有《始得西山宴游记》、《钴鉧潭记》、《钴鉧潭西小丘记》、《至小丘西小石潭记》、《袁家渴记》、《石渠记》、《石涧记》、《小石城山记》等。

自宋代。这里面最先出现在文坛上的是欧阳修。他清醒地看到唐代古文的得失，既采取古文作为主要文体，又摈弃古奥艰涩的弊病，为宋代散文的发展开辟了正确的道路。欧阳修的散文形式多样，内容充实，有感而发，有为而发，充分发挥了叙事、抒情、议论的功能，时人称赞他："文备众体，变化开合，因物命意，各极其工。"《五代史记》、《丰乐亭记》、《秋声赋》、《醉翁亭记》共同体现了他平易自然的风格。这种风格影响了以后元、明、清直至今日的散文走向。这之后，苏洵、苏轼、苏辙、曾巩、王安石齐出，宋代散文乃至中国散文都到达了最高峰。苏轼主张文道并重，提倡艺术风格的生动性和多样性，自谓："吾文如万斛泉源，不择地皆可出。在平地滔滔汩汩，虽一日千里无难。及其与山石曲折，随物赋形，而不可知也。所可知者，常行于所当行，常止于不可不止。"(《自评文》)他的代表作品是史论、政论文、游记和辞赋，著名的有《石钟山记》、《赤壁赋》、《后赤壁赋》等文章。与苏轼并称"三苏"的是他的父亲苏洵和弟弟苏辙。苏洵喜论天下大事，从思想到文风，深受战国纵横家影响，主要著作是《权书》和《衡论》；苏辙思想与其兄相近，认为"文者，气之所形，然文不可以学而能，气可以养而致"(《上枢密韩太尉书》)，强调自身修养和阅历对文学的决定作用，文章以政论、史论见长，佳作有《六国记》、《三国论》、《黄州快哉亭记》。前人比较轼与辙的文章，说"大苏文一泻千里，小苏文一波三折"(刘熙载《艺概》)。曾巩(1019～1083年)和王安石(1021～1086年)是同时的古文家，前者是欧阳修的学生，作文颇有其师的风格，议论详尽，文字平正，有名作《墨池记》最为人叹赏；后者是北宋著名政治家，文学上注重实用功能，作品多为政治服务，论点鲜明，逻辑严密，代表作有《读〈孟尝君〉传》、《伤仲永》、《游褒禅山记》、《答司马谏议书》等。

与北宋散文家群星闪烁相比，南宋以至金元的散文家可谓寥若晨星，没有产生诸如欧阳修、苏轼这样的散文大家。南宋初期，由于政治形势的紧迫，政论文成为散文中的不可忽视的重点，其中最著名的是抗金名将岳飞的《五岳盟祠记》和名臣胡铨的《戊午上高宗封事》。南宋中后期的笔记散文是散文史上的奇葩，出现诸如陆游《入蜀记》、《老学庵学记》，洪迈《容斋随笔》，罗大经《鹤林玉露》，周密《武林旧事》等文学性很强的作品。

元代可称道的散文家几乎没有，后期入明的杨维桢(1296～1370年)散文学先秦两汉，朴素洗炼，对明代散文有一定影响。明初，朱元璋兴文字狱，思

古文运动是指唐宋时期的文学革新运动，其内容主要是复兴儒学，其形式就是反对骈文，提倡古文。

醉翁亭图 明 仇英

此图拟北宋欧阳修的《醉翁亭记》文意而作。图中，醉翁亭临立在泉上，几位文士在亭中饮酒作乐，安然怡然。

想文化界一片沉闷。明代中叶以后，经济发展、城市繁荣，文学复古思想日趋活跃。以李梦阳(1472～1530年)、王世贞(1526～1590年)为首的前后七子针对明初以来的理学风气和台阁创作，主张“文必有法式，然后中谐音度”(李梦阳《答周子书》)，师从秦汉，对法度格调极其强调，产生了巨大的影响。《明史·王世贞传》称：“(世贞)才最高，地望最显，声华意气笼盖海内。一时士大夫及山人、词客、衲子、羽流，莫不奔走门下。”前后七子虽然影响很大，作品很多，作者很众，但值得称道的作品却非常少。处在前后七子中间的唐宋派以王慎中(1509～1559年)、茅坤(1512～1601年)、唐顺之(1507～1560年)、归有光(1506～1571年)为代表，宗法唐宋古文名家，注重文以明道。在他们中间，归有光成就较高。《四

王世贞倡导文学复古运动，认为“文必秦汉，诗必盛唐”，在当时有一定影响。

库全书总目》集部《震川文集》、《别集》提要称："明季以来，学者知由韩、柳、欧、苏、沿洄以溯秦汉者，有光实有力焉。"他在散文方面推崇司马迁，尊尚唐宋诸家。他的散文善于捕捉日常小事，状情摹画，生动感人，读来令人回味无穷，《先妣事略》、《见村楼记》、《寒花葬志》、《项脊轩志》等都是这方面的代表作。

明代后期，思想家李贽接受王阳明哲学理论的影响，提出著名的《童心说》："天下之至文，未有不出于童心焉者也。"这种思想对随后的公安派影响较大。公安派以袁宏道、袁中道、袁宗道为代表，"性灵说"是他们的重要口号。他们强调抒情性，反对拟古蹈袭。公安派的散文成就以游记、传记为主，多有佳篇。对公安派文学主张进行继承和变异的是以湖北竟陵人钟惺、谭元春为代表的竟陵派，他们追求幽远奇僻的艺术效果，以求达到"灵"而"厚"的创作境界。他们的思想与创作标志着晚明文学思潮的回落，他们的散文同样以

小品原是佛家用语，明后期才用来指一般文章。

游记和传记居多，成就不凡。明代末期，张岱和王思任的小品文代表了晚明散文的时代特色。晚明小品文题材趋向个人化、生活化，渗透出晚明文人特有的生活情调。张岱的《陶庵梦忆》、《西湖梦寻》与《瑯嬛文集》大多作于明朝灭亡，怀旧情绪弥漫于字里行间，显露出一股忧伤而又平静的心态。像《西湖七月半》、《湖心亭看雪》等都是为人称许的名篇。与张岱同时的王思任语言风趣放达，注重真情实感。张岱在《王谑庵先生传》说他："聪明绝世，出言灵

张岱《西湖七月半》文意图

张岱是晚明小品文的集大成者，有"文中乌获"、"后来斗杓"之称。

巧，与人谐谑，矢口放言，略无忌惮。”

清初，散文内容崇尚实用，如黄宗羲的《明夷待访录》、王夫之的《黄书》、顾炎武的《形势论》不仅是学术上和思想上的佳作，而且也是优秀的散文。这一时期，侯方域、魏禧、汪琬被称为“古文三大家”。魏观点鲜明，析理平直；汪则状写人物，生动活泼；侯方域影响最大，其文融入小说笔法，继承唐宋传统，通畅恣肆，代表作有《壮悔堂文集》十卷。清朝中期，桐城派以正宗自居，声势浩大。这一派由安徽桐城人方苞(1668～1749年)开创，同乡刘大櫆(1698～1779年)、姚鼐(1731～1815年)等继承发扬，是清朝影响最大的散文派别。方苞树立“义法”大旗，“义即《易》之所谓‘言有物’也，法即《易》之所谓‘言有序’也，义以为经而法纬之，然后为成体之文”(《又书货殖传后》)，刘大櫆更是将这一理论丰富和拓展，以“义理、书卷、经济”为口号，最后到姚鼐那里，又提出“义理、考据、词章”合一，主张“道与艺合，天与人一”。姚鼐的散文以韵取胜，《登泰山记》、《游灵岩记》、《泰山道里记序》等文，大都语言凝练，刻画生动，颇具文采。与桐城派同时的郑板桥、袁枚虽以书画及诗闻名于世，但散文成就也相当可观。清朝末期，龚自珍的散文凸显了当时的危机与变革意识，提倡摆脱一切束缚，开创了经世散文的新风，标志着清代散文的转折。他的《尊隐》、《病梅馆记》等文都显示出风格瑰奇、发人猛醒的特点，突破了一般议论和叙事的模式，富有杂文色彩，在中国散文史上有独特的贡献。

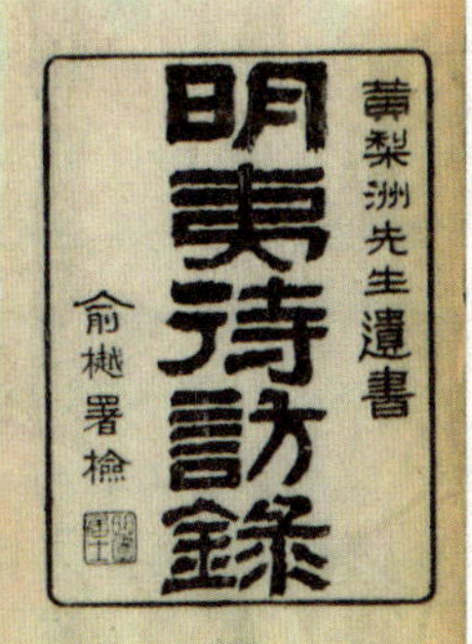

《明夷待访录》书影

清初学者黄宗羲的《明夷待访录》是学术和思想俱佳的散文优秀之作。

中日甲午战争(1894年)后，资产阶级改良主义运动和民主革命运动兴起，催化出“文界革命”。梁启超(1873～1929年)是“文界革命”的提出者，也是新文体成功的创造者。他的“新文体”散文“开文章之新体，激民气之暗潮”，在中国散文由文言向白话过渡的进程中，占有重要的地位。他的《少年中国说》、《自由书》、《新民说》都堪称“新文体”的代表作。与梁启超同时的散文家还有康有为、谭嗣同、林纾、章炳麟等人。他们共同组成了中国古代散文最后一道风景。

桐城派又称桐城文派、桐城古文派，因其主要代表人物方苞、刘大櫆、姚鼐均系桐城人，故名。

文学体裁之小说

繁盛时期：唐代、明代、清代
特　　点：结构完整、情节变化、人物鲜活
代表人物：施耐庵、蒲松龄、曹雪芹
经典著作：《三国演义》、《金瓶梅》、《红楼梦》

“小说”一词最早见于《庄子·外物篇》：“饰小说以干县令，其于大达亦远矣”。这里的“小说”不是后来所说的小说，是指一些不合大道的琐屑之谈，但已具有不登大雅之堂的意思，这与古代对小说的看法已是接近的。东汉班固的《汉书·艺文志》说：“小说家者流，盖出于稗官，街谈巷语，道听途说者之所造也。”《汉书》著录小说家书15种，1380篇，这是中国文学史上最早见于著录的小说作品。这些书多已散佚，只有《青史子》残存几条遗文。

中国小说的起源最早可以追溯到古代的神话传说，其次就是寓言故事和历史传记。神话传说保存最多的是《山海经》、《穆天子传》、《淮南子》等书，盘古开天辟地、女娲补天、黄帝战蚩尤、夸父追日、精卫填海、刑天舞干戚都是其中著名的故事。这些故事以神为中心，虽有现实依据，但往往附有神秘的色彩，久而久之，成为中国志怪小说的源头。寓言故事多出自先秦诸子散文，如《孟子》、《庄子》、《韩非子》、《战国策》等书。这些书中的寓言如揠苗助长、齐人乞墦、许由敝屣功名、狐假虎威、画蛇添足都具有鲜明的人物(或拟人化)性格和比较曲折的故事情节，颇有小说意味。历史传记如《左传》、《战国策》、《史记》、《三国志》都有众多的人物、众多的故事，为小说提供了素材和创作技法。唐代小说传奇多似人物传记，《三国志演义》书名标出为史传演义，表明了历史传记是小说的一个重要源头。

汉代小说几无存世，存世的多为后人伪托，倒是两部历史散文《吴越春秋》和《越绝书》描写人物相当细致，情节曲折，很有小说意味。小说发展到魏晋南北朝开始繁盛起来，写作小说成为一时风气，三国魏邯郸淳的《笑林》，两晋张华的《博物志》，东晋干宝的《搜神记》，宋刘义庆的《幽明录》、《世说新语》，梁沈约的《俗

关键词　志怪　志人　传奇　话本　章回小说　神魔　世情　白话

说》，梁殷芸的《小说》，共约50种，可谓盛况空前。这一时期的小说分为志怪小说和志人小说。志怪小说描述妖魔鬼怪、神仙方术、佛法灵异、奇方异物，目前保存下来的完整的与不完整的尚有30余种，晋代干宝的《搜神记》成就最高，是这类小说的代表。像《干将莫邪》、《韩凭夫妇》、《李寄斩蛇》、《嫦娥奔月》、《董永》等历来为人们所喜爱，其结构的完整、情节的变化、描写的生动、人物的鲜活，确已粗具短篇小说的规模，标志着当时志怪小说的最佳水平。志怪小说为后世小说、戏曲提供了丰富的素材，唐传奇《枕中记》、《南柯太守传》，明代戏曲《牡丹亭》都源于志怪小说；志怪小说同时也开辟了后代的谈狐说鬼派，宋代洪迈的《夷坚志》、明代瞿佑的《剪灯新话》、清代蒲松龄的《聊斋志异》皆源于此。志人小说的兴起与士族文人清谈的风气有很大关系，这类小说基本按传闻原样记录，粗陈故事大概，篇幅短小，情节简单，代表这类小说的典范是南朝宋刘义庆的《世说新语》。《世说新语》又称《世说》、《世说新书》，内容主要记录魏晋名士的逸闻轶事和玄虚清谈，是研究魏晋风流名士的极好史料。书里3卷36门中，上卷4门：德行、言语、政事、文学；中卷9门：方正、雅量、识鉴、赏誉、品藻、规箴、

干莫炼剑图轴 清 任颐 纸本

干莫即干将、莫邪夫妇。据《搜神记》记载，楚王命干将造宝剑，3年铸成雌雄双剑，雄名干将，雌名莫邪。干将自知剑成必死，故藏雌剑，后二人果被楚王所杀。其子赤鼻后为父母雪仇。图绘干将夫妇精心炼剑的情景。

唐传奇是在六朝志怪小说的基础上，融合历史传记小说、辞赋、诗歌和民间说唱艺术而形成的新的小说文体。

捷悟、夙慧、豪爽，这13门都是对风流名士的褒扬。如：

过江诸人，每至美日，辄相邀新亭，藉卉饮宴。周侯中坐而叹曰："风景不殊，正自有山河之异！"皆相视流泪。唯王丞相愀然变色："当共戮力王室，克复神州，何至作楚囚相对？"

寥寥数语，人物气节、风度已宛然纸上。又如：

顾长康从会稽还，人问山川之美，顾云："千岩竞秀，万壑争流，草木蒙笼其上，若云兴霞蔚。"

王子敬云："从山阴道上行，山川自相映发，使人应接不暇。若秋冬之际，尤难为怀。"

编撰者客观地将这些言谈举止辑录下来，语言简约含蓄，透出灵性和幽默。明代胡应麟在《少室山房笔丛》中说："读其语言，晋人面目气韵，恍忽生动，而简约玄澹，真致不穷。"《世说新语》对后世文学影响既深且广，模仿它的小说不断，而且许多戏曲、小说皆取材于此。

唐代社会稳定繁荣，国家强大，经济发达，友朋相聚，"昼宴夜话，各征其异说"，"会于传舍，宵话征异，各尽见闻"，最后整理成篇，是为传奇。传奇为文人有意为之，一般有较为完整的情节结构，较为完整的人物塑造，它的出现标志着中国文言小说的成熟。初唐时期，传奇作品少，尚显不成熟。

风尘三侠图 清 任颐

《虬髯客传》是唐代传奇中的名篇，也是中国武侠小说的开山之作。此图绘有《虬髯传》中的3个主要人物：红拂、李靖、虬髯客。

所谓"变文"之"变"，当时指变更了佛经的本文而成为"俗讲"之意。

王度的《古镜记》、无名氏的《补江总白猿传》、张鷟《游仙窟》艺术成就较高，后者还是唐人传奇中字数最多的一篇，文中韵散相间，华丽中见俚俗，颇有传奇成熟时期的体貌。中唐时期是传奇的兴盛期，名家名作蔚起，所存完整作品约有近四十种，行文吸收诗、文、赋的特点，题材多出自现实生活，涉及政治、历史、侠义、神仙、爱情等诸多方面，尤以爱情小说成就最突出。陈玄祐的《离魂记》、沈既济的《任氏传》、李朝威的《柳毅传》、白行简的《李娃传》、元稹的《莺莺传》、蒋防的《霍小玉传》、陈鸿的《长恨歌传》、李公佐的《南柯太守传》代表了这一时期同时也是唐代传奇小说的最高水平。晚唐时期国家大乱，藩镇割据，游侠之风盛行，涌现出一批描写侠义之士除暴安良的传奇作品，如袁郊的《红线传》，裴铏的《聂隐娘》、《昆仑奴》，杜光庭的《虬髯客传》等，它们对后世武侠小说的产生起到了巨大的作用，也成为戏曲中常见的素材。唐代传奇艺术构思奇异新颖，富于变化，叙事简洁明快，人物生动传神，宋人洪迈称：“唐人小说不可不熟，小小情事，凄惋欲绝，洵有神遇而不知者，与诗律可称一代之奇。”

唐传奇之后，宋元话本小说日益繁盛。话本小说来源于“说话”。“说话”的本义是口头相传的故事。这种口传故事的传统可以上溯到没有文字的远古时代。从上世纪初发现的甘肃敦煌莫高窟的藏经洞资料看，唐代已出现作为说话人演讲用的底本的话本，如《韩擒虎话本》、《叶净能诗》等，它们是宋元话本的先驱。宋代汴京、杭州等工商业繁荣的都市里，为了市民的娱乐，各种瓦肆伎艺应运而生。“瓦肆”也叫“瓦子”和“瓦舍”。《东京梦华录》记北宋汴京的瓦子：“街南桑家瓦子，近北则中瓦，次里瓦，其中大小勾栏五十余座。内中瓦子莲花棚、牡丹棚，里瓦子夜叉棚、象棚最大，可容纳数千人。”《武林旧事》记南宋瓦子有23处，每处瓦子又包含若干勾栏。在这些当时的娱乐场所中，流行各种伎艺，其中以说话艺人数量最多。宋代说话有四种“家数”，即小说、讲史、说经、合生，其中以小说、讲史两家最重要、影响最大。说话伎艺在元代依然流行。现存元代话本以小说和讲史两类为主。宋元话本演述古今故事、市井生活，内容世俗化，语言口语化，它的成熟与发展，对明清白话小说有很大的推动作用。这些话本包括《京本通俗小说》的全部，《清平山堂话本》的大部和《三言》的小部分，约40篇左右。存世的

变文分为三类：一是演说佛经故事的宗教性作品；二是演说历史故事的讲史作品；三是演说民间传说题材的作品。

三顾茅庐 年画

三顾茅庐是《三国演义》中较经典的一个情节。作为"四大奇书"之一，《三国演义》的出现使得明以后的历史演义小说如雨后春笋，不断问世。

"小说"话本以爱情、公案两类作品最多，成就最高。《碾玉观音》和《闹樊楼多情周胜仙》、《志诚张主管》、《乐小舍拚生觅偶》是这类小说中成就较高的作品。存世"讲史"话本有《新编五代史平话》、《大宋宣和遗事》、《大唐三藏取经诗话》和《全相平话五种》。《大宋宣和遗事》由文言和白话拼凑成，已具《水浒传》的最初面貌。《全相平话五种》是元代至治年间刊行的，包括《武王伐纣平话》、《七国春秋平话》后集、《秦并六国平话》、《前汉书评话》续和《三国志平话》。《武王伐纣平话》已含某些神奇怪异的因素，能看出《封神演义》的苗头。《三国志平话》已具《三国演义》的主要情节和基本倾向。《大唐三藏取经诗话》是南京刊本，叙述玄奘与白衣秀才猴行者去天竺取经的故事，已为《西游记》提供了最早的依据。

明代，章回小说在宋元话本的基础上发展成熟，这种中国古代长篇小说最主要的体裁是明代对中国文学最宝贵的贡献。以《三国演义》、《水浒传》、《西游记》、《金瓶梅》"四大奇书"为主要标志，清晰地展示了中国古代长篇章回小说的前进历程。"四大奇书"中的前两本都由宋元话本改编创作而成，都与罗贯

与诗话、词话相对而言，平话是只说不唱的平铺直叙的话本。

中有直接关系。《三国演义》的成书是有相当长的时间积累的。晋代陈寿《三国志》及裴松之的注提供了最原始的丰富素材，隋唐两代产生“三国”节目，宋代有“说三分”的专门科目，元代出现至治刊本《三国志平话》和大量“三国”戏，到明初罗贯中这里，“据正史，采小说，证文辞，通好尚”，创作了这部典范作品。罗贯中名本，字贯中，号湖海散人，祖籍东原(今山东东平)，流寓杭州，活动于元末明初。他传世的作品还有《隋唐两朝志传》、《残唐五代史演义传》、《三遂平妖传》、《赵太祖龙虎风云会》等作品。《三国演义》的主旨是以儒家的思想表达大一统的观念，在人格上注重道德，在才能上崇尚智勇，在基调上“拥刘反曹”，它将虚与实(七分事实，三分虚构)结合，用非凡的叙事才能进行全景式的战争描写、特征化的性格塑造，描绘了一幅气势恢宏的历史画卷。《三国演义》的出现，使得自嘉靖以后，历史演义小说如雨后春笋，不断问世，留存至今的明清两代历史演义约有一二百种。这其中以列国系统和隋唐系统中的《列国志传》、后经蔡元放润色成的《东周列国志》、《隋炀帝艳史》、《隋唐演义》、《梼杌闲评》、《辽海丹忠录》较有代表性。

《水浒传》所写的梁山故事源于史实。《宋史》及其他史料都曾提及，宋徽宗宣和年间，宋江等“三十六人横行齐魏”，“转略十郡，官兵莫敢撄其锋”，后被张叔夜招降。这些史实经南宋说话人润色加工，形成众多水浒“小说”。著名的一部是《大宋宣和遗事》，这里已展现了《水浒传》的原始面貌。元代出现大批“水浒戏”，集中刻画宋江、李逵等人，形成“三十六大伙，七十二小伙”，“寨名水浒，泊号梁山”的大

精彩阅读

《中国小说史略》

鲁迅有感于“中国之小说自来无史；有之，则先见于外国人所作之中国文学史中，而后中国人所作者中亦有之，然其量皆不及全书之什一，故于小说仍不详”，写出第一部系统的中国小说史专著，这就是《中国小说史略》(1924年)。它共二十八篇，穷本溯源，自远古神话与传说，依序论述中国小说发展史的各个阶段，从汉代小说、六朝志怪至唐宋传奇，从宋元话本及讲史、明代神魔小说、人情小说，至清代的讽刺小说，人情小说、狭邪小说、侠义及公案小说，直到清末的谴责小说，内容丰富，评论精当。鲁迅逝世(1936年)时，蔡元培作挽联为：“著述最谨严非徒中国小说史，遗言太沉痛莫作空头文学家。”可见此书地位何等重要。

现存的中国宋元平话多为长篇，题材主要是历史故事。

体说法。在这些基础上，产生了杰出的长篇章回体白话小说《水浒传》。这本书的作者有说是施耐庵，有说是罗贯中，有说是施耐庵作，罗贯中修，又有人说两人物是伪托不存在。《水浒传》最早称《忠义水浒传》，又名《忠义传》，版本繁多，明末金圣叹将120回本“腰斩”成70回本，名《第五才子书施耐庵水浒传》，附有精彩评语，成为清三百年最流行的本子。《水浒传》是一部悲壮的农民起义的史诗，它通过水浒梁山发生、发展到失败的过程，成功地塑造了众多英雄好汉的光辉形象，结构宏大，人物众多，语言生动，情节曲折。它标志着中国白话语体的成熟，对整个白话文学的发展具有深远的意义。《水浒传》盛行后，大量说唱、绘画、戏曲都把它作为题材的渊薮，《金瓶梅》即是从《水浒传》里的潘金莲演出一支，清代又出现众多续书如《水浒后传》、《后水浒传》和《结水浒传》、《荡寇志》，同时，它对《杨家将演义》、《忠烈传》等小说产生显而易见的影响。

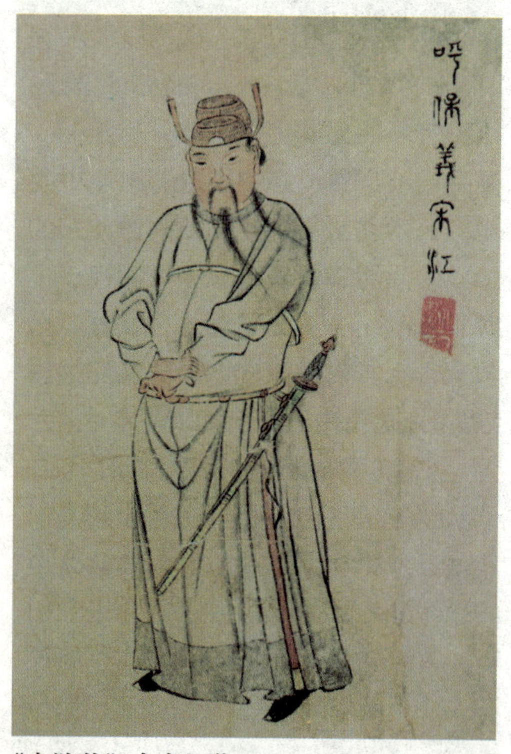

《水浒传》中宋江像

《西游记》的成书与《三国演义》、《水浒传》相似，都经历了长期演进的过程：唐代玄奘费时17载前往印度取回梵文大小乘经论律657部，后口述见闻，由门徒辨机辑成《大唐西域记》，后由其弟子慧立、彦悰撰写《大唐大慈恩寺三藏法师传》，更加入夸张神化的笔调，北宋年间出现“说经”话本《大唐三藏取经诗话》，首次勾画出《西游记》的基本框架。元末明初，完整的《西游记》故事问世，主要人情、情节及结构已与百回本《西游记》基本一致。在这些前人创作的基础上，《西游记》最后写定。关于它的写定者，清初刊刻的《西游证道书》提出为元代道士丘处机，清代乾隆年间吴玉搢在《山阳志遗》首先提出作者是吴

在中国古代小说中，《西游记》是一部思想性和艺术性都臻于第一流的伟大作品。

《西游记》图册 清

明代《西游记》问世后，各种表现唐僧师徒取经故事的艺术题材相继涌现，如诗歌、绘画、书法、雕塑、建筑等，不仅有巨大的美学价值，而且在民俗学、社会学上也有不小成就。《西游记》图册由清代康熙时期的四大书法家之一的陈奕禧书写上简单的文字说明，图画生动传神，富有想象力，图文并茂，使故事情节经过图画与文字得到更好的体现和延伸。

章回体小说是中国古典长篇小说的主要形式，它是由宋元时期的“讲史话本”发展而来的。

《金瓶梅》故事图 清

此是清初人依据《金瓶梅词话》第六十三回所绘的图画。画面中央艺人正在表现海盐腔，右下方的伴奏乐队有胡琴、三弦、笙、笛、云锣等乐器，两旁是饮酒看戏的宾客，左上方是掀帘看戏的女眷。

世情小说是以写世态人情为主的小说，《金瓶梅》就是世情小说的奇葩。

承恩，此后，吴承恩为作者的结论逐渐得到公认，但直到现在国内外一些学者仍不断提出质疑。吴承恩（约1500～约1582年），字汝忠，号射阳居士，淮安山阳(今江苏淮安人)，40岁始补岁贡生，曾任长兴县丞两年，晚年放浪诗酒，终老于家，有《射阳先生存稿》四卷存世。《西游记》是吴承恩完成的神魔小说，它以取经人物活动为中心，逐次展开，人物形象兼具浪漫主义与现实主义，语言幽默诙谐，用诡异的想象，高度的夸张，突破生死和人神的界限，创造了一个光怪陆离、神异奇幻的境界。在《西游记》产生的短短30年间，出现近30部内容各异的神魔小说，形成神魔小说派。这派小说分为两类，一类是《西游记》的续本，仿作节本如《续西游记》、《西游补》、《东游记》、《西游记》(原书的删编本)、《南游记》、《北游记》。另一类是历史神仙作品，历史神魔小说的代表作有《封神演义》、《三宝太监西洋记》、《三遂平妖传》等，影响最大的要数《封神演义》；神仙类的主要是为佛道两教及民间神仙立传的作品，例如达摩、观世音、吕纯阳、钟馗、济颠、关帝、二十四罗汉、八仙等，结构虽松散，形象虽干瘪，但在民间影响很大。

在晚明与神魔小说并称为两大小说流派的是以“极摹人情世态之歧，备写悲欢离合之致”(笑花主人《今古奇观序》）为特点的一类小说，称为世情小说。这些世情小说或写爱情婚姻，或写家庭生活，或写广阔世间百态，或专注于官场、青楼、儒林。鲁迅称之为“最有名”的《金瓶梅》是世情小说的开山之作。它是中国第一部由文人独立创作的白话长篇小说，成书于明万历年间，作者是兰陵笑笑生。《金瓶梅》的书名来源于小说中的潘金莲、李瓶儿、庞春梅三人的名字，故事起于《水浒传》“武松杀嫂”一节，描绘西门庆与众多妻妾的生活以及西门庆死后妻妾的风流云散。这本小说有大量的性描写，通过网状的结构、世俗生动的语言、夸张活现的人物暴露晚明的悲惨世界，正如清代张潮在《幽梦影》中所说：“《金瓶梅》是一部哀书。”《金瓶梅》身后同样有两类代表性世情小说派：一类是续书，最早的续书是《玉娇李》(已佚失)，后又有丁耀亢的《续金瓶梅》、《隔帘花影》、《三续金瓶梅》、《新金瓶梅》等，大多粗制滥造，成就不高；另一类是受其影响的世情小说，才子佳人型如《玉娇梨》、《平山冷燕》、《醒世姻缘传》、《红楼梦》、《海上花列传》等，社会生活型如《儒林外史》、《官场现形记》、《二十年目睹之怪现状》等。

与明代长篇小说名作迭出相随的是短篇小说的色彩各异。短篇小说中话本小说成就斐然，由于文人的润色和改编，出现众多话本总集和专集，著名的有《清平山堂话本》、《京本通俗小说》、“三言二拍”（《喻世明言》、《警世通言》、《醒世恒言》合称“三言”，《初刻拍案惊奇》、《二刻拍案惊奇》合称“二拍”）。短篇小说中文言笔记小说也相当活跃，瞿佑的《剪灯新话》，冯梦龙的《古今谭概》、《情史》，青心才人的《金云翘传》等都为脍炙人口的作品，广泛流传。15世纪，《剪灯新话》传至韩国，金时习仿作《金鳌新话》一书，成为韩国小说始祖；16世纪，越南人阮屿在《剪灯新话》的直接影响下，创作了越南第一部传奇小说《传奇漫录》；1813年，越南诗人阮攸曾将《金云翘》移植为同名的诗体小说，成为享誉世界的文学名著。

清代初年，白话小说仍然保持了旺盛的势头，由于作者身份境遇和创作目的不同，大体分为这样几种：明代小说的续书，比较成功的有《水浒后传》、《说岳全传》（书中许多人物为水浒好汉后人，学术界常视为《水浒传》续书）；摹写世态的人情小说，最著名的是《醒世姻缘》，此书作者为西周生，以山东方言作于顺治年间，描写夫妻生活的恶劣与荒唐，又名《恶姻缘》；才子佳人小说，较成功的有《玉娇梨》、《平山冷燕》、《好逑传》，这类小说叙才子佳人才色相慕，最后终结连理，往往是才子得中高科，风雅富贵全有了，实际上无非表达的是作者积郁心中的富贵风流梦。

这段时间傲视群伦的是中国最富有创造性、文学成就最高的短篇文言小说集《聊斋志异》。它的作者是生于明末的蒲松龄（1640～1715年），蒲松龄字留仙，一字剑臣，号柳泉居士，山东淄川县（今淄博市淄川区）人。他勤于攻读，19岁初应童子试，便以县、府、道三试第一进学，之后，屡应乡试不中，直到年逾古稀，方才援例得个岁贡生的科名。他一生贫困，生活内容就是读书，教书，著书。《聊斋志异》是他大半生陆续写作出来的，以狐建立的世界表述现实世界的黑暗、科举失意的落寞、科场考官的卑鄙和民众生活的艰难，崇高与庸俗并存，语言平易简洁富诗意，人物生动鲜活有气质。此书一出，风行天下，相继出现翻刻本、注释本、评点本等，成为小说中的畅销书。它带动了文言小说再度兴起的局面。仿效顺随、抗衡相对的文言小说陆续问世，较著名的有

中国古代小说的分类方法颇多，按其语言形式，可分为文言小说与白话小说。

袁枚的《子不语》、和邦额的《夜谭随录》、沈起凤的《谐铎》、长白浩歌子的《萤窗异草》及纪晓岚的《阅微草堂笔记》。

《聊斋志异》过后，18世纪中叶，中国出现了两部影响深远的伟大作品——吴敬梓的《儒林外史》和曹雪芹的《红楼梦》。吴敬梓(1701～1754年)，字敏轩，号粒民，安徽全椒人，后移家南京，自号秦淮寓客，晚号文木老人。他13岁丧母，20岁考取秀才，29岁参加科考时因行为狂放落第，36岁被荐举参加博学鸿词科考试时以病辞，乾隆十九年(1754年)农历十月二十八日酒聚后逝于江苏扬州。他的一生经历、一生悲愤、一生血泪与个性都熔铸在《儒林外史》中。这部书完成于乾隆十四年(1749年)，以科举制度下的文人图谱，通过讽刺、夸张的手法，对封建制度下文人命运进行了深刻的思考、揭露与探索。它以长篇结构的新形式、叙事艺术的新特点、讽刺艺术的新成就

《聊斋志异图》册页之《画皮》

《聊斋志异》是中国最富有创造性、文学成就最高的短篇文言小说集，郭沫若曾评曰："写鬼写妖高人一等，刺贪刺疟入骨三分。"

中国小说按其体裁，可分为笔记体小说、传奇体小说、话本体小说和章回体小说。

大观园图(局部) 清

大观园是《红楼梦》中的主要人物贾宝玉、林黛玉等人活动的场所。此图纵137厘米，横362厘米，展现了在凹晶馆、牡丹亭、蘅芜院、蓼风轩和凸碧山庄五个地方活动的人物173个，是研究《红楼梦》的珍贵资料。

代表了中国讽刺小说的最高成就。曹雪芹(约1715～约1763年)名霑，字梦阮，号雪芹，又号芹圃、芹溪，祖籍辽阳，满洲正白旗人。曹家在清初至康熙年间为"百年望族"，至曹雪芹时已没落衰败。他生长在南京，十三四岁时，随全家迁回北京，做了掌管文墨的杂差，生活艰难，晚年移居北京西郊。乾隆二十七年(1762年)，幼子夭亡，他于除夕夜在贫病交加中逝去，留下一部未完的《红楼梦》。此书本名《石头记》，最初以80回抄本的形式流传于世，写贾宝玉、林黛玉、薛宝钗之间的恋爱与婚姻悲剧以及贾、王、史、薛四大家族由盛至衰的巨变，通过"宝玉"这块顽石，体现了对人生和尘世的感悟，正如鲁迅所说："悲凉之雾，遍被华林，然呼吸而领会之者，独宝玉而已。"(《中国小说史略》)《红楼梦》塑造出成群的鲜活的有血有肉的个性化人物形象，以独特的方式突破了传统小说的写法，语言形神兼备，写

红学是关于小说《红楼梦》的学问。俞平伯在其所著《红楼梦辨》中正式将红学界定为一门学问。

实与诗化融合，达到了中国文学成就的最高峰。《红楼梦》刊行后，相继出现一大批续书，如逍遥子的《后红楼梦》、陈少海的《红楼复梦》、归锄子的《红楼梦补》等三十余种；戏剧、传奇更是将其内容故事搬上舞台，形成梅兰芳的《黛玉葬花》、荀慧生的《红楼二尤》等经典曲目；模仿和继承它的笔法以描述世情的有《青楼梦》、《花月痕》以及鸳鸯蝴蝶派小说等。它更是由于巨大的成就，引起人们的广泛评论和研究兴趣，形成了一种专门的学问——红学。

与此同时，雍正、乾隆时期的文字狱迫使大批文人陷入“考据”学风，《镜花缘》和《绿野仙踪》成为这种风气下较有成就的作品。《镜花缘》是一部藉学问驰骋想象，以寄托理想、讽谕现实的小说，最富特色的是前半部分写唐敖游海外诸国的经历、闻见。

道光、咸丰年间(1821～1861年)，古典小说呈现衰落的状态，仅有《荡寇志》和《儿女英雄传》具有一定特色。前者又名《结水浒传》，作者俞万春，成书于道光年间，描绘宋江等起义英雄被陈希真之女及张叔夜降伏的过程。艺术上有一定成就，但影响很坏。后者可以说是近现代武侠小说之祖，语言纯用北京方言，流畅平易，作者是旗人文康。这一时期，还有公案小说《施公案》及狭邪小说《品花宝鉴》较有影响，但艺术水平极为一般。

光绪年间(1875～1908年)，随着改良主义运动的蓬勃发展，小说出现两种大的局面：一种是延续前一时期小说传统，如《三侠五义》、《青楼梦》、《海上花列传》等作品；另一种具有新貌且代表这一时期小说乃至文学成就的是《官场现形记》、《二十年目睹之怪现状》、《老残游记》和《孽海花》，这四部小说常被称为“晚清四大谴责小说”。《官场现形记》是李宝嘉创作的中国第一部在报刊上连载且取得轰动效应的长篇章回小说，首开近代小说批

以研究方法和研究内容而言，红学的发展大体经历了4个阶段，即早期红学、旧红学、新红学和当代红学。

判风气。这部书专门暴露官场黑暗，细节描写突出，运用夸张、漫画化的闹剧手法撕破人生假面。《二十年目睹之怪现状》是一部带有自传色彩的作品。吴沃尧以主人公九死一生奔父丧开始、经商失败结束，描绘了清末各个阶层的广阔画卷，笔锋凌厉，庄谐杂陈，别开生面。《老残游记》是刘鹗(1857～1909年)在事业受挫、饱尝忧患之余的作品，小说《自叙》云："棋局已残，吾人将老，欲不哭泣也得乎？"本书通过游方郎中老残游历生活中的所见所闻所思所感，展现社会生活。它最突出的艺术特色是体现了中国小说由叙事型向描写型的转变，掺入散文和诗的写法，开拓审美空间，文笔清丽，意境高远，为晚清不多见的艺术品位甚高的小说。《孽海花》为曾朴(1872～1935年)所作，有小说林本与真美善本。这本书以金雯青和傅彩云的故事为主要线索，通过京城内外官僚文人的思想生活和社会风气，展现清末政治、经济、外交和社会生活情况。鲁迅说它"结构工巧，文采斐然"。(《中国小说史略》)《孽海花》文笔娟好，写景状物，明丽如画，在晚清影响很大。

民国以后，鸳鸯蝴蝶派盛行。它以消闲、趣味为创作宗旨，大本营在上

镜花缘图册 清 孙继芳

刘鹗的小说《老残游记》被列为清末四大谴责小说之一。

文学纪事

周平王四十九年(前753年) 《春秋》、《左传》记事皆从本年开始。

汉成帝绥和元年(前188年) 刘向卒。他所辑录的《战国策》、《列女传》、《说苑》、《新序》等作品影响甚大。

南朝宋元嘉二十一年(444年) 刘义庆卒。年四十二岁。有《世说新语》八卷传世。

唐建中二年(781年) 沈既济作《任氏传》。唐传奇成为早期小说体裁中的佳作。

宋徽宗崇宁五年(1106年) 宋朝国力于此达到鼎盛，话本小说流行于此时。

元天历三年(1330年) 罗贯中约生于此年。《三国演义》、《水浒传》均与此人相关。施耐庵也在此年前后活动，直到明初。据传罗贯中为施耐庵的门人。

明嘉靖二十一年(1542年) 吴承恩的《西游记》本年著成。

明万历二十四年(1596年) 《金瓶梅》成书于此年之前。袁宏道在给董其昌的信中提到《金瓶梅》，并给予高度评价。

明天启元年(1621年) 冯梦龙编纂的《喻世明言》刊成。此后，《警世通言》、《醒世恒言》、《新列国志》、《平妖传》先后问世。

清康熙五十四年(1715年) 蒲松龄卒，年七十六。有《聊斋志异》传世。曹雪芹约生于本年，所著《红楼梦》为中国古代最著名、成就最高的白话小说。

清乾隆十九年(1754年) 吴敬梓卒(1701～1754年)，年五十三，有《儒林外史》传世。

清道光三十年(1850年) 文康《儿女英雄传》40回成书。这是后世武侠小说的发端。

清光绪二十九年(1903年) 李宝嘉的《官场现形记》、吴沃尧的《二十年目睹之怪现状》、刘鹗的《老残游记》、金松岑的《孽海花》先后问世，发表于各类刊物。

海，派名来自于小说《花月痕》中的“卅六鸳鸯同命鸟，一双蝴蝶可怜虫”一句，又称“礼拜六”派，被鲁迅称作“新的才子佳人小说”，代表作品有徐枕亚(1889～1937年)的《玉梨魂》、李涵秋的《广陵潮》。

这一时期对后世影响最大的应属苏曼殊的哀情小说，主要有《断鸿零雁记》(1912年)、《绛纱记》(1915年)、《焚剑记》(1915年)、《非梦记》(1917年)。《断鸿零雁记》是一部自传体抒情小说，叙述主人公三郎的爱情故事，委婉哀戚，在民初哀情小说中高标秀出。苏曼殊的浪漫气质、独特才华以及他所开创的第一人称抒情小说深深地影响了“五四”一代作家。

文学体裁之戏剧

繁盛时期：元代、明代、清代
特　　点：说、唱、歌、舞相结合
代表人物：关汉卿、高明、孔尚任
经典著作：《窦娥冤》、《西厢记》、《桃花扇》

中国的戏剧艺术经历了漫长的孕育过程。原始社会时已出现反映农业生产的歌舞；商周时期巫风盛行，祭祀的歌舞已含萌芽状态的戏剧元素；春秋战国时期，除专司祭祀的巫觋外，又产生俳优。俳优供人娱乐，以滑稽的语言行动为贵族制造笑料，这给了后世戏剧艺术中喜剧因素一定的积累。两汉百戏兴起，乐府发达，平调、清调、杂舞、杂曲也都辗转流传，给唐宋以来组成戏剧艺术的歌舞、音乐以巨大影响。南北朝出现“拨头”、“代面”、“踏摇娘”、“参军”等表演艺术形式，体现了表演艺术的逐步成熟，为中国戏剧的形成准备了良好条件。唐代，“燕乐”、“软舞”、“健舞”、“参军戏”等直接对后来杂剧的表演艺术产生了影响；变文、市井小说及文人传奇的流行与发展，为后来的戏剧提供了丰富的题材。北宋时形成杂剧，与宋对峙的金朝则形成院本，这些都是在前代各种综合性艺术的推动下形成的戏剧的雏形。北宋杂剧分艳段、正杂剧、杂扮三部分演出；金代院本存世文献较少，与杂剧多有相似之处。宋金的说唱文学主要有鼓子词、词话和诸宫调等；表演戏有傀儡戏、乔影戏、大影戏之分。这些皆使得表演艺术渐趋成熟，为产生优秀的文学剧本准备了条件。

被元代戏曲、曲艺界尊崇为有“创始”之功的是金代董解元的《西厢记诸宫调》。这是现存唯一完整的诸宫调作品。董解元生平事迹不可考，活动于金章宗时期(1190～1208年)，“解元”是当时对读书人的泛称，而非他的真实姓名。《董西厢》的本事源于唐代元稹的

明本《董西厢》插图

关键词　诸宫调　元杂剧　南戏　元曲四大家　汤显祖　洪昇　孔尚任

《会真记》，但董解元对原作的人物性格、人物关系、故事情节等作了大幅度的改动和创作，使之成为一个以大胆追求婚姻自由为基调、充满乐观精神的爱情故事。在艺术方面，《董西厢》充分发挥诸宫调说与唱相辅相成的特点，叙事与抒情相结合，故事曲尽其妙；人物情感细致入微，语言质朴奇峻，令人读来满口生香。

元代是中国戏剧的黄金时代，出现了关(汉卿)、王(实甫)、白(朴)、马(致远)“四大家”。

关汉卿(约1225～约1300)，号已斋叟，大都(今北京)人。他在至元、大德年间活跃于杂剧创作圈中，有时还“面傅粉墨”，参加演出，成为名震大都的梨花领袖；他自称“我是个蒸不烂、煮不熟、捶不扁、炒不爆、响当当一粒铜豌豆”，宣布“则除是阎王亲自唤，神鬼自来勾，三魂归地府，七魄丧冥幽；天那，那其间才不向烟花路儿上走”(〔南吕·一枝花〕)。作为中国戏剧史上最早也是最伟大的戏剧作家、元杂剧的奠基者，关汉卿的创作“曲尽人情，字字本色”，一生铸就杂剧67种，今存可以肯定为关汉卿所作的有16种，即：《窦娥冤》、《单刀会》、《哭存孝》、《蝴蝶梦》、《诈妮子》、《救风尘》、《金线池》、《望江亭》、《绯衣梦》、《谢天香》、《拜月亭》、《西蜀梦》、《玉镜台》、《陈母教子》、《鲁斋郎》、《单鞭夺槊》。这些杂剧作品题材广泛，有社会剧、历史剧、爱情婚姻剧、文人逸事剧等。历史剧以写关羽任荆州守将时过江赴鲁肃宴会的《单刀会》最为著名，作者借历史之杯，浇心中块垒，充满悲凉慷慨的情绪。爱情婚姻剧以《救风尘》最有代表性，故事写妓女宋引章、商贾周舍和书生安秀实的三角恋爱，从而突出表现侠肠义胆的妓女赵盼儿，喜剧气氛热烈，赞扬了弱小女性的智慧和胆略。社会剧中的《窦娥冤》是关汉卿杂剧中的光辉著作，思想成就高，堪称彪炳一代的悲剧奇葩。《窦娥冤》故事源于西汉刘向《说苑·贵德》中的“东

关汉卿像

俳优指演滑稽杂耍的艺人。“俳”是杂耍或滑稽戏。“优”是玩杂耍或演滑稽戏的艺人。

王实甫像

海孝妇”(存《汉书·于定国传》、晋干宝《搜神记·东海孝妇》)，写窦娥在高利贷的残酷剥削下被卖给蔡婆作童养媳，接着赛卢医阴谋害命，张驴儿父子恃强霸占，最后被桃杌太守严刑逼供，直至冤死刑场，六月飞雪。通过一步步的悲剧过程，一步步地突出窦娥的善良品质，为中国悲剧艺术提供了典型的范例。

王实甫，字德信，大都人，元成宗元贞、大德年间(1295～1307年)尚在世。贾促明在追吊他的〔凌波仙〕词中道：“风月营密匝匝列旌旗，莺花寨明飑飑排剑戟。翠红乡雄纠纠施谋智。作词章，风韵美，士林中等辈伏低。新杂剧、旧传奇，《西厢记》天下夺魁。”从这首词中可以得知王实甫熟悉勾栏生活、擅长词章杂剧传奇的创作，他最出名的作品是《西厢记》。除《西厢记》外，王实甫创作的14部杂剧中尚存有《破窑记》四折和《贩茶船》、《芙蓉亭》曲文各一折，其余均已散佚断绝。《西厢记》是中国较早的一部以多本杂剧连演一个故事的剧本，内容描写崔莺莺和张君瑞的爱情故事，骨架来源于唐元稹的传奇小说《会真记》，情节、人物、语言受金董解元的《西厢记诸宫调》影响甚大。王实甫的《西厢记》以精妙的戏剧冲突、高超的人物塑造、优美的语言艺术产生了巨大的社会影响。元明以来，一直是最受群众欢迎、流传最广的剧本。

白朴(1226～1306年)，字仁甫，一字太素，号兰谷，祖籍陕州(今山西河曲)，幼经金亡，城破母死，幸得其父好

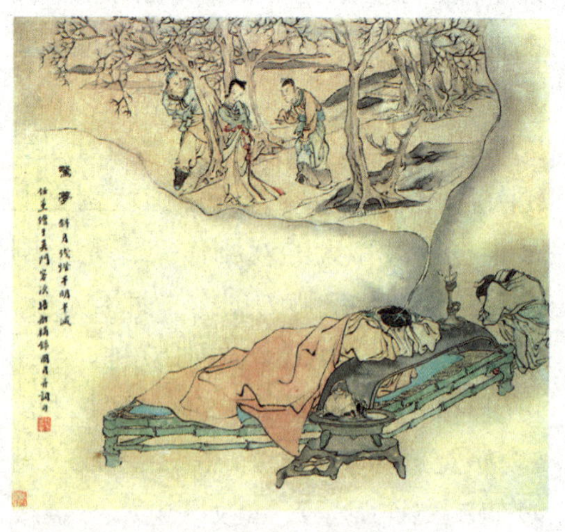
《西厢记·惊梦》插图 清 任颐

唐时，参军戏兴起，它是在俳优表演的优戏基础上发展起来的。

友元好问多方扶持，并教他读书。长大后白朴漂流于大江南北，在大都时曾和关汉卿共同参加过玉京书会，晚年寄居南京。今存有杂剧《墙头马上》、《梧桐雨》二种。《梧桐雨》的剧名来源于白居易《长恨歌》的“秋雨梧桐叶落时”一句，描写杨玉环、李隆基的爱情悲剧，戏剧冲突跌宕生动，笔墨优美酣畅，意境深沉含蕴富有诗意，是白朴的代表作。

马致远(1250？～1321年)，号东篱，大都(今北京市)人。青年追求功名，未能得志；中年时一度出任江浙行省务官，晚年淡泊名利，自称“东篱本是风月主，晚节园林趣”，过着“酒中仙，尘外客，林间友”的生活。马致远在元代梨园名声极大，有“曲状元”的美称，备受四方人士钦羡。所作杂剧15种，现存7种，为《汉宫秋》、《陈抟高卧》、《任风子》、《荐福碑》、《青衫泪》、《岳阳楼》、《黄粱梦》（与人合作）。《汉宫秋》取材于汉代昭君出塞的故事，是马致远的代表作。这部杂剧在艺术取上得了很高的成就，曲词优美动人，特别是第三折、第四折描写汉元帝对王昭君的思念，直达到肝肠寸断的境界，透露出浓郁的悲剧氛围。

在元曲四大家之外，元代前期还出现了康进之、高文秀、纪君祥、石君宝、郑廷玉、武汉臣等著名杂剧作家，创作了《李逵负荆》、《赵氏孤儿》、《秋胡戏妻》、《看财奴》、《生金阁》等优秀作品，共同形成了元代前期剧坛的繁荣景象。元代后期，杂剧由黄金时代转向衰微，除郑光祖的《倩女离魂》，宫天挺的《范张鸡黍》、《七里滩》，秦简夫的《东堂老劝破家子弟》外，其他作品乏善可陈，艺术上成就不高。

与杂剧衰落相对比的是元末南曲的兴起。南曲最早出于浙江温州(旧名永嘉)，故称为“温州杂剧”、“永嘉戏曲”，也称南词，后人为区别于北曲杂剧，简称为南戏，代表南戏艺术最高成就的剧目是高明的《琵琶记》。

高明(1307～1359年)，字则诚，号菜根道人，浙江瑞安人。早年以博学著称，至正五年(1345年)中进士后，在浙江处州、杭州等地做过几任小官。至正十一年(1351年)，被任命为“平乱”统帅府都事南征方国珍起义，因与统帅意见不合，隐居浙东宁波的栎社，以词曲自娱，并创作了《琵琶记》。《琵琶记》前身为宋代戏文《赵贞女蔡二郎》，写蔡伯喈上京赶考得中状元，抛弃双亲与妻子，入赘相府；其妻赵五娘独撑门户，竭尽孝道，在蔡家父母死后到京师访伯喈，伯喈不认，以马踩踹，最后天神震怒，将蔡伯喈以暴雷轰死。《琵琶记》在人物塑造、人物心理刻画上都取

中国戏曲有脚色行当之分，就是从参军戏开始的。

得了不俗的成就，曲辞更是高华优雅；它的双线结构成为传奇创作的圭臬，曲律成为各种曲谱选录的对象，表演艺术更是每一个演员学习的典范，内容成为每一种新兴戏曲声腔改编的对象。所以，它是戏剧史上流传最广的作品之一，整个明代戏曲，都可以看出它的印痕，后人称之为“词曲之祖”。

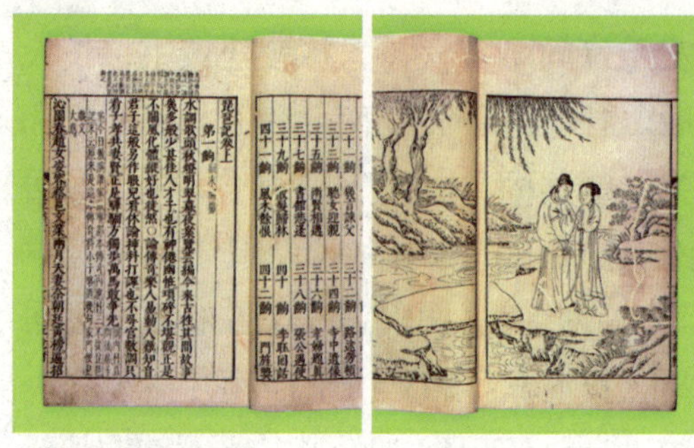

《琵琶记》书影

除高明的《琵琶记》外，四大南戏《荆钗记》、《白兔记》、《拜月亭记》、《杀狗记》也较为著名，在明清两代传演极广，影响深远。《荆钗记》为元末柯丹邱所作，利用荆钗这一道具贯穿全剧，情节结构精巧，戏剧性强。《白兔记》为永嘉书会才人编，讲述刘知远的发迹变泰故事，富有民间文学特色，文字质朴通俗。《拜月亭记》相传为元人施惠所改编于关汉卿的同名杂剧，写在蒙古族入侵金国的乱离中，穷秀才蒋世隆和尚书之女王瑞兰的爱情故事，情节起伏，人物刻画生动，语言本色而自然，明代思想家李卓吾认为它可与《西厢记》媲美，说：“《拜月》曲白都近自然，委疑天造，岂曰人工！”《杀狗记》传为元末明初人徐田臣所作，内容写富家子弟孙华的妻子杨月真杀狗当人尸装成命案帮助他悔悟的故事，曲文俚俗，明白如话，艺术上较为粗率。

除四大南戏外，无名氏的《破窑记》、《金印记》、《赵氏孤儿》、《牧羊记》、《东窗记》等作品，影响也很深远。其中《破窑记》是在王实甫的同名杂剧基础上发展而来的，写刘千金甘心跟吕蒙正过风雪破窑的生活，并通过吕蒙正先穷后贵表现了刘千金的善良与世态的炎凉，成就较高。

明代戏剧主要由杂剧和传奇两大部类组成。

明代初期，杂剧将元末神仙道化乃至风花雪月的种种倾向加以宣扬，与元杂剧相比更趋华丽雅致，具有粉饰太平的浓厚色彩。朱有燉(1379～1439年)的《诚斋乐府》和丘濬的《五伦全备记》代表了这种创作倾向。而宁献王朱权(1378～1449年)著的《太和正音谱》(1398年)，分戏曲样式15种，杂剧12科，收录、品评金代董解元、元及明初的杂剧和散曲作家203人，认为戏剧是盛世之声、太平之象，对研究元及明初

杂剧有重要的价值。

明代中期，东南沿海城市经济繁荣，市民阶层壮大，新思潮广泛流行，杂剧打破褊狭局面，题材拓宽，思想更加深化、张扬和具有批判性。在弘治、嘉靖年间，王九思、康海代表了杂剧创作的新转机；至万历前后，徐渭的杂剧更是掀起了又一个新的高潮期。康海(1475～1540年)，字德涵，陕西武功县人。王九思(1468～1551年)，字敬夫，陕西鄠县人。两人均为明代文坛的“前七子”中的一员。分别是状元和进士出身，都因为同乡刘瑾事败而被削职为民，皆体会到险恶的宦海风波和世情冷暖。《中山狼》是康海影射李梦阳负恩的四折杂剧，取材于其师马中锡的《中山狼传》。该剧写东郭先生冒险从赵简子人马的追杀下救出中山狼，无料这条负恩狼竟要吃掉他。此剧语言生动幽默，结构首尾连贯，对人心不古、世风日下的社会进行了辛辣的讽刺。王九思的《杜甫游春》写杜甫在长安郊外春游时一片萧然，望景生情，对奸相李林甫极为不满，典衣沽酒后，不受翰林学士之命，渡海隐去。这里，杜甫分明是作者的化身。徐渭(1521～1593年)，字文长，号青藤居士，又号天池山人，浙江山阴人。他的杂剧《四声猿》包括《渔阳弄》、《雌木兰》、《女状元》、《翠乡梦》

文学纪事

公元前2500年 五帝时期，歌舞盛行，存世的有《击壤歌》、《康衢歌》等。

周赧王十九年(前296年) 楚怀王卒于秦国。屈原作《招魂》。这一时期，以楚国为首的南方地区盛行巫舞，这类祭祀歌舞含有萌芽状态的戏剧元素。

汉武帝建元元年(前140年) 汉武帝即位。汉乐府由此渐趋兴盛，其中的一些曲调对后代戏剧艺术影响深远。

宋理宗端平元年(1234年) 金亡。金末解元董氏的《西厢记诸宫调》对后世戏剧以莫大惠泽。白朴八岁，随收养他的元好问逃难。关汉卿、王实甫、杨显之、费君祥生于此年前。

元元贞二年(1296年) 马致远、花李郎、红字李二、李时中建立元贞书会，合作杂剧《黄粱梦》。

元至正十七年(1357年) 高明《琵琶记》写定于此年。

明嘉靖二十九年(1550年) 汤显祖生(1550～1616年)。有《玉茗堂文集》刊于南京，传奇《牡丹亭》等五种。

清顺治二年(1645年) 洪昇生于此年。著有《长生殿》等剧。

清康熙十九年(1680年) 李渔卒(1611～1680年)，年六十九。有《笠翁全集》、《笠翁十种曲》、《连城璧》、《十二楼》等。

清康熙三十八年(1699年) 孔尚任《桃花扇》传奇剧成于本年六月。

清乾隆五十五年(1790年) 四大徽班进京，在嘉庆、道光年间发展成京剧。

古代十大悲剧为《窦娥冤》、《汉宫秋》、《赵氏孤儿》、《琵琶记》、《精忠旗》、《娇红记》、《清忠谱》、《长生殿》、《桃花扇》、《雷峰塔》。

四部分，写祢衡击鼓骂曹、木兰代父从军、黄春桃考状元、红莲与柳翠的故事，活泼轻快，汪洋恣肆，嬉笑怒骂，独树一帜。澄道人的《四声猿引》认为徐剧“为明曲之第一”。在这些留有足可传世之作的大家外，尚有不少当时名家，徐复祚(1560～1630年)的《一文钱》、王衡(1561～1609年)的《郁轮袍》、吕天成(1580～1618年)的《齐东绝倒》、陈与郊(1544～1611)的《昭君出塞》都具有一定的影响。

与杂曲并称的是传奇，这是明代戏剧的主体。它源于宋元南戏，具有浓厚的南方戏剧特征又融合了北曲声腔和元杂剧的精美艺术样式，伴随着昆山、弋阳、海盐、余姚“四大声腔”迅速发展，成为明清两代全国性的大型戏曲。明初丘濬(1421～1459年)、邵璨的传奇可称为道学戏剧，大掉书袋，有八股味陈腐气；较少受当时风气牢笼的传奇作品是《精忠记》、《金印记》、《千金记》、《连环记》四大剧目，这些剧目虽稍显粗糙，但仍透露出穿越历史的永恒美感。

明代中期，传奇更加繁盛，成为剧坛上的主流艺术。李开先(1502～1568年)的《宝剑记》取材于小说《水浒传》，叙林冲落草的故事，共52出，其中的《夜奔》一场戏，至今还作为武生的看家戏而风靡场上，荡气回肠。梁辰鱼的《浣纱记》是中国第一部用成熟的昆山腔谱曲并演出的传奇剧本，描写范蠡、西施的爱情悲剧和吴越两国的政治悲剧，在戏剧史上有重要的位置。这一时期另一部著名昆腔传奇是传为王世贞所作的《鸣凤记》。王世贞(1526～1590年)，字元美，江苏太仓人。《鸣凤记》的内容是揭发严嵩的旧罪，是戏曲史上较早、较完整地反映当时政治事变的悲剧，从而开拓了政治悲剧现实化的道路，直至明末还盛演不衰。

明代万历至崇祯年间(1573～1644年)，传奇创作进入繁荣期和高潮期。以沈璟为代表的吴江派和在汤显祖影响下形成的临川派交相辉映，各领风骚，成为明代后期传奇繁荣的重大标志，也是中国戏剧史上的一大盛事。沈璟(1553～1610年)，字伯英，号宁庵，江苏吴江人。他于万历二年(1574年)中进士，经宦海浮沉、科场弊案后，37岁时告病还乡，遂以“词隐生”自署，共改编创作17本昆剧，合称《属玉堂传奇》，流传至今的有《红蕖记》、《埋剑记》、《双鱼记》、《坠钗记》、《博笑记》等。汤显祖(1550～1616年)，字义仍，号海若，别号若士，晚年自号茧翁，自署清远道人，江西临川人。他在临川玉茗堂先后创作《牡丹亭》(1598年)、《南柯记》(1600年)、《邯郸

古代十大喜剧包括《救风尘》、《墙头马上》、《西厢记》、《李逵负荆》、《看钱奴》、《幽闺记》、《中山狼》、《玉簪记》、《绿牡记》、《风筝误》。

记》(1601年)，连同以前写的《紫钗记》，合称“临川四梦”或“玉茗四梦”。这些剧作完整反映了汤显祖的“至情”理论，在《牡丹亭》中得到最完美的诠释。《牡丹亭》是明代传奇中最典范的奇葩，是一部集悲剧、喜剧、趣剧和闹剧因素于一体的复合戏，是古代爱情戏中继《西厢记》后影响最大、成就最高的杰作。它以杜丽娘、小丫头春香和青年书生柳梦梅构成全剧冲突的正方，蓝本出自《杜丽娘慕色还魂》话本。《牡丹亭》这出儿女戏在《题词》中说：“情不知所起，一往而深。生者可以死，死可以生。生而不可与死，死而不可复生者，皆非情之至也”，阐述了汤显祖的至情论；《惊梦》一场戏，极尽感伤之美、追求之美、情爱之美和理想之美，是古典戏曲中最令人感佩的风情戏。沈德符在《万历野获编》中说：

牡丹亭還魂記卷上
明臨川湯顯祖若士編 歙縣玉亭朱元鎮校
第壹齣 標目
蝶戀花 末上 忙處拋人閒處住，百計思量，沒箇爲歡處。白日消磨腸斷句，世間只有情難訴。玉茗堂前朝復暮，紅燭迎人，俊得江山助。但是相思莫相負，牡丹亭上三生路。
杜麗娘夢寫丹青記 陳教授說下梨花槍

《牡丹亭》(明汤显祖著)书影及插图

“汤义仍《牡丹亭梦》一出，家传户诵，几令《西厢》减价。”

在此之外，明代中后期孙仁孺的《东郭记》、《醉乡记》，周朝俊的《红梅记》、高濂的《玉簪戏》，孟称舜的《娇红记》都是较为出色的戏剧，有些至今还经常演出，为人喜爱。

清初，戏剧创作继续保持明末旺盛势头，而易代的社会动乱更震撼了汉族文人的心灵。一批诗文名家将目光投向戏剧，寄寓悲愤哀思，抒写心中苦衷，一浇心中块垒。吴伟业、尤侗、李玉、李渔等是当时戏剧创作的代表。吴伟业和尤侗都是由明入清的文人，以诗闻名，作剧当是余事。吴伟业的传奇有《秣陵春》，杂剧有《通天台》、《临春阁》，颇受当时文人称赞，但毕竟只是余事，不当行，传奇显得冗杂，杂剧显得平板。尤侗(1618～1704年)，字展成，号悔庵，晚号西堂老人，长洲(今江苏省苏州市)人，所著《西堂全集》收有杂剧《读离骚》、《桃花源》，传奇《钧天乐》等，大都发自痛切之情，反映怀才不遇的心声，也赢得了许多文坛名流的激赏。李玉(1610～1671年)出身微贱，明亡后绝意仕进，作有传奇30多种，今存20余种。他的成名作是早年剧作《一捧雪》、《人兽关》、《永团圆》、《占花魁》，及至晚期，代表作有《清忠谱》。这出戏表现晚明天启年间魏忠贤阉党迫害东林党人周顺昌等人而引发苏州民乱的政治事件。它的成功在于将纷繁的历史事件经过艺术提炼，着意表现人物精神性格，构成鲜明富有激情的艺术世界。与李玉同时的李渔(1611～1680年)字笠翁，作剧十种，总题《笠翁十种曲》。这十种传奇几乎全是爱情婚恋故事，以娱乐为宗旨，表现出媚俗的倾向。

康熙年间，中国戏剧达到古代社会的最后一个高峰，出现了《长生殿》和《桃花扇》两部杰作。

《长生殿》的作者洪昇(1645～1740年)字昉思，号稗畦，钱塘(今杭州)人。他生于中落的官宦缙绅之家，做了约20年太学生，康熙二十七年(1688年)，完成《长生殿》。《长生殿》在京城盛演，康熙二十八年(1689年)，洪昇与赵执信、查慎行等人宴饮观剧，因佟皇后丧服未除为人告发，被革除国子监籍。这出戏演绎唐明皇与杨贵妃的历史故事，长达50出，前半部分写实，后半部分写幻，结构紧密，曲文糅合唐诗、元曲的特点，风格清丽流畅。继《长生殿》之后问世且极负盛名的是《桃花扇》，作者是孔尚任。他(1648～1718年)字聘之，号东塘，曲阜人，孔子后裔。康熙二十三年(1648年)，康熙皇帝第一次南巡，经曲阜祭孔庙，孔尚任被推荐讲经，引驾览孔庙孔林，随后被破格任用为国子监博士。不久，随工部侍郎去淮扬治理黄河，康熙二十九年(1690年)返回北京后转为工部官员。康熙三十八年(1699年)六月，《桃花扇》定稿，王公大官竞相借抄，康熙也索去阅览。次年春，

明皇游月宫图 明 周臣

按艺术形式和表现手法分类，戏剧分为戏曲、话剧、歌剧、舞剧。按戏曲剧种分类，主要有昆曲、京剧、晋剧、粤剧、川剧等。

《桃花扇》上演，朝野轰动，孔尚任随即被罢官。此剧演的是南明弘光朝廷的兴亡始末，是一部最接近历史真实的历史剧。《桃花扇》塑造了以妓女李香君和艺人柳敬亭、苏昆生为主的光辉的人物形象，把国家置于人伦之最上，艺术构思精巧，语言典雅谨严有余，当行生动不足。

彩绘本《桃花扇》插图 清

清中叶的戏剧创作已呈衰退之势，传奇和杂剧的创作进入了最后的阶段。蒋士铨成就较大，值得注意，现存剧作以《红雪楼九种曲》最有名，而以《桂林霜》、《冬青树》、《临川梦》三种受人重视。乾隆年间，《雷峰塔传奇》这部动人的神话传说剧表现白蛇精与许仙的神人之恋，成为中国戏剧史上最优秀的经典剧目之一。乾隆五十五年(1790 年)，弘历皇帝 80 大寿，高朗亭率徽班来京演出，以安庆花部，合京、秦二腔，组成三庆班，其后四喜班、春台班、和春班先后进京。道光初年，徽班将二黄与西皮、昆曲合流，同时吸收京、秦诸腔的优点，采用北京方言，适应北京风俗，形成了举世闻名的京剧。此后，经过无数艺人的开拓，京剧流传到各地，成为全国最大的具有影响力的剧种。

嘉庆道光以降，京剧流行曲目逐渐增多，如三国剧目《击鼓骂曹》、《定军山》、《空城计》等，水浒剧目《坐楼杀惜》，隋唐剧目《当锏卖马》、《罗成叫关》等，杨家将剧目《探母》、《碰碑》等，结构紧凑，水平精湛。

20 世纪初叶，戏剧改良运动勃然兴起，这与当时的诗界、文界、小说界的革命相一致。话剧作为一种新诞生的剧种成为晚清文学革新运动的一个组成部分。光绪三十二年(1906 年)年底在日本东京的中国留学生曾孝谷、李叔同等组织了中国第一个戏剧团体春柳社。这成为中国早期话剧诞生的标志。春柳社的话剧艺术整齐严肃，对中国早期话剧的发展和进步起到了很好的影响。

戏剧台词是剧中人物的语言。它是性格化的，富有动作性，即人物的语言是同他的行动联系在一起的。